VERDADE OFICIAL NOS BASTIDORES DO

PANTERA

CB064332

VERDADE OFICIAL NOS BASTIDORES DO PANTERA

REX BROWN

COM MARK EGLINTON

TRADUÇÃO THIAGO SILVA

EDIÇÕES ideal

Título original: *Official Truth – 101 Proof: The inside story of Pantera*

Copyright © 2013, Rex Robert Brown

Copyright desta edição © 2014, Edições Ideal

Todos os direitos reservados. Nenhuma parte desta publicação pode ser reproduzida, armazenada em sistema de recuperação ou transmitida, em qualquer forma ou por quaisquer meios (eletrônico, mecânico, fotocópia, gravação ou outros), sem a permissão por escrito da editora.

Editor: **Marcelo Viegas**

Projeto Gráfico: **Jane Raese**

Capa e diagramação: **Guilherme Theodoro**

Foto da capa: **Joe Giron Photography**

Tradução: **Thiago Silva**

Revisão: **Fernanda Simões Lopes**

Diretor de Marketing: **Felipe Gasnier**

CATALOGAÇÃO NA PUBLICAÇÃO
Bibliotecária: Fernanda Pinheiro de S. Landin CRB-7: 6304

B879v

Brown, Rex, 1964-
Verdade oficial : nos bastidores do Pantera / Rex Brown com Mark Eglinton ; tradução de Thiago Silva. São Paulo : Edições Ideal, 2014. 274 p. ; 23 cm.

Tradução de: Official truth 101 proof : the inside story of Pantera.
ISBN 978-85-62885-27-3

1. Brown, Rex, 1964-. 2. Pantera (Conjunto musical). 3. Músicos de rock - Estados Unidos - Biografia. I. Mark, Eglinton. II. Título.

CDD: 927.8166

08.07.2014

EDIÇÕES IDEAL

Caixa Postal 78237
São Bernardo do Campo/SP
CEP: 09720-970
Tel: 11 4941-6669
Site: www.edicoesideal.com

ideal

ISSO NÃO TERIA SIDO POSSÍVEL SEM TODOS OS SEUS GRITOS E ADULAÇÕES, MUITOS, INCLUSIVE!

AMO VOCÊS, REX

SUMÁRIO

PREFÁCIO À EDIÇÃO BRASILEIRA	XI
PRÓLOGO	XV
CAP. 1 – FIQUE LIGADO	1
CAP. 2 – PAPAI BILL	9
CAP. 3 – MAIS ADIANTE	19
CAP. 4 – REX, DROGAS E ROCK'N'ROLL	29
CAP. 5 – CHAPADO À MEIA-NOITE	39
CAP. 6 – O GAROTO DE NOVA ORLEANS	53
CAP. 7 – DOMINAREMOS ESSA CIDADE	61
CAP. 8 – PRIMEIRAS TURNÊS E ALGUMAS HISTÓRIAS	71
CAP. 9 – PERIGOSAMENTE VULGAR	81
CAP. 10 – CAOS CONTROLADO	95
CAP. 11 – SEU GORDO DESGRAÇADO!	103
CAP. 12 – MERGULHANDO FUNDO E DE CABEÇA	121
CAP. 13 – CURTINDO COM O TRENDKILL	129
CAP. 14 – A ATITUDE	147
CAP. 15 – SABBATH E CAINDO NO JOGO	155
CAP. 16 – O CANTO DO CISNE	165
CAP. 17 – A RUÍNA!	175
CAP. 18 – AMOR PERDIDO E TRINTA DIAS NO BURACO	189
CAP. 19 – O PIOR DIA DA MINHA VIDA	201
CAP. 20 – AS CONSEQUÊNCIAS	209
CAP. 21 – O EXPERIMENTO HOLLYWOOD	215
CAP. 22 – DAQUI EM DIANTE, NINGUÉM SABE O QUE ACONTECERÁ	227
UMA PALAVRINHA DO AUTOR	233
UMA NOTA DO COAUTOR	237
AGRADECIMENTOS	241
DISCOGRAFIA COMPLETA: REX BROWN	244

Lembro um dia, lá em 1987, quando o Pantera e o King's X fizeram uma sessão dupla de autógrafos em uma loja de Dallas. Cada banda ficou na sua, mas do que me recordo mesmo é de Dime lá no canto tocando pra cacete em um amplificador num volume muito alto, praticamente o tempo inteiro, com um monte de *metalheads* ao seu redor, pirando. Ele era foda e pronto!

Dois anos à frente. O Pantera tocou no Backstage Club (uma boate bem legal onde todo mundo tocava), em Houston, e eu e meus amigos do Galactic Cowboys fomos lá assisti-los. Bem, queria mesmo que todos pudessem tê-los visto naquela noite, tocando o *Power Metal*. Phil, Vinnie e Dime eram hipnotizantes, mas eu, como baixista, prestei atenção mesmo em Rex. Em minha opinião, Rex não é só o baixista mais descolado de todos os tempos, mas também consegue executar cada música com o tipo de brutalidade e *groove* que me deixavam balançado como apenas um baixista poderia fazê-lo, dando conta do recado.

Ah, eles também tocaram uns covers incríveis do Metallica. O Pantera tocou cada uma daquelas músicas com tanta força, em um nível que nunca havia sentido antes. Passamos um tempo juntos no *backstage*, bebendo e nos divertindo. E isso virou rotina. Mas, numa certa noite, eles chegaram para tocar e todos estavam lá, prontos para ter essa experiência com um som que havia nos deixado viciados e que amávamos tanto. Para nossa surpresa, eles tocaram um set completamente novo. Era o disco *Cowboys from Hell* inteiro. Tudo de que me lembro é que ficou um clima incrível no ar de que acabávamos de ter presenciado o futuro do metal. O resto é história.

—*dUg Pinnick, King's X*

PREFÁCIO À EDIÇÃO BRASILEIRA

Por Luiz Mazetto*

LEMBRO BEM A PRIMEIRA VEZ QUE OUVI um disco do Pantera, provavelmente porque nunca tinha escutado nada tão pesado antes. Era 1996, estava a caminho dos meus cada vez mais longínquos 11 anos de idade e tinha acabado de comprar o *Far Beyond Driven*, depois de ter visto meio "no susto" um clipe dos caras no saudoso Fúria MTV. Junto com o Sepultura, que também passei a ouvir direto nessa época, foi a banda que me levou para o lado negro e mais pesado da música e do metal, onde estou até hoje, como fã, jornalista e músico.

Só por isso, o que é muito para qualquer artista em qualquer época, já considero o Pantera uma grande banda. Como se mudar a vida de um moleque do interior de São Paulo não fosse o suficiente, eles também foram uma banda grande, gigante, provavelmente a maior do metal nos anos 1990. Com uma mistura de riffs sabáticos pesadíssimos com um clima sulista e muito *groove*, o quarteto texano conseguiu ser praticamente a única voz forte do gênero nos EUA durante aquela década, dominada, primeiro, pelo grunge e, depois, pelo new metal, então os representantes "oficiais" da música pesada no país.

Como não poderia deixar de ser, toda banda grande tem seus protagonistas. Geralmente, são o vocalista e o guitarrista, apesar de exceções das quatro cordas e das baquetas, como Lemmy Kilmister, do Motörhead, e Lars Ulrich, do Metallica. No entanto, eles podem não ser os melhores para contar a história da qual fazem parte, seja por ficarem muito ocupados sendo o centro das atenções ou por protagonizarem grandes choques de ego – basta lembrar de todo o amor entre as duplas Ian Gillan e Ritchie Blackmore, no Deep Purple, e Axl Rose e Slash, no Guns N'Roses.

Por tudo isso, e após ter lido essa biografia que você tem em mãos, acredito que Rex Brown, o baixista da banda, era realmente o cara certo para contar a história da sua trajetória de muitos anos com o Pantera e o Down, "supergrupo" favorito da casa de stoner/sludge metal, que também contava com Phil Anselmo nos vocais e um povo da melhor qualidade de bandas do sul dos EUA, como Corrosion of Conformity, Eyehategod e Crowbar.

Nas primeiras páginas do livro, aliás, Rex deixa bem claro sua posição de coadjuvante, longe de ser um Steve Harris, do Iron Maiden, ou um Tom Araya, do Slayer, dizendo que "sempre foi o cara quieto de quem ninguém nunca soube nada". Além de ser interessante saber o lado dele disso tudo, já que nunca foi muito fã de dar entrevistas, o fato de sempre ter sido mais ligado a Phil Anselmo, mas sem nunca ter uma relação ruim com a outra metade do Pantera, composta pelos irmãos Abbott, permitiu que o baixista estivesse em posições, digamos, muito especiais.

Nada contra possíveis lançamentos pelas mãos do Vinnie Paul, Phil Anselmo ou outra pessoa, que devem até pintar em breve. Pelo contrário, porque quanto mais, melhor. Mas, logo no Prólogo, concentrado na trágica morte do guitarrista Dimebag Darrell e seus desdobramentos, no final de 2004, essa "posição privilegiada", um tanto escondida, aliada à língua bastante afiada do Sr. Brown, já se faz valer, presenteando-nos com material da melhor qualidade.

As histórias contadas no livro não ficam confinadas à vida pessoal de Rex e suas realizações (e problemas) no meio musical, mas envolvem também o relacionamento das suas bandas com nomes como Slayer e Metallica, que começou ainda nos anos 1980, quando o Pantera fazia um som bem diferente daquele que consagrou a banda na década seguinte.

Não por acaso, Rex afirmou em uma entrevista que sua principal influência para escrever este livro foi nada menos que a biografia de Keith Richards, dos Rolling Stones. Também conhecido por sua cota de problemas com substâncias que alteram a percepção, o ex-baixista do Pantera fala tudo que lhe vem à cabeça de um jeito bem-humorado e, às vezes, um pouco rabugento, com um texto mais despido, quase como se não parasse para pensar duas vezes antes de revelar algo ou descer a lenha em alguém – tanto que já foi criticado pelo próprio Phil Anselmo por isso.

Sorte a nossa, já que assim podemos saber tudo (ou quase) não apenas sobre o Pantera e o Down, mas sobre diversas bandas e músicos que gravitavam em torno dessas duas instituições do metal norte-americano nos anos 1980, 1990 e 2000.

* Luiz Mazetto é paulistano, mas criado no interior paulista. Jornalista de formação, entrevista bandas de metal estranho no CVLT Nation e no Intervalo Banger. Nas horas vagas, é o responsável pelas guitarras e microfonias no Meant to Suffer.

PRÓLOGO

"DIME, EU NÃO AGUENTO A MERDA DO SEU IRMÃO."
Essas foram algumas das primeiras palavras que saíram da minha boca quando eu e Dime retomamos contato lá pelo fim de 2003 – toda e qualquer comunicação anterior foi certamente bem forçada. Sei que isso estava longe de ser um cumprimento amigável, mas eu estava cansado de todas as presepadas do Vinnie, cansado de tentar organizar as turnês em torno de suas escapadinhas para clubes de strip e eu definitivamente não gostava da ideia de que o irmão de Dime estava chamando todo tipo de atenção negativa para a banda com suas molecagens. Era tudo uma babaquice do caralho, e, após anos calado – apesar de que o fato de eu ter até trocado de ônibus em uma de nossas últimas turnês para escapar de toda essa imbecilidade deva ter sido um sinal óbvio de minha infelicidade –, eu precisava que Dime soubesse como eu me sentia, e que todos pensássemos bem antes de considerar a ideia de continuarmos como banda.

Do ponto de vista do Dime, tenho certeza de que sentia que eu e Phil havíamos nos afastado do Pantera porque tiramos o ano de 2002 de folga para gravar o segundo disco do Down. Planejamos sair em turnê para divulgá-lo um pouco, claro, e então veio a oferta para tocar no Ozzfest 2002 como *headliners* no segundo palco – algo que obviamente não tínhamos como negar. Então, esses fatos explicam a razão pela qual as coisas aconteceram da forma que aconteceram. Em resumo: Vinnie e Dime se incomodavam com o fato de que eu e Phil estávamos no Down e era eu quem tinha que aguentar as reclamações deles.

Durante todo o ano de 2003, as relações foram ficando cada vez mais tensas pela incapacidade do Philip de atender a porra do telefone – não era a primeira nem a última vez – para conversar sobre o futuro do Pantera. Nem os empresários nem eu conseguíamos falar com ele, menos ainda os irmãos, que se borravam de medo até de discar seu número. Então, quando finalmente nos foi confirmado de que Phil estava levando adiante o seu projeto Superjoint Ritual naquele ano, ficamos ali, no limbo.

Dime e eu conversamos novamente em 27 de julho de 2004, meu 40º aniversário. Minha esposa tinha feito uma forcinha e o convidado para uma festa surpresa para mim, mas, infelizmente, ele não estava na cidade na época, e não deu pra aparecer. Parece que o melhor que eu conseguiria seria uma ligação. "Não espere que eu te leve pra sair e pague um bife ou algo assim", disse ele, meio que insinuando que não me devia nada.

2004 FOI PASSANDO, e nos afastamos tanto que, quando nos falamos novamente, em novembro, parecia que Dime havia se tornado um parente distante. Mais uma vez, conversamos sobre a banda como um todo e as razões pelas quais nossa comunicação tinha ido por água abaixo, quando, então, ambos reconhecemos que precisávamos de um tempo longe um do outro. Foi tudo bem emotivo, e, assim que desliguei o telefone, chorei pra caramba porque sentia muito a sua falta. Apesar de minha tristeza, sempre acreditei que nossas diferenças se resolveriam com o tempo e o Pantera seguiria em frente. Parecia uma daquelas brigas em que irmãos deixam de se falar por um tempo, coisas que irmãos fazem. Por mais que tanta estranheza chateasse, eu nunca havia visto isso tudo como uma ruptura permanente.

A essa altura, Philip estava completamente alheio à situação. Ele ainda estava extremamente dopado, e eu havia decidido que não tinha jeito de trabalharmos novamente até que sua situação com as drogas mudasse. Uma coisa é tentar conversar com quem só bebe e se diverte, mas outra totalmente diferente é quando se trata de entorpecentes – essas pessoas vivem numa porra de planeta diferente. Graças a Deus, ele deu um jeito na vida agora.

Porém, assim que ele conseguiu se ajeitar – algo que eu sabia que eventualmente aconteceria –, poderíamos pelo menos sentar no mesmo cômodo e resolver nossas diferenças. Mas eu também entendia que qualquer reunião exigiria uma grande disposição, e não me restavam dúvidas de que quem teria que organizar isso tudo seria eu mesmo. Eu me vi travado no meio disso tudo. Pior que isso, fiquei puto por ser aquele quem recebia e-mails do Vinnie todos os dias – todo maldito dia –, dizendo "Philip disse isso, Philip disse aquilo" e ouvi-lo então choramingar por qualquer coisa; ainda por cima, lendo o Blabbermouth – um site de fofocas de metal com seu grupinho de comentaristas particularmente cuzões que davam seu próprio tom de drama a cada declaração feita. Com o tempo, eu simplesmente não dava a mínima.

Na noite do tiroteio – 8 de dezembro de 2004, como se pudesse esquecer –, eu estava em casa. Inicialmente, eu iria a Dallas para assistir a um show do Marilyn Manson, pois o cara responsável pelas nossas turnês, Guy Sykes, trabalhava com Manson na época, e eu queria curtir um pouco com ele. Passei o dia dando uma calibrada, jogando golfe e tal, e alguns amigos que não tinham nada a ver com a banda acabaram indo lá em casa.

Então, o telefone tocou.

Eram cerca de dez horas da noite e quem falava era Kate Richardson, namorada de Phil Anselmo. Ficamos conversando um tempo até que, de repente, ela recebeu uma ligação em outra linha. Quando voltou a falar comigo, seu tom havia mudado. Kate me pediu para ligar a TV, o que fiz imediatamente.

Eu não podia acreditar no que estava vendo. Sirenes de polícia. Ambulâncias. Pânico em Columbus, no Ohio. Dime – nosso irmão – assassinado *no palco*? Morto? Dime? As imagens na tela simplesmente me derrubaram. Nos azulejos. De cara.

Por mais que estivesse bebendo, fiquei sóbrio rapidinho. Era a única forma pela qual eu poderia processar aquilo. Agora, as notícias estavam na CNN e em todos os canais de notícias. Amigos e família, que também assistiam ao telejornal, começaram a ligar antes que eu pudesse entender a devastação que sentia, todos querendo saber se eu estava bem. Guy Sykes saiu do show do Marilyn Manson e foi direto para a minha casa. Eu estava tão chocado que nem sabia o que pensar, quanto mais falar, e as ligações continuavam nos dois telefones fixos e quatro celulares da casa, até que dormi, provavelmente enquanto o sol nascia.

"**RITA QUER QUE VOCÊ** vá à casa dela."

No outro dia, a ligação de Guy Sykes confirmou que a esposa de Dime queria me ver, então fui até sua casa apenas para encontrar uns babacas por lá – alguns dos parasitas que Dime havia acumulado ao longo de anos de farra com fãs. Quando entrei, um punhado de olhares venenosos e comentários maldosos vieram em minha direção, mas ignorei tudo. Só posso pensar que essas pessoas enxergavam minha relação com o Philip como falta de lealdade com o Dime e queriam me fazer sentir culpado pelo ocorrido. Como esses imbecis acompanhavam tudo que a imprensa dizia, parecia haver alguma tensão no ar, como uma linha imaginária dividindo quem estaria de qual lado.

Um dos seguranças me abordou e tentou impedir que eu entrasse. Já tinha rolado outra situação com esse cara em especial, quando havia arrancado seus dentes por acidente em algum momento no passado. Ele até tentou me processar, sem sucesso – então, realmente não tinha medo de sua postura agora e caminhei como se ele nem estivesse ali.

Enquanto isso, diversos amigos de Dime e músicos de diversas bandas já estavam chegando à cidade, muitos deles ficando no Wyndham Arlington South Hotel, em um estado coletivo de incredulidade de que Dime – o cara mais próximo dos fãs entre todos – pudesse ter sido morto por um fã. A ironia era simplesmente incomensurável. Muitos dos presentes não haviam estado no mesmo cômodo durante anos, então, apesar de a razão pela qual todos se reuniram novamente ser horrível, parecia existir um senso de solidariedade entre todos que lembrava uma celebração e era quase edificante, algo de que Dime realmente teria gostado.

Já na casa de Rita, com a família de Dime, o clima era consideravelmente mais tenso. Como para adicionar mais desconforto, Philip ligou de Nova Orleans para dar seus pêsames à Rita –, mas, quando passei o telefone, um pedido dele, ela pegou-o com raiva de minhas mãos.

"Se você chegar até mesmo perto do Texas, te meto uma bala", disse Rita a Philip, deixando bem claro que sentia que ele tinha uma parcela de culpa com tudo que aconteceu. Seus comentários infelizes na imprensa no início do mês foram um grande um problema: "Dime merece ser severamente surrado" – palavras que Philip sugeriu terem sido removidas de seu contexto – mas, pouco importa o que ele disse, tenho as fitas da entrevista em questão, sei *exatamente* o que disse. Phil e eu parecíamos ter sido colocados no mesmo grupo, com a diferença de que ele era completamente indesejado e nada bem-vindo, enquanto eu só não era o cara mais popular naquele momento. Havia uma diferença.

No outro dia – todos ainda em estado de choque –, o pai de Dime, Jerry, Vinnie, Rita e eu fomos à Funerária Moore em North Davis Drive, Arlington, e vimos o corpo de Darrell Abbott dentro de um caixão. Pra mim, foi demais. Eu já tinha ido a muitos funerais ali – minha mãe, minha vó, meu pai –, todos no mesmo cômodo, mas aquele, em especial, me abalou demais.

"Viu o que você fez?!", disse Vinnie Paul a mim, bizarramente me acusando de ser, de alguma forma, responsável pela morte de Dime, o que, claro, é ridículo. Eu não tinha a menor ideia de como responder àquilo, então fiquei calado.

"Tem problema em eu estar aqui?", perguntei a Vince depois, registrando que não queria incomodar ninguém em um momento tão traumático. Precisava confirmar com ele de que estava tudo bem.

"Claro que não", ele disse, de forma definitiva, o que me fez pensar por que havia dito aquilo antes. Em minha cabeça, eu não conseguia deixar de analisar por que Vinnie sentia-se daquele jeito e simplesmente não entendia por que ele me culparia por algo. Sim, o assassino que atirou em Dime claramente tinha problemas mentais, mas, em minha opinião, a imprensa especializada fazia o possível com os fãs para reacender o debate sobre quem era o responsável pelo fim do Pantera. Desde então, eu havia falado com a polícia em Columbus e ficou claro que o incidente em si não era sobre o Dime, mas sim toda a banda; então, se fosse o Down tocando naquela noite, e não o Damageplan, eu ou Phil poderíamos ter sido mortos em seu lugar.

Se a imprensa tivesse ficado quieta e deixado que nós – a banda – resolvêssemos nossas diferenças, acredito que Darrell *ainda* estaria vivo hoje. O assassino não deve ter conseguido lidar com o fato de que o Pantera havia se separado, então decidiu descontar sua raiva em nós, convencendo a si mesmo, em algum momento de sua loucura, que havia escrito nossas músicas. Obviamente, ele acompanhou as especulações da imprensa e isso, somado a seu frágil estado mental, provou ser uma mistura fatal. Afinal, ele apareceu em um show anterior do Damageplan, quebrou alguns equipamentos antes de levar uma surra dos seguranças e ser jogado na cadeia; ou seja, já estava por aí antes daquela noite em Columbus.

Outra noite, recebi uma ligação de Rita me pedindo para ser um dos que carregariam o caixão de Dime, o que, claro, aceitei. Pareceria desrespeitoso não tê-lo feito, mas ainda assim não tive como não perceber as evidentes contradições. Vinnie parecia me culpar, em parte, pela morte de seu irmão, enquanto Rita me pedia para levar seu caixão. Não fazia sentido.

No dia do funeral, eu não sabia o que estava fazendo, quem era ou onde estava – sem exagero. A não ser que você já tenha passado por algo parecido, não tem como entender. Eu havia tomado algumas doses de uísque – eu tinha que beber ou não teria como encarar o dia – e fui até a casa de Rita novamente, bem cedo. Havia mais pessoas do que da outra vez, uma galera tipo Zakk Wylde, Kat Brooks, o cara do som do Pantera, Aaron Barnes, com quem fui de carro até a funerária. Todos estavam lá e tentavam dar à Rita o máximo de apoio possível.

"Vamos tomar uma pelo Dime!", alguém gritou. Não foi a única vez em que se ouviram essas palavras ao longo dos outros dias e, consequentemente, a maioria das pessoas, eu incluso, tentando aliviar a dor causada pelo ocorrido, estavam inebriados em algum nível durante todo o funeral.

Muitos dos músicos amigos de Dime estavam presentes. Eddie Van Halen e Zakk Wylde foram convidados a discursar. Eu estava sentado na segunda fileira, ao lado de Eddie, que estava fora de si, completamente desrespeitoso. Mandei-o calar a boca diversas vezes, mas não adiantou nada. Zakk sempre foi um dos melhores amigos de Dime e, assim como ele, um tremendo guitarrista, mas nesse momento ele estava envolvido nessa bizarra situação, tendo que manter Eddie Van Halen – cheiradaço de cocaína e agindo feito um babaca – na linha.

"Cala a boca, porra!", disse Zakk a Eddie enquanto este fazia seu discurso e começara a falar qualquer coisa sem sentido – algo sobre sua ex-mulher, se não me falha a memória –, mas isso não o parou. Foi desrespeitoso demais.

Apesar do ar melancólico do dia, havia o risco de ele se tornar o "Show de Eddie e Zakk", mas felizmente tudo foi se acalmando. Fui o último a ir ver o corpo de Dime (já minha segunda vez), momento em que simplesmente lhe dei um beijo na testa. Ele estava tão frio. *E ali* eu caí fora. Claro que estava lá fisi-

PRÓLOGO

camente, mas minha mente estava em outro lugar. Eu havia me tornado uma casca vazia e não conseguia sentir nada.

Após a cerimônia, fui lá fora e acendi um cigarro. Eu tremia feito vara verde. Queria cair fora e tinha uma limusine me esperando só pra isso, mas o queria mesmo era que minha esposa, Belinda, que havia vindo em seu carro, me tirasse dali.

"Só me põe no Hummer[1] e me leva pra casa", disse à ela.

Quando cheguei a minha casa, peguei pesado no sono, uma espécie de coma. Não fui ao enterro mesmo sendo um dos responsáveis por carregar o caixão. Eu só não conseguia lidar com aquilo. Não sei se alguém falou algo sobre minha ausência, mas não ligaria se o tivessem feito. Dime era a última pessoa que eu gostaria de enterrar. Não conseguia nem pensar em fazer isso com meu melhor amigo.

Acordei às 19 horas naquela noite, com a casa cheia de gente. Fui persuadido a levantar, me vestir e, claro, tomar uma dose ou duas por Dime. Nosso próximo destino foi o Arlington Convention Center para o funeral público de Dime – por algum motivo, eu não me sentia confortável e, até o último minuto, não tinha certeza se iria ou não.

Meu desconforto era completamente justificado. Assim que cheguei ao lugar, abarrotado com quase cinco mil pessoas, alguém me deu outra dose enquanto eu me dirigia ao palco onde Jerry Cantrell e sua banda ainda estavam tocando. Estava ali ao lado, só assistindo ao que estava acontecendo, quando, de repente, os holofotes estavam apontados para mim. Foi totalmente inesperado. Tinha esse DJ lá que estava fazendo as vezes de mestre de cerimônias oficial, palhaço que conhecia de outros carnavais. Era um desses caras que trabalha em clubes de strip anunciando as garotas de forma exagerada e dramática demais, tipo "E agora no palco temos a Ciiiinammmmm-mooooooooooooooooooooon!" ou "Lusciousssssssssssssssssss no palco três!". Tudo bem quando isso rola em um clube desses – e disso eu sei –, mas lembro de ter pensado que ter aquele cara simplesmente não era apropriado, era uma puta de uma blasfêmia e parecia que tudo poderia virar piada a qualquer momento, se é que já não tinha virado. Tudo parecia desorganizado e atrasado, mas, de alguma forma, Dime gostaria disso, já que certa vez ele disse – o que foi irônico, no fim das contas – que se atrasaria para o próprio funeral.

---

1 N. de T.: Veículo tipo utilitário muito popular nos EUA.

Então, lá estava eu assistindo e de repente essa porcaria de DJ coloca um microfone na minha mão e me pede para falar algumas palavras para as cinco mil pessoas que lá estavam. Como eu disse, não sabia que me pediriam para falar qualquer coisa e claro que não tinha nenhum discurso pronto. Então, desesperadamente, buscava palavras para dizer – qualquer coisa –, e, no fim das contas, tudo que pude dizer foi: "Ele amava todos vocês. Nós sentiremos muito a sua falta".

Enquanto isso acontecia, estava ciente de que o tal DJ estava me pressionando. "Vamos lá Rex, temos que ir, temos que ir" é tudo que lembro. Ir aonde? Sabe Deus, mas, após ele ter dito isso, rolaram vaias do público, e no estado dormente em que estava fiquei pensando se estavam vaiando ele ou eu. Foi tudo muito esquisito. Pensando agora, acho que ele só queria me apressar para sair do palco para que pudessem colocar Vinnie lá. Tudo que eu estava tentando fazer era me segurar naquela noite, algo que não estava fazendo muito bem.

O lugar todo estava lotado de seguranças naquela noite, com tudo que é tipo de barricada para manter certas pessoas em áreas preestabelecidas. No meu estado de confusão, resolvi que queria ir para a parte da frente, e no caminho, descendo as escadas, literalmente caí nos braços de Snake Sabo e Terry Date, que, de algum jeito, me levantaram. Eles me levaram até onde eu queria estar e me sentaram entre nossa empresária Kim Zide e Charlie Benante. Eu estava uma pilha de nervos, e tudo que Charlie podia fazer era me abraçar feito um bebê.

Uma pessoa obviamente ausente naquele dia foi Philip, apesar de que, àquela altura, ele estava na cidade – mesmo com o aviso de Rita –, hospedado em um hotel, então nos falamos pelo telefone o dia todo. Até fui visitá-lo e mantive-o informado sobre o que estava acontecendo. Tenho certeza de que parte dele gostaria de estar lá – ou ao menos próximo do que estava rolando –, mas, ao mesmo tempo, sei que queria respeitar os desejos da família. De qualquer forma, era uma posição dura para Phil, uma que não oferecia qualquer tipo de desfecho. Se aparecesse, não seria bem-aceito, levando em conta a insistência de Rita para que ficasse longe.

Então, frustrado por ser excluído de todos os eventos em torno do falecimento de Dime, impedido de qualquer conciliação no momento da morte de um de seus melhores amigos e parceiros musicais, posteriormente Philip escreveu uma carta para Vinnie, mas minha suspeita é de que ela não foi lida ou levada em consideração de qualquer forma. Sugeriu-se que Vinnie nunca a havia recebido, mas aposto que recebeu sim.

Os dias seguintes ao funeral não foram menos estressantes. Todos os dias, minha esposa e eu éramos assediados por jornalistas em nossa porta – até mesmo reviravam nosso lixo e jogavam por todo o quintal –, que tentavam obter qualquer comentário meu sobre o que havia acontecido. Eu simplesmente não queria me envolver nessa discussão porque o que mais haveria para se falar? Então, pedi para minha esposa dizer a eles: "Ele não falará com ninguém, então vocês deveriam cair fora".

Fui ao cemitério alguns dias depois, sozinho. Queria fazer minha própria despedida para Darrell, mas o público nem me permitia essa privacidade com meu amigo, me abordando constantemente em busca de comentários e até autógrafos, tudo enquanto eu só queria passar um tempo sozinho ao lado do túmulo de Dime. Este foi um dos piores dias da minha vida.

Dali em diante, entrei em um ciclo de "Por quê?", pergunta que ainda me faço. Talvez seja assim para sempre. Vivo em uma constante combinação de raiva do cuzão que fez isso com meu querido amigo e do choque completo de que a existência da banda com a qual passei toda minha vida adulta foi encerrada por uma série de eventos longe do controle de qualquer um. O que você precisa se lembrar é de que apenas quatro caras souberam mesmo o que aconteceu com o Pantera, e um de nós não está mais por aí pra contar seu lado da história.

CAPÍTULO 1
FIQUE LIGADO

SE SEMPRE COLOCAR A CABEÇA POR CIMA DO MURO, ALGUM FILHO DA PUTA ACABARÁ JOGANDO UMA PEDRA EM VOCÊ.

Mas, é quando eles param de jogar pedras que, *aí sim*, começa de verdade o problema, porque, obviamente, você já não é mais importante. Não faço *ideia* de quem seja a citação em destaque ali em cima – pode até mesmo ser uma combinação de coisas que mais de uma pessoa disse –, porém a mensagem é de que o conceito de fama e fortuna é bem foda. Quer dizer, é algo que muda o jeito como você se veste e se apresenta para os outros, isso é óbvio; mas me peguei tratando as pessoas de forma diferente, e não por conta de sua personalidade ou de como agiam comigo, isso nem importava.

Não. A razão para isso era o fato de eu estar numa faixa mais alta do imposto de renda. Porra, eu ficava ali e falava merdas como "Cara, tenho mais dinheiro que Deus". Isso deve ter soado arrogante pra caramba e sinto vergonha de já ter dito coisas assim. Claro, eu gostava da fama, ou melhor, dos aspectos de aceitação social que ela traz, mas gostava mais do dinheiro e atribuo isso ao fato de ter sido criado em um lar em que tudo era uma luta, especialmente do ponto de vista financeiro. Minha conclusão, e estou longe de ser o primeiro a dizer isso, é que tudo muda quando se envolve dinheiro.

Se já esteve falido e solitário como eu estive na adolescência, mal sobrevivendo, tentando ganhar um salário de duzentos paus por semana para cobrir o aluguel e ainda deixar um troco para comprar umas cervejas ou algo assim, não é nada surpreendente tudo ficar meio cagado quando os cheques começam a chegar e tudo que pode dizer é: "Que porra eu vou fazer com tudo isso?!".

Bem, o que fizemos foi gastar – muito livremente algumas vezes –, mas, como fazíamos muitas turnês e aceitávamos qualquer boa oferta que caísse no nosso colo, sempre pareceu haver um fluxo saudável de dinheiro para manter tudo rolando. Não posso negar que foi ótimo ter alguma grana, levando em conta que fui pobre por toda a minha vida. Se eu gostaria de ter tido alguma ajuda às vezes, algum conselho sábio e confiável sobre finanças? Claro que sim, porque eu realmente não sabia como sair por aí e investir, apesar de ter comprado alguns títulos – ainda que preferisse não tê-lo feito assim que o mercado financeiro caiu sobre mim. Com o tempo, aprendi a guardar o dinheiro que ganhava, mas foi uma longa curva de aprendizado.

O que complica tudo é que o dinheiro vem de diversas fontes: royalties de álbuns, lucros da turnê, merchandising, contratos de patrocínio de equipamentos... A lista segue, e tudo que se pode fazer é confiar em alguém para pagar todas as contas e cuidar do imposto de renda – no caso, a empresa que fazia parte de nossa parceria de negócios; então, eu realmente não tinha que me preocupar com nada. Bastava ligar para eles e dizer "Preciso de um dinheiro aqui, preciso de uma grana ali" ou o que fosse, "Separe um cheque pra isso e aquilo". E, para que não precisasse fazer, eles o faziam; o que me deixava livre para cuidar do negócio que eu sabia como controlar: fazer música.

Ter grandes quantias de dinheiro à minha disposição não só fazia me sentir ótimo, como também equilibrava todo o sacrifício feito para chegar a essa posição: ficar na estrada, longe da família e com todas as dificuldades que vêm com esse tipo de vida.

Gradualmente, porém – e não importa quanto dinheiro já teve –, você percebe que não só *não* tem mais dinheiro que Deus, como também não tem tanto quanto pensava.

Então, vem o pânico, e tudo que você quer fazer é *viver*. Adquiri o hábito de viver bem – em um casarão com todo o conforto possível –, e foi ótimo para os meus filhos crescer nesse tipo de ambiente em que, dentro dos limites razoáveis, podem ter tudo o que quiserem. Poder proporcionar isso significava muito para mim, porque é o oposto completo do que foi a minha juventude. Lembre-se de que éramos músicos, não contadores, e cuidar de dinheiro é algo que só se aprende após muitas tentativas e erros.

Enquanto isso, os outros caras – principalmente Darrell e Vinnie – gastavam milhares de dólares por noite e perguntavam-se onde o dinheiro tinha ido parar. Lembro que, certo dia, Dime bateu na minha porta, sem mais nem menos. Acho que se pode dizer que fui uma espécie de figura paterna para ele, que me via como algum tipo de fonte de sabedoria. Ao menos eu acho.

"Cara, não tenho certeza, mas talvez eu esteja falido". Até o jeito que ele falou soava imbecil.

E claro que eu disse: "Você talvez esteja falido? Como assim? Que porra está falando, cara?".

"Então, eu entrei nessas de investir em camas de bronzeamento e tudo mais, e meio que não deu muito certo", explicou Dime. Darrell tinha montado para sua namorada, Rita Haney (que, de todas as formas, era sua esposa, com o detalhe de que nunca se casaram), um salão de bronzeamento em um shopping em Arlington, e os negócios não iam lá muito bem.

"Sério? Fora isso, quanto você vem gastando por noite?", perguntei.

"Não sei; talvez uns mil dólares." (Acredite, isso era o que ele gastava, no mínimo.)

"Ok, então, se você tem trezentos mil no banco, quantas noites pode sair e gastar isso?", eu disse.

"Três mil vezes?"

"Pense de novo, amigo. Tente *trezentas* vezes. Não é à toa que está falido, porra! Você precisa dar um jeito nessa sua matemática", disse a ele.

A triste verdade é que Dime e Vinnie estavam descontrolados com suas farras, e, sem ninguém para mantê-los na linha enquanto rodavam por Arlington com um monte de parasitas, a grana sempre acabaria rápido.

COM A FAMA CRESCENDO, não podíamos andar na rua sem que algum fã nos reconhecesse. Retomei a abordagem quieta e modesta que forma a base de minha personalidade e passei a procurar lugares mais tranquilos para beber sem ser incomodado, que fossem perto de casa para que eu pudesse encher a cara e voltar rapidamente. Bem às escondidas, digamos assim.

Até mesmo em entrevistas – algo que eu já não gostava mesmo – ficava quieto. Lógico que aparecia, mas ficava ali sentado, atrás dos óculos escuros, e não fazia nada. Queria tentar manter minha vida pessoal separada da banda – o que era impossível – e sabia que os outros três caras teriam muito o que dizer. Eu sempre fui o caladão, do qual ninguém sabia muita coisa a respeito. Eu só gostava pra caralho de tocar, e essa é a verdade. Se eu quisesse a atenção, teria feito como Vinnie e andaria com cinco seguranças para cima e para baixo.

Detestava que me perguntassem sempre as mesmas coisas. Algumas vezes, os jornalistas tentavam algo, e eu sacava na hora o que queriam fazer. Você sempre tinha como saber se essas pessoas (a) não sabiam porra nenhuma sobre você ou (b) estavam tentando te fazer falar algo polêmico para que a manchete extra lhes rendesse uns trocados a mais. Os que eram verdadeiros eram legais, mas você só esbarrava com um desses em cada dez. Às vezes, eu ficava irado com os ruins, especialmente na Europa; alguns me perguntavam algo babaca, e eu só respondia "É... Não", para deixá-los putos. E, então, eles se irritavam e perguntavam "Bem, então poderia nos dizer por que não?", ao que eu simplesmente respondia "Então, essa merda de entrevista acabou, *que tal*?".

Lembro que certa vez, em Paris, apareceu um cara com um capacete de motoqueiro, vestido todo de couro para nos entrevistar (Dime e eu) para uma porra de uma revista de metal francesa. Ele veio cheio de frescura para cima da gente, fazendo perguntas estúpidas do tipo "Por que vocês não têm mais dois guitarristas na banda?". Que diabo de pergunta imbecil é essa? Nós sempre quisemos ter só um guitarrista, numa pegada meio Van Halen, todo mundo sabe disso.

"Você já ouviu esse cara? Já ouviu esse filho da puta aqui?" eu disse, apontando para o Dime. "Ele é tudo de que *nós* precisamos."

"Bem...", ele disse.

"Nada de 'bem', cara. É assim que é. Você quer uma entrevista ou não?"

"Eu só estou fazendo as perguntas porque blábláblá..."

"Quer saber? Cai fora, cara." E, assim, peguei e joguei o capacete dele escada abaixo; e atirei sua jaqueta de couro também – *enquanto* ele ainda a usava. Tinha um ponto bem atrás da gola e outro logo na parte de baixo das costas, em que dava para segurar e balançar para a frente e para trás, e lá vai!

Não foi a única vez em que esse tipo de coisa aconteceu; às vezes, eu surtava quando me perguntavam imbecilidades. No final, em vez de bater cabeça com a imprensa, tentei fugir da mídia – quando se tem muita grana, fugir é bem mais fácil. A imprensa curte levantar você e depois derrubar como uma porra de uma torre. Pensei algo parecido em um dia desses quando soube que demoliriam o Texas Stadium, onde os Dallas Cowboys jogaram por anos. Havia grandes memórias dentro daquele lugar – tremendos jogos e tudo mais –, mas um monte de gente apareceu só para ver o local ser levado ao chão. Pensei: "Vocês não têm nada melhor para fazer do que assistir a isso?". Tinha uma garota lá com uma caixa de lenços de papel chorando, e só pude pensar que era a coisa mais idiota que já tinha visto na vida. A imprensa gosta de fazer o mesmo com músicos; botam eles lá em cima e depois os derrubam. E o que é pior, muita gente gosta de ler sobre isso.

Ainda bem que a desgraça da TMZ não existia naquela época, porque, provavelmente, teria me fodido. Eu não aguentaria lidar com esse nível de invasão de privacidade. Com certeza, não entrei nessa para parar na capa da revista *People*, e posso dizer o mesmo sobre o Philip. Se a fama viesse até nós, que o fizesse quando estivéssemos tocando. Mas, com o Vinnie e, em menor escala, com o Darrell, as coisas eram diferentes: era como se eles *quisessem* toda aquela atenção.

A autopromoção e o narcisismo cresceram muito, especialmente com o Vinnie. Ele fazia nosso tour manager, Guy Sykes, ligar para o clube de strip-tease na frente do qual estávamos, para que entrássemos de graça, sentássemos em uma mesa VIP e coisa e tal. Quando entrávamos, na frente iam Vinnie e Val (nosso chefe de segurança), alguém gritava de forma escandalosa, "Ei, gente, é o Vinnie Paaaaaul do Pantera!".

Dime e eu ficávamos nos fundos, olhando para o Vinnie e pensando "Não, de novo não". E, então, olhávamos um para o outro e dizíamos: "Quem diabos é esse cara mesmo? De onde vem toda essa merda? Ele não seria ninguém sem a gente", mas o Vinnie tinha que se aproveitar dos holofotes.

A ironia é que não importava como eram esses bares de strip – e lembre-se de que fomos a cada um de todas as cidades que passamos em um período de dez anos. Alguns eram tão escrotos que as próprias garotas tinham que colocar

25 centavos na jukebox para que rolasse sua música favorita antes de subirem ao palco. Costumávamos perguntar ao Vinnie "Por que caralho você anda com seguranças mesmo?", só para deixá-lo puto, meio que questionando a razão pela qual ele seria tão importante a ponto de precisar de proteção. Como banda, éramos contra esse tipo de bosta. Havia situações em que era necessário ter segurança, como sessões de autógrafos em lojas e coisas assim, mas nunca tivemos guarda-costas para ficar pagando de estrelas do rock. Vinnie, porém, queria tanto o estrelato que precisava parecer uma estrela do rock.

―――――――――

COM O PASSAR DO TEMPO, o estilo de vida de um rock star tornou-se extremamente difícil para todos nós, especialmente para mim, em parte porque meus filhos eram pequenos, e eu ficava dividido entre a vida familiar e a vida na estrada, e também porque a forma como vivia parecia milhões de quilômetros distante daquela como cresci. No auge da carreira, no meio dos anos 1990, vendíamos dezenas de milhares de discos toda semana e lotávamos anfiteatros aonde quer que fôssemos: em casa e na Europa, na América do Sul, no Japão, na Austrália, no mundo todo... Conquistamos todos esses lugares, éramos uns caras bem de vida e reconhecidos em qualquer canto. Sempre fomos uma banda dedicada aos fãs, desde a época em que, para nos vestirmos, contávamos com o público das casas noturnas do Texas, e eles o faziam simplesmente porque gostavam da música que fazíamos, algo que nunca esqueci. Mas, quando a atenção do público atingiu seu pico no final dos anos 1990 e, ainda mais, depois da morte de Darrell, senti como se fôssemos vítimas de nossa abordagem amigável com os fãs e foi bem difícil saber como reagir.

Imagine estar em um bar, bebendo numa boa, e perceber *imediatamente* que o cara que acaba de entrar te reconhece como o Rex do Pantera. Eu conseguia prever isso a cinquenta malditos passos de distância. Muitas vezes, a pessoa te conhecia de um show em algum lugar ou de uma sessão de autógrafos, mas o que essa galera não se lembrava era de que eu já havia visto milhares de rostos ao longo dos anos. Não me entenda mal, não me incomodo com fãs bacanas e algumas fotos e tal, porque Deus sabe que não parávamos com os autógrafos até que cada um daqueles moleques estivesse feliz. Mas a coisa toda vira um problema quando as pessoas começam a *querer* algo mais só porque você é quem é. Esse tipo de pressão só fez com que eu quisesse me isolar ainda mais.

———————————————

SOU UM CARA que dedicou sua vida inteira ao rock'n'roll e *sobreviveu*. Saí do outro lado de minha própria rua escura, abalado, é claro, mas tendo aguentado os riscos profissionais deste meio, como o álcool e as drogas. Não só sobrevivi, como tenho orgulho de ter sido um cara que se impôs durante todo o processo.

Tive muita ajuda lá de cima, sabe. É assim que gosto de encarar. Não ligo para aquilo que alguém acredita ou deixa de acreditar. Isso é problema deles, mas eu, eu acredito em Deus, mesmo não seguindo nenhuma religião em particular.

Gosto de simplificar e dizer que conheço os Dez Mandamentos – o que fazer e o que não fazer –, mas também acredito que algo maior do que eu me ajudou a superar o lado mais traumático de uma vida no rock'n'roll. Sempre acreditei que você tem que lutar pelo que quiser na vida, e Deus sabe que o fiz, mas também precisa ter as bênçãos de algo espiritualmente maior que você para uma ajudinha extra. Não tinha me ligado em nada disso até recentemente, mas, de vez em quando, eu me ajoelho e rezo ou apenas fecho os olhos e tiro dois minutinhos para absorver o dia; dá no mesmo.

Apesar da vida ter ficado muito difícil, é impossível ignorar o fato de que fazer música e meu desejo indestrutível de fazê-lo me trouxeram até onde estou. Sempre vi minha vida como uma jornada musical – e, ao passo em que há lados bons e ruins em tudo que passei até então, não teria nada disso sem a criação que tive. Então, se minha história tem de começar em algum lugar, tem de ser no Texas.

CAPÍTULO 2
PAPAI BILL

A cidade de Graham, no Texas, não é conhecida por coisa alguma, exceto, talvez, pelo fato de ser a única cidade de todo o estado ainda com um cinema drive-in e, agora, tem até mesmo um Walmart. Era, basicamente, uma cidade movida a agricultura e petróleo desde seu surgimento. Apesar de termos morado em uma das menores casas da vizinhança, me falaram que tínhamos um dos melhores terrenos, algo de que, claro, não me lembro.

CHERYL PONDER, irmã

Mamãe, papai e eu nos mudamos para Graham em 1957, e Rex nasceu em 1964. Naquela época, papai trabalhava na Texas Electric[1] em seu escritório no centro. Nossa casa ficava em uma parte boa da cidade porque isso importava para a mamãe. Eu me lembro de perguntar a ela porque seu carro estava quebrado na garagem há tanto tempo e ouvi-la responder que tinha escolhido morar em um bom lugar acima de tudo. Ela tentava me ensinar prioridades.

---

1 N. de T.: *Empresa responsável pela energia elétrica do Texas na época.*

Quando tinha três anos de idade, mudamos para De Leon. Essa cidadezinha cultivadora de amendoins com uma população de 2.000 habitantes está mais ou menos a uns 100 km de distância de Graham, na zona rural do Texas. Meu pai – "Papai Bill", como era conhecido – trabalhava para a Texas Electric, e a mudança foi como uma promoção para ele, que passou a ser responsável pela rede elétrica de três cidades no norte do Texas. Minha mãe nunca teve um emprego de fato, e, nessa época, minha irmã mais velha, Cheryl, havia se casado e ido morar com seu marido Buddy na região de Dallas, deixando eu, mamãe e papai em nossa casa. Era um lugar comum, com três quartos, não muito grande, mas grande o suficiente, com um quintal enorme que servia de lar para incontáveis cachorros durante minha infância.

Era, definitivamente, a zona rural do Texas, não dava para negar. Eu me lembro de andar até o fim da rua e, de repente, não haver mais casas. A civilização sumia e, em seu lugar, havia pés de melancia até onde os olhos alcançavam.

Uma presença constante no lar dos Brown era a música, e parte da variada trilha sonora de minha vida era o repertório de discos de vinil de minha mãe, que incluía diversas bandas de swing, especialmente Tommy Dorsey, e outros artistas, como as Andrews Sisters e Louis Armstrong. Minha mãe botava esses sons para rolar *todo dia* nesse irritante sistema de comunicação interna que tínhamos por toda a casa. Isso realmente começou a me dar no saco. Pensando agora, era quase como se estivesse sendo *forçado* a ouvir música. Música é algo que sempre parecia ser tocado por *alguém* na casa, fosse minha mãe ou minha irmã, que, felizmente, me deixou seus discos de 45 rotações dos Beatles e do Elvis depois de se mudar para a cidade – então, eu não tinha outra escolha a não ser ouvir.

CHERYL PONDER

A música é algo que faz parte da família. Acredito, de verdade, que é genético. Nossa avó fez faculdade no começo de 1900 e se graduou em música, simplesmente tocando tudo de ouvido. Conheci um primo de segundo grau recentemente e seu filho, que é bem interessado em música, quer formar uma banda.

Meu pai Bill também amava música, em sua maior parte big bands, e, para acompanhar esse passatempo, pode-se dizer que ele bebia socialmente. Digo, quem não bebia naquela época? Suponho que isso se devia ao fato de ele ter crescido na época da II Guerra Mundial, em que beber socialmente era algo aceitável para americanos de classe média. Basicamente, parecia que, ao voltar da guerra, todo mundo enchia o rabo de cana, e ninguém ligava muito pra isso. O álcool *era* algo presente na nossa família, mas poucos eram alcóolatras de fato. A maioria de meus parentes conseguiu levar uma vida normal e se manter em empregos respeitáveis. Aparentemente, é genético.

CHERYL PONDER
Nosso pai era maravilhoso. Eu não chegaria ao ponto de dizer que era melhor pai que marido, mas meus pais eram jovens quando cresci. Quando Rex cresceu, no entanto, eles já não eram tão jovens assim, o que me dá uma perspectiva um pouco diferente. Conhecendo-os como eu os conheço, e Rex não, sei que o alcoolismo está bem presente nos dois lados. Mamãe bebia socialmente, e seus irmãos foram alcóolatras quando mais velhos, característica traçada até nosso tataravô, também alcóolatra.

Meus pais também eram orgulhosos presbiterianos, e nossa família foi à igreja regularmente por toda a minha infância – ainda que, como De Leon era uma cidade muito pequena, a única igreja disponível era a Metodista, mas íamos para lá todos os domingos assim mesmo. Meus pais eram bem religiosos do ponto de vista da moral e de viver de forma correta, mas não chegavam a ser extremos. Desde pequeno – quando comecei a andar e falar, na verdade –, eu era uma figura. Bastava qualquer um de mau humor me olhar de relance que não tinha como não rir ou ao menos sorrir. Minha irmã diz que sempre que nos visitava, nos finais de semana, quando chegava à garagem, eu estava lá vestido de algo diferente: caubói, Batman, Super-Homem ou qualquer outra fantasia que não fosse eu mesmo. Acho que devo ter nascido com a necessidade de atuar embutida.

Um de nossos cachorros se chamava Reddy Kilowatt – não era exatamente um nome comum para um cão, eu sei, mas seu nome vinha do mascote usado para representar a geração de energia elétrica aqui nos Estados Unidos –, e tem alguma foto minha ao lado dele em que estou fantasiado de Cavaleiro Solitário. Eu fazia esse tipo de coisa porque sempre quis ser notado. Felizmente, meus avós paternos me encorajaram a me expressar. Eles moravam a meia-hora de distância, em Ranger, e, apesar de serem bem rígidos, também foram bastante influentes na minha infância e me estimularam a tentar tudo o que queria fazer. Afinal, era o último de 26 outros netos nos dois lados da família, então parecia que sabiam que provavelmente nunca mais seriam avós de novos e me tratavam de forma diferente.

Quando meu pai foi diagnosticado com câncer de cavidade nasal, em 1971, uma empregada que tínhamos passou a ajudar minha mãe a cuidar dele. Ela se chamava – segura essa – Georgia "Crioula[2]". Esse foi o nome que sempre ouvi em casa. Soa horrível, né? Não é à toa que tive problemas com essa palavra desde sempre. Passei a ressenti-la porque nunca achei que fosse apropriada. Quando pequeno, eu não sabia disso contudo – não foi tão mais velho que descobri o que a palavra realmente significava, mas era o que minha mãe falava, ela fazia soar como algo carinhoso: "Georgia Crioula, isso, Georgia Crioula, aquilo". Hoje, eu nunca uso as palavras "crioulo" ou "bicha", e tampouco deixo que elas sejam utilizadas em minha casa. A meu ver, são as palavras mais asquerosas que existem.

Não que eu esteja querendo dizer que minha mãe era racista – ela realmente não era, mas havia pouquíssimas famílias negras nas áreas de cultivo de amendoim naquela época, e falar desse jeito era só parte do que era o Sul nos anos 1960 e começo dos 1970. Até mesmo na escola você se deparava com isso: alguns dos bebedouros eram claramente marcados, "Gente de cor apenas", o que parece inacreditável nos dias de hoje, apesar de que não duvido que isso ainda exista nesses lugares afastados pra cacete.

Como meu pai estava doente, era mais fácil para minha mãe ajudá-lo se eu não estivesse sempre por perto. Então, constantemente eu era empurrado para passar o tempo com outras pessoas, especialmente minha avó materna, que morava no centro de Ft. Worth. Bem, ela era uma grande mulher, deixa eu falar pra você. Antigamente, ela e seu irmão Jack moravam em Thurber, no

---

2 N. de T.: No original, *nigger*.

Texas – bem na fronteira –, um dos únicos locais em que você podia conseguir bebida alcoólica nos anos 1930 e 1940 após a Lei Seca. Era onde ficavam os botecos naqueles tempos, em cidadezinhas duras de viver como Strawn, Mingus e Thurber. Minha avó tocava piano nos cinemas durante os filmes mudos que passavam nessas cidades do interior do Texas.

Ela costumava me contar histórias sobre quando, naquele tempo da Lei Seca, ela e seu irmão Jack – que tocava baixo acústico – tinham uma banda. Quando eles subiam ao palco, todos ficavam tão bêbados que, quando não curtiam uma música, jogavam uma porra de uma garrafa de cerveja na banda, como protesto. Logo, a única maneira de deixar de ser atingido por garrafadas na cabeça era pendurando telas de arame na área do palco, um tipo de barricada rústica. Com certeza, alguns projéteis ainda a atravessavam. Esses lugares eram dureza e provavelmente você ainda encontra algumas bibocas como essa nos rincões do estado.

Ela morava nessa enorme casa em estilo vitoriano com outra senhorinha. Eu ainda me lembro do lugar como se tivesse ido lá na semana passada. Não é estranho como esses lugares ficam na sua cabeça, essas memórias de criança, e você não se lembra de nada aparentemente mais importante por nada nesse mundo? A casa era dividida em vários apartamentos, e ela morava no segundo andar.

Minha avó era uma pessoa incrível, das mais diversas maneiras, mas sua completa imersão na música influenciou ao máximo meu eu jovem – com certeza, ela é uma das razões pelas quais eu me interessei em começar a tocar. Tão delicada, ela era uma daquelas pessoas com talento para qualquer coisa musical. Aos cinco anos, eu sentava em seu colo enquanto tocava piano, prestando atenção em tudo, completamente fascinado. Como a confirmar que eu havia sido um fanático por instrumentos desde o útero, eu até me lembro do piano em si. Era daqueles tipos de pé – não me pergunte o modelo *exato*. Ela simplesmente sentava lá e tocava casualmente, acompanhando Joplin e Charles Mingus – artistas como esses – como se fosse a coisa mais fácil do mundo, o que só somava à mistura incrível de estilos musicais aos quais fui exposto quando criança.

NESSA ÉPOCA, algo em minha jovem mente não compreendia bem o quão doente meu pai estava. Você não analisa nada quando é novo, acho. Na verdade, suspeito que todos nós – meu pai incluso – estávamos em negação sobre o quão ruim estavam as coisas, e acho que todos pensávamos que se não falássemos a respeito, isso não existia. Mas existia. E, como o Pai estava preocupado em perder o emprego caso seus chefes descobrissem o quão doente estava, e ele não poderia cumprir seus afazeres cotidianos, sua saúde debilitada nunca era comentada, especialmente fora das quatro paredes do lar dos Brown.

Então, quando era moleque, eu só ia para a escola feliz enquanto mamãe o levava para o tratamento na cidade, e acho que pensei que ele estava no hospital melhorando quando, na verdade, estava morrendo; seu corpo devorado sistematicamente pelo câncer. Nos anos 1970, não havia tecnologia disponível para detectar a doença com antecedência para impedir que se espalhasse como um incêndio – os médicos apenas lidavam com ela quando a encontravam, muitas vezes, tarde demais. E, quando, *de fato*, encontravam, tudo que se tinha à disposição era quimioterapia ou radiação – ou seja, meu Pai tinha que ficar internado, sendo tratado com um ou outro. Eu me lembro de ir visitá-lo e, como estava muito debilitado, a única coisa que podia comer e apreciar era peixe frito com Budweiser; então, sempre dávamos um jeito de levar isso pra ele. Parece uma combinação indigesta, eu sei, mas era tudo o que ele parecia querer.

CHERYL PONDER

Papai recebeu o diagnóstico em abril de 1971 e fez um tratamento intensivo e longo de radioterapia por seis semanas, que não teve muito efeito. Pelo fato de ser um tumor na faringe nasal, parecia mais difícil de ser contido. Então, no verão daquele mesmo ano, ele fez outra biópsia, e o câncer continuava se espalhando.

Por mais que eu fosse novo e ele estivesse doente a maior parte do tempo, eu e meu pai éramos próximos. Quando se leva em conta que minha irmã é dezessete anos mais velha, é fácil entender o porquê. Como Cheryl e eu basicamente crescemos em dois momentos diferentes das vidas de nossos pais, ele me adorava, apesar de suspeitar que meu nascimento tenha sido um daqueles erros resultados de uma ida ao clube de campo e beber demais.

Tenho algumas fracas lembranças de ficarmos sentados no sofá assistindo ao golfe juntos, pela tarde. Ele amava me ter por perto mesmo eu não sabendo nada de golfe. Alguma coisa a respeito do jogo deve ter entrado na minha cabeça mesmo assim e lembro em particular do torneio Colonial – provavelmente porque ele acontecia em Ft. Worth, algo que meu pai fez questão de ressaltar na época. Sei que ele teria bastante orgulho de saber que seu filho foi convidado a jogar golfe mais tarde na vida.

Mesmo quando doente, ele bebia Budweiser como se a cerveja fosse parar de ser fabricada. Então, aos cinco anos, provavelmente provei minha primeira cerveja, por mais chocante que isso possa parecer, mas era assim que meu pai era, e pronto. Ele simplesmente me dava um golinho quando mamãe não estava olhando, e eu bebia. Provavelmente, eu não gostava, mas ao menos dava ao meu corpo alguns anos de vantagem para se acostumar com o gosto. Que fique registrado que eu não consigo nem pensar em dar uma porra de cerveja para o meu filho de cinco anos hoje, mas naquela época era assim mesmo.

CHERYL PONDER
Mamãe não tinha a menor ideia de como seria ficar viúva ou ser mãe solteira aos 47 anos, então ela cometeu alguns erros de psicologia no meio do caminho, coisas que não teve como voltar atrás. Ela sabia, mas não tinha mais jeito. Eu ligava sempre para saber como papai estava, e, se a mãe notasse qualquer fiapo de algo que ela achasse que "Ah, ele vai melhorar", então todos ficávamos com essa esperança – e Rex foi pego no meio disso tudo. Nos anos 1970, não sei se as pessoas sabiam muito sobre psicologia ou ao menos como contar para uma criança que seu pai está morrendo.

Logicamente – em especial por conta do estado de saúde de papai –, a maior parte da minha criação ficou por conta da minha mãe, mesmo que também tivesse alguns problemas de saúde. Quando criança, ela teve poliomielite, e, por mais que não houvesse efeitos a longo prazo que pudessem ser notados de cara, quando papai adoeceu, ela não lidou bem com isso, o que causou uma reação nervosa central que afetou o movimento de seus membros. Isso significava que, para cuidar de papai com sua mobilidade reduzida, eu tinha de ficar nas casas de outras pessoas cada vez mais, às vezes, de gente que mal conhecia.

Fora as casas de meus avós dos dois lados da família, um dos meus lugares favoritos era a casa de praia do meu tio em Surfside, ao sul de Galveston, porque ficava lá praticamente sozinho, livre para perambular pelas dunas que se esticavam mais ou menos uns 3 km e para entrar no mar e tentar aprender a surfar, quase sempre sem sucesso, devo comentar.

Estranhamente, mesmo tão novo, eu parecia gostar de me virar, lutando para sobreviver, algo que levaria comigo por toda a vida. Se era falta de opção ou porque sou um daqueles tipos naturalmente independentes, quem sabe!? Não só era uma forma de me proteger, como também um sinal do tipo de motivação decidida que sempre tive. Sim, eu era um moleque pequeno, magricelo, mas sempre bati forte, em todos os sentidos.

CHERYL PONDER

Rex sempre foi cheio de si. Ele tinha uma grande personalidade, mas sempre fazia exatamente o que queria, onde quer que estivesse. Ele achava que era independente desde cedo.

Meu pai faleceu em janeiro de 1972, quase um ano depois que o pai dele havia morrido, e tenho a impressão, pelo que ouvi, de que foi uma morte lenta e dolorosa. Ele tinha só 47 anos. Era jovem aos olhos de qualquer um.

Eu ignorei.

É aí que fica difícil. Não sou o tipo de pessoa que se abre muito, emocionalmente falando, e a morte de meu pai é algo que nunca conversei a respeito com alguém, nem mesmo com minha mãe ou minha irmã. Devo ter bloqueado tudo imediatamente porque, naquela idade, não tinha a menor esperança de lidar com o que a morte significava de fato, apesar de ficar surpreso hoje com o quanto me lembro dos eventos em si.

No dia em que meu pai morreu, eu estava brincando no quintal da casa do médico, a maior mansão da cidade, como se fosse um dia qualquer. E aí minha mãe veio me contar que papai havia morrido. Mesmo sendo muito novo, lembro bem a primeira coisa que minha mãe disse: "Eu não sei o que vou fazer".

É claro que eu não tinha a resposta. Era apenas uma criança. Só continuei brincando...

CAPÍTULO 3
MAIS ADIANTE

Sem pai, e com uma mãe que lutava para lidar com a situação tanto física quanto emocionalmente, a estrada pela frente poderia ser das mais sombrias. Claro que sentia falta de ter meu pai por perto, mas, como nunca havia tido algumas das experiências que as crianças têm com seus pais – aprender a jogar bola, por exemplo –, não poderia falar que sentia falta desse tipo de presença paterna, porque não dá para sentir saudade de algo que nunca se teve. Tudo de que me lembro é que as pessoas na vizinhança pareciam ter pena de mim, falando umas besteiras do tipo "Poxa, pobre garoto. Perdeu seu pai tão cedo", mas seguia minha vida como qualquer outro menino, brincando na rua, passeando pela cidade de bicicleta e tal. A vida precisava seguir...

CHERYL PONDER
A mãe estava no estágio inicial de uma doença ligada à distrofia muscular, desencadeada – em diversos casos – por trauma. Ela teve pólio quando pequena, mas não sofria de efeitos a longo prazo. Porém, depois da morte de papai, ela caía sem razão aparente. Na época, ela conseguia se levantar e continuar fazendo o que

precisava fazer, mas, com o passar do tempo, a situação piorou e ela teve que usar uma cadeira de rodas.

Depois de dois anos e meio em De Leon, mamãe tomou a decisão de nos mudarmos para Arlington, em junho de 1974. Fez sentido, é claro. Só estávamos em De Leon por causa do emprego de meu pai, e, com ele falecido, não havia porque ficarmos lá, já que não tínhamos nenhuma ligação com o lugar. Aparentemente, mamãe por um tempo pensou em voltar para Graham, mas seria difícil sem papai e – talvez o mais importante – Arlington parecia uma cidade melhor para podermos ficar mais próximos de Cheryl e seu marido, Buddy.

Um tempo após nossa partida, minha vida mudou radicalmente. Enquanto escutava música em meu quarto uma noite, lembro-me de ter ouvido a porra do som mais incrível do mundo saindo do rádio – valendo lembrar que naquela época só existiam rádios AM. O nome da música era "Tush", e a banda era o ZZ Top. Assim que a ouvi, essa música mudou toda a minha perspectiva sobre tudo. Eu me segurei àquele sentimento por toda a vida. Mesmo jovem, eu sabia exatamente o que era blues. Eu escutava esse tipo de música o tempo todo, e de muitas maneiras diferentes. Eu havia ouvido os Rolling Stones, que definitivamente tinham raízes no blues, e também conhecia os Beatles, que, apesar de terem toques vagos de blues ao fundo, soavam mais como inovadores dentro da cultura pop. Mas aquele era um estilo novo e completamente diferente. ZZ Top era um balanço novo, uma nova batida, e eu tinha curtido *mesmo*.

"Dallas, Texas, Hollywooooo-ood...[1]" – você sabe como é, aquilo pra mim era demais. Meu primeiro pensamento foi "Foda-se, eu quero uma guitarra agora. É isso que eu preciso fazer. Preciso fazer". Até então, eu não era o tipo de garoto que tinha pôsteres de bandas espalhados pelas paredes do quarto – meu lance era mais esporte, essas merdas –, mas isso tudo logo mudaria. Eu provavelmente tinha uns oito anos na época.

Então, depois que nos mudamos para a cidade, em meu primeiro dia de aula dei de cara com um choque cultural total. Porra, eu estava acostumado a dividir a sala com oito crianças – talvez dez – e, de repente, acabei me vendo em uma

---

[1] N. de T.: Trecho de *"Tush"*, do ZZ Top.

sala da 5ª série com cinquenta outros garotos, separados em três fileiras. Levei um tempo para me acostumar, e, como resultado de me sentir perdido no meio de todos, passei a agir como o engraçadinho da turma pra chamar a atenção enquanto esperava fazer alguns novos amigos.

> **CHERYL PONDER**
> O principal motivo pelo qual Rex e a minha mãe se mudaram para a cidade foi para ficarem mais próximos de mim e de meu marido. Eu queria ajudá-la com Rex, e ele teria mais oportunidades em Arlington.

Mesmo com essa idade, eu encarava qualquer um. Era mirrado, magricelo, mas não tinha medo de nada. Assim, os garotos maiores viraram meus amigos, geralmente após eu ter tentado quebrar suas cabeças em uma briga. Eu não tinha problema nenhum em encarar caras 30 centímetros mais altos do que eu, o que, naquela época, muitos dos garotos eram. Eu conseguia dar umas porradas naqueles tempos, já que era o único jeito pelo qual podia garantir algum respeito – e, caso as coisas dessem errado, sempre soube que podia correr mais rápido do que eles.

Acho que você pode comparar esse meu comportamento com a experiência de ser preso pela primeira vez, uma situação em que você bate no maior cara que conseguir para ser respeitado imediatamente. Todos os outros presos diriam "Cacete, esse cara deve ser fodão" e te deixariam em paz. Era desse jeito que tinha que viver minha vida. Lembre: eu não tinha pai, minha mãe nunca se casaria de novo, e, ao passo que o marido da minha irmã, Buddy, fazia o máximo pra preencher o papel de pai, eu praticamente tive que me criar sozinho.

Todavia, minha mãe *fez* o seu melhor, certamente desejando me passar bons valores. Ela também queria arrumar algo para me ocupar, então a igreja local – a Primeira Presbiteriana, para ser mais preciso – caía como uma luva porque tinha um grupo de jovens realmente bom. E havia um monte de minas gatas lá. Eu não sei dizer se frequentava o lugar por razões estritamente religiosas ou pela interação com as garotas, mas acho que você pode adivinhar essa.

De qualquer forma, eu cantava no coral da igreja e participava de muitas outras atividades ligadas a ela. Mamãe queria mesmo que eu me ocupasse com viagens junto ao coral – viajávamos uma semana em um ônibus e cantávamos em diferentes cidades, esse tipo de coisa. Íamos à Little Rocks, Shreveports, tudo que é lugar na verdade, ficando nas casas de famílias de outras paróquias. Então, cantávamos um pouco durante a missa de domingo e geralmente eu ficava à frente. Eu era bom assim.

O nome do diretor do coral era Michael Kemp, e, lembrando agora, ele realmente me ajudou a trazer meu talento à tona ao me deixar confortável cantando diante do público e tal. Ele não era bem uma figura paternal, mas certamente um mentor – viu meu talento e provavelmente sabia que eu seguiria alguma carreira na música.

A igreja era cheia de grupinhos, porém. Não só a congregação em si era grande, também era uma religião organizada ao extremo – por mais que eu não soubesse o que isso significasse exatamente naquela época, eu tinha noção de que parecia ser algo que levava em consideração quem tinha mais grana, quais eram os melhores sapatos ou a maior casa, esse tipo de coisa. Talvez, durante os anos de formação, você não preste muita atenção às questões mais abrangentes de algo como a religião organizada, já que outras coisas parecem bem mais importantes. Havia matérias da escola o suficiente para se lidar, então um tema como estudo religioso era só algo a mais na longa lista de assuntos que tinha que estudar.

CHERYL PONDER

A igreja tinha um grupo de jovens bem ativo. E, em 1975, contratou um novo diretor de música chamado Michael Kemp. Ele e sua esposa tinham acabado de se graduar em música. Ele era muito talentoso e havia montado um coral com as crianças, no qual nossa filha, Charlotte, e Rex entraram logo. Michael afeiçoou-se a Rex porque podia ver o talento que ele tinha. As crianças participavam de todos os tipos de viagens, com Mike ficando cada vez mais orgulhoso de Rex, dando-lhe cada vez mais responsabilidades.

Por mais que dificilmente pudesse-se dizer que eu era um gênio durante as aulas, meus estudos eram levados a sério mesmo com a sensação latente de que os assuntos não seriam lá muito relevantes em minha carreira futura, quase como se eu soubesse qual seria meu destino. Felizmente, não tive que me esforçar muito – era um aluno nota 8, pelo menos no começo, porque tinha esse apetite insaciável por conhecimento. Sempre gostei de ler: história, geografia, o que você imaginar, eu lia. Ainda leio.

Nessa mesma época, entrei em uma banda no colegial, o que era um grande passo na direção certa para as minhas aspirações musicais e um passo para trás nos estudos. Claro que eu queria tocar percussão, onde ficavam as coisas legais – a parte da banda que era mais divertida –, mas precisavam de mim em outro lugar.

Então, eles fingiram que precisavam de alguns dos alunos mais brilhantes ali ou certamente aqueles mais qualificados que eu, o que não fazia sentido porque toquei na banda de iniciantes, na intermediária e na avançada, nas bandas locais e estaduais, algo que continuaria até eu chegar ao 1º ano do Ensino Médio. O "outro lugar" a qual se referiam logo ficaria claro.

O que faltava eram tocadores de tuba. Então, pensaram: "Porra, esse moleque pesa 40 quilos, vamos largar essa tuba de 30 quilos no colo dele e fazê-lo andar de ônibus e subir uma colina com ela como treino". Naturalmente, eu achava isso a coisa mais estúpida do mundo –, mas acabou se tornando a escolha certa, um excelente treino, e passei a tocar bem a tuba rapidinho.

CHERYL PONDER
A entrada de Rex na bandinha da escola – tocando tuba – foi o momento musical mais significativo para ele, fora o fato de sempre ter gostado de *ouvir* música. Mas aprender a *tocar* foi um grande passo.

Como a maioria das crianças de minha idade, eu jogava baseball, me destacando como lançador e *shortstop*[2]. Também joguei futebol – até cansar de correr atrás de uma bola – e futebol americano, mesmo sendo pequeno demais para entrar no time inicialmente. O que contava ao meu favor eram as pernas que

---

2   N. de T.: *Posição entre a 2ª e a 3ª bases no baseball, espécie de zagueiro.*

herdei de meu pai. Ele foi recordista nos 100 metros rasos no estado do Texas durante 17 anos, e eu certamente conseguia correr por todo o campo e pegar a bola. Eventualmente, alguém mexeu uns pauzinhos em algum lugar e me colocou no time, mas o treinador – um baita cuzão – me colocava para cuidar das toalhas ou da água. Era uma posição de merda, e todos os garotos maiores me provocavam colocando minha cabeça na privada e dando descarga, o que chamavam de "redemoinho". Ninguém merece ficar com a cabeça/boca cheia de merda!

Felizmente, eu tinha esse bom amigo na época, que chamarei de Jack, de que muitas vezes precisei. Que Deus o abençoe. Era um negão enorme – o maior do time, de longe – e, por razões que nunca entendi bem, ele me apadrinhou feito um anjo da guarda. Acho que ele tinha perdido umas cinco séries na escola, mas sempre que eu me metia em encrenca, Jack parecia surgir do nada. Perdi o contato com ele no 2º grau, quando começou a mexer com drogas pesadas e acabou na cadeia – vai saber por onde anda agora. De fato, ele talvez seja um desses caras que ficam na cadeia a vida inteira, mas nunca o esquecerei por ter ficado sempre do meu lado.

CHERYL PONDER

Rex era lançador em um time da liga infantil em que meu marido Buddy ajudava nos treinos, além de jogar futebol americano nos Lancers, que talvez tenha ganhado um campeonato em algum momento.

Enquanto os esportes prendiam um pouco a minha atenção, eu havia começado a ouvir um monte de música. A cultura pop estava prestes a passar por uma mudança radical, e agora eu conseguia ouvir as rádios FM de rock porque morávamos na área metropolitana de Dallas, onde havia uma torre de rádio maior. Não podia ter escolhido hora melhor para começar a explorar as estações.

Melhor ainda, como as rádios FM eram estéreo, a própria dinâmica das músicas ficou maior e mais na cara. Uma grande banda da época era o Bread, tocando bastante na rádio, e por conta deles acabei gostando de coisas como America e James Taylor. Após mergulhar nesse tipo de som acústico, rapidamente dei um jeito de tocar a maioria dos acordes. Outro ponto importante para mim foi quando meus primos em Midland (Texas) me mostraram o disco *Songs in the Key of Life*, de Stevie Wonder: não que fosse o tipo de coisa que se esperasse que eu fosse gostar, mas realmente deixou sua marca do ponto de vista da composição e dos arranjos. Na verdade, eu pensava que esse disco, de um jeito esquisito, era bem melhor que tudo dos Beatles que minha irmã havia me mostrado.

Ao mesmo tempo em que minha mãe apoiava o fato de eu aprender a tocar música – ela comprou todos os livros e materiais que me ajudassem a ler partituras –, também insistia que eu fizesse algo da vida. O problema era que a ideia dela de "fazer algo" era arrumar um emprego. Ela tinha esse pensamento arraigado de que, se você não termina a escola, está condenado a terminar sua vida cavando valas por aí.

CHERYL PONDER

Mamãe e eu queríamos que Rex estudasse. E digo "mamãe e eu" porque eu vi Rex crescendo, fugindo tantas vezes e não fazendo tudo que qualquer pai gostaria que seus filhos fizessem. Rex era tão esperto – tão esperto –, mas ele simplesmente não se dedicava, o que frustrava a mim e minha mãe. Minha filha, Charlotte, só 15 meses mais nova que ele, era uma excelente aluna, então acho que havia certa inveja entre os dois por terem idade tão próxima. Só queríamos que ele se formasse na escola, e então poderia seguir em frente e fazer sua carreira na música. Com certeza, o que aconteceu com ele foi coisa de uma em um milhão de vezes e deu certo, mas, como pai, não é o que você escolheria para seu filho, porque não há nenhuma segurança.

Tudo que eu sabia era que tinha algo em mim que me levaria a fazer algo com música. Algo que me levava para esse caminho, e eu não tinha outra escolha senão segui-lo e aprender tudo que pudesse enquanto isso. Minha primeira guitarra tinha essas cordas horrorosas que nunca haviam sido trocadas. Era péssima. Tinha calos nas mãos, mas nunca havia pensado em trocar de cordas até alguém me dizer que eu deveria.

Nada incomodado por tocar com um equipamento abaixo do padrão, comecei a ter aulas na Associação de Jovens Cristãos[3] porque era barato – 10 dólares por mês ou algo assim. Eu ia lá e tocava o que quer que o professor dissesse. Ele me deu o livro de tablaturas de John Denver para levar para casa nas festas de fim de ano, e eu tocava todas aquelas músicas e cantava também, o que é meio vergonhoso de se lembrar agora.

A Associação foi importante porque lá estavam disponíveis todas as tablaturas e cordas, mas parecia que, tocando guitarra, você tinha que trocar de cordas com cada batida ou escala. Então, decidi tocar um instrumento completamente novo: o *baixo*, embora eu já soubesse tocar piano, bateria e guitarra muito bem, e minha habilidade em ler partituras fosse boa.

---

3   N. de T.: No original, YMCA (Young Men Christian Association).

CAPÍTULO 4
REX, DROGAS E ROCK'N'ROLL

Por volta da 9ª série, minha primeira aula do dia era a de música (mais precisamente jazz) – o que era legal – e a segunda literatura, em que, detalhe, nunca aparecia. Ao invés disso, ia ao parque perto de casa. Ninguém dava a mínima pra matar aula naquela época, então eu simplesmente cabulava, queimava um e ficava jogando uma porra de um frisbee pra cima e pra baixo.

Veja bem, o frisbee foi parte vital da minha adolescência, e explico aqui a razão: você aprende a bolar um baseado no frisbee, tirando todas as sementes e se livrando de todo o lixo. Alguns frisbees tinham um espacinho em que se podia esconder algo dentro, então você acendia o baseado, colocava no frisbee e jogava para um amigo. Ele, então, fumava e jogava de volta, tudo isso enquanto os outros assistiam a aulas de literatura. Essa foi *minha* formação.

Caso decidisse voltar para assistir à 3ª aula, seria álgebra, classe que dividia com Vinnie Paul Abbott[1]. Eu sabia dele porque tínhamos participado de eventos

---
1   N. de E.: *Futuro baterista do Pantera.*

ligados a bandas da escola antes – ele na parte de percussão –, então tinha uma noção vaga de quem era, ainda mais levando em conta que parecia ter barba e bigode cheios desde uns onze anos de idade. Esse sim era um cara peludo. Vinnie também tinha esses caninos enormes, e vez ou outra almoçávamos juntos, mas o encarava mais como um conhecido do que como amigo. Embora eu ache que tínhamos uma espécie de amizade – a música sendo nossa maior ligação –, em outros momentos não éramos tão próximos.

Havia, porém, uma vantagem nessa quase amizade. O pai de Vinnie, Jerry, era o dono do único estúdio decente na cidade, ao menos que eu conhecia, e trabalhava como engenheiro de som. Ele também havia composto uma série de músicas country e sempre tentava vendê-las. Acho que ele tinha feito algumas canções para a ABC Records no passado. Através dele e de Vinnie, acabei conhecendo Darrell, que, naquela época, não conseguia tocar guitarra nem que sua vida dependesse disso. Darrell era um pouco mais novo e era só um pequeno e magricelo skatista punk na época.

Naquele tempo, eu ouvia qualquer coisa que estivesse rolando, absorvendo tudo. Vinnie sentava na minha frente na aula de álgebra, e logo começamos a conversar sobre bandas e músicos, geralmente enquanto o professor também falava. Seu favorito na época era Neil Peart, baterista e letrista do Rush, e se você não gostava do que Vinnie gostava, era do jeito dele ou nada feito. Ele falava umas merdas pra mim do tipo "Cara, Neil Peart dá uma surra no John Bonham". Eu ainda ouvia ZZ Top, é claro, mas, de repente, surgiram bandas como Bad Company; depois de ouvir essas bandas, minha natureza curiosa me levou de *volta* para conhecer Black Sabbath e Led Zeppelin e de onde veio tudo aquilo, já que o que eu escutava era mais progressivo. Para mim, o primeiro disco do Led Zeppelin sempre me lembrou do *Truth*, de Jeff Beck, que foi sempre um de meus guitarristas favoritos.

Logo, sendo um grande fã de Led Zeppelin, eu respondia "Cê tá doido, porra?", quando, então, o professor interrompia nossos debates e nos chamava atenção por conversar durante a aula. "Brown, Abbott! Prestem atenção!"

A propósito, a razão pela qual não tenho bunda hoje em dia é de ter levado tanta palmada todo santo dia. No passado, os professores faziam uns furinhos na palmatória pra fazer arder pra caramba! Bem, eu apanhei bastante. Mas, depois de um tempo, você tem que começar a rir, o que, é claro, eles detestavam e diziam "Você quer levar mais duas?". "Vá em frente, eu nem tenho bunda mesmo, e provavelmente vocês vão quebrar minha pélvis, então não importa...", eu dizia, e meu traseiro nunca mais seria o mesmo.

Pouco depois disso, o disco *Physical Graffiti* (do Led Zeppelin) me fez trilhar um novo e químico caminho. Eu tinha esse amigo que conseguia umas bolotas de ópio, e ficávamos ali, com uma faca quente sobre o fogão com haxixe e ópio, ouvindo esse disco sem parar, chapadaços. Essa foi minha experiência de verdade com drogas, e quando o fiz, fui a fundo mesmo. Não havia meio-termo. Tomei ácido e foi demais, sabia que havia encontrando um novo eu. Quando tomávamos LSD, eu tinha essas alucinações que não rolavam com a maconha, que duravam de 8 a 12 horas. E, ainda melhor, todas as músicas que ouvíamos pareciam *aperfeiçoadas* pelas drogas – sons como "Comfortably Numb", do Pink Floyd, viajandão por si só, quando ouvidos acompanhados de drogas, me levavam para outro planeta. Isso e os discos dos Beatles da minha irmã eram as trilhas perfeitas para as minhas viagens de ácido.

A evolução do rock me interessava tanto quanto ouvir música ou tocar um instrumento. Pode parecer esquisito, mas era como se eu quase soubesse que faria parte dessa cena um dia, então fazia sentido pra mim entender como e por que chegaria ao meu destino final.

Tudo começou com o blues do Delta, com caras como Robert Johnson. Dali em diante, você pode traçar um caminho até Howlin' Wolf, o blues de Chicago – sei que isso pula um período grande e músicos de blues mundo afora, mas essa foi a minha progressão geral. Então, pode-se dizer que o rock'n'roll veio do Delta, do Mississipi, passando por Chuck Berry e bandas inglesas como Beatles, Stones e Zeppelin até onde estamos hoje. Mas começou nos Estados Unidos, no sul.

Digo isso por uma boa razão, além de dar meu ponto de vista a respeito do desenvolvimento do rock. Mais à frente, sempre me irritou quando as pessoas se referiam ao som do Pantera como "southern" [sulista], como se fosse algo de especial. E, em termos musicais, a única coisa "southern" a nosso respeito era o fato de sermos de Dallas. Como demonstrei aqui, *todo* o rock tem origens no sul, então sempre senti que o Pantera foi rotulado do jeito errado. Em minha opinião, você não tinha como nos colocar dentro de determinado gênero – apenas tínhamos nosso lugar na escala de evolução do rock.

Com o passar do tempo, passei a entender porque ser do sul afetava nosso comportamento. As pessoas de fato são mais gentis lá embaixo e acredito que muito disso se deva à forma como somos criados. Eu sempre tive esse orgulho sulista comigo em qualquer situação e essa noção de que o sul é uma terra cheia de caipiras atirando com suas armas é simplesmente errada.

Ao passo que meu conhecimento e gosto musical se diversificavam, o mesmo aconteceu com meu estilo – ou, mais precisamente, meu *antiestilo*. Eu sempre usei umas roupas de acampar ou o tipo de traje que se usaria ao subir uma porra de uma montanha, coisa que eu geralmente fazia nos acampamentos da igreja. Jeans, botas, camisas de flanela, bandana... Era isso que eu gostava de vestir. Parecido com aquele visual grunge, mas bem antes do grunge existir.

Eu cantava (antes de crescer cabelo no peito, digo) e tocava baixo nessa época, na minha primeira banda de verdade, chamada Neck and the Brewheads. Tocávamos pela cidade fazendo covers dos Stones, Zeppelin, algo do Rush – qualquer coisa que tocasse nas FM da época. Além disso, o irmão do nosso baterista tocava no Cactus, que também fazia parte do nosso repertório, já que era algo com que os moleques realmente poderiam se identificar.

Tocávamos para os hippies, ainda com aquela ressaca riponga dos anos 1960, gente pra lá e pra cá fumando erva – certamente, era essa galera que ia aos nossos shows. Os anos 1970 foram uma década de transição esquisita, então era difícil fazer as pessoas curtirem o que estávamos tocando. Isso foi um ano antes de eu começar a ouvir heavy metal o tempo todo – Iron Maiden, Judas Priest e Motörhead – e nossos shows rolavam em quintais e cervejadas.

Aqui no Texas, alguém conseguia permissão para usar um campo aberto no terreno de alguém, convidava um monte de pessoas, e havia quinze barris de cerveja. Éramos a banda de festa mais popular da cidade naquele tempo; algumas vezes, nos pagavam em dinheiro e, em outras, era um trato do tipo "nos dê toda a cerveja que pudermos beber e um pouco de ácido que tá tudo certo". Qualquer uma das opções estava ótima pra mim.

Os irmãos Abbott eram os dois únicos garotos da cidade com um P.A. decente, que haviam ganhado de seu pai. Nosso vocalista também tinha um P.A., mas ele nunca ia aos ensaios, então Vinnie e Darrell me emprestavam sua mesa ou microfones ou o que fosse, contanto que eu devolvesse no outro dia. Eles sempre foram legais ao me emprestar o equipamento quando não estavam usando. A mãe deles, Carolyn, dizia "Sim, Rex, pode levar. Eles foram pra algum lugar fazer alguma coisa". Então, eu tinha acesso a equipamentos de graça sempre que precisasse.

Eles tinham começado sua própria banda com Terry Glaze, Donnie Hart e Tommy Bradford, e a chamaram de Pantera. O nome não tem nenhum significado profundo. Era só o nome de um carro bem veloz e a tradução para o espanhol de *panther*[2], nada mais. Só algo bacana com o qual se esperava que as pessoas pudessem se identificar. Eles eram muito bons, mas, basicamente, só tocavam na garagem. Agora, quando rolavam os shows, era um público bem diferente do da minha banda – eles tocavam para os yuppies. Enquanto nós, do Neck and the Brewheads, tocávamos Zeppelin, Stones e Ted Nugent, o Pantera tocava Loverboy[3]: era essa a diferença na época. Dois mundos *completamente* diferentes.

Quando cheguei ao 2º ano do Ensino Médio, minha técnica musical era avançada o suficiente para me render um convite da North Texas State University, uma das melhores escolas de música de todo o país. Eles provavelmente tinham a melhor banda-laboratório – um grupo que tocava um tipo de jazz experimental em que você interpreta Charlie Parker e outras coisas assim – de todas. Alguns grandes músicos passaram por lá, e a escola havia me oferecido uma bolsa para frequentar as aulas.

Mas, ainda era aquela época do frisbee pra mim. Eu não queria fazer parte do mundo acadêmico. Eu sentia que havia nascido para tocar rock, não para aprender a tocar algo para alguma maldita competição de jazz; então, por mais estranho que pareça ter renegado uma faculdade de prestígio, era sinal de minha dedicação obstinada à visão que tive do verdadeiro caminho da minha vida: viver a vida do rock.

CHERYL PONDER

Eu me lembro de a minha mãe comentar comigo que Rex estava nessa banda de garagem chamada Neck and the Brewheads, e, pelo que me recordo, ele saía pra ensaiar e passava a noite fora; então, de cara, foi bem difícil pra mamãe lidar com isso porque estava sozinha em casa e, até uma da manhã, ele ainda não havia voltado, mesmo em dias de semana. Michael Kemp, da igreja, ia até a casa deles pra conversar com meu irmão e mostrar a ele que não era

---

2   N. de T.: Pantera, em inglês.
3   N. de E.: Banda canadense de hard rock/rock de arena famosa durante os anos 1980.

isso que um bom garoto deveria fazer. Provavelmente, Rex sentiu que Michael o traiu ao ficar do lado da mãe, mas só queríamos o melhor para o seu futuro. Mike disse "Rex, você é um músico dos bons. Deixe-me conseguir uma bolsa pra você. Consigo uma bolsa pra você em qualquer faculdade do país com esse seu talento", mas ele não tinha o menor interesse nisso.

Enquanto eu tinha meu lance com o Neck and the Brewheads, me virando de qualquer jeito para sobreviver, os irmãos Abbott faziam o "corre" deles e ganhavam alguma reputação pela cidade. O jovem Dime ainda estava aprendendo a tocar guitarra, mal conseguia tocar os acordes com barra, mas foi progredindo até que em algum verão, no início dos anos 1980, alguém lhe deu os discos Blizzard of Ozz e Diary of a Madman, de Ozzy Osbourne.

Dime então se trancou no quarto por todo o verão. Quando saiu de lá, já era um diabo de um virtuoso. Foi simples assim. Seu pai – que era canhoto – o ajudava também, e ele não apenas tocava todas as notas e acordes que Randy Rhoads e Eddie Van Halen, mas também fazia suas variações, colocando sua personalidade em tudo que tocava. Era essa habilidade de improviso que tornava o estilo de Dime tão absurdo, mesmo na adolescência. Então, sempre que eles tocavam, eu geralmente ia junto e ficava com eles, e algumas vezes me deixavam cuidar do som e tal.

TERRY GLAZE (vocalista original dos três primeiros discos do Pantera)
De repente, Darrell conseguia tocar "Eruption", do Van Halen. Simplesmente fluía dele, de forma completamente natural. Naquela época, estavam fazendo algumas exibições de guitarristas em Dallas. Então, esse garoto pequeno e magricelo com um afro gigante vai lá, arrebenta com todo mundo e ganha uma guitarra Dean. Estávamos todos lá e vimos Darrell vencer todo mundo; então, na competição seguinte, ele ganhou uma Charvel Strat e talvez uma Randall Half-Stack, e ninguém chegava nem perto de vencê-lo. Depois disso, ele não pôde mais competir, quando virou um dos jurados. Ele também foi o dono de um dos primeiros trêmulos Floyd

Rose, em Dallas, se me lembro bem. Só havíamos visto isso em revistas ou fotos do Van Halen e nunca soubemos direito o que era. Darrell encontrou um cara na cidade que podia colocar a peça em sua guitarra, levou sua Dean até lá, a modelo sunburst, e saiu com um Floyd Rose.

Em 1982, todo mundo se formou, mas, como eu matava aula, não cheguei a me graduar (estava muito ocupado bolando baseados e jogando frisbee, lembrem). Então, eu fiz um G.E.D.[4], e suas regras diziam que eu deveria estudar em tempo integral ou ter um emprego de meio período, ou então os benefícios que minha mãe recebia por conta de meu pai ser veterano de guerra seriam cortados pela metade.

Apesar disso, entrei na faculdade após mentir minha idade na ficha de inscrição. Claro que eles descobririam minha idade e, quando o fizeram, quase seis semanas depois, me expulsaram dizendo: "Garoto, você é jovem demais" – apesar de ter passado no G.E.D., sempre era o mais novo da turma por conta da data do meu aniversário. E agora? Agora, tinha que arrumar algum emprego, nem que fosse só para acalmar minha mãe quanto a meu futuro.

CHERYL PONDER
Não sei quanta influência um G.E.D. teria hoje em dia, mas, nos anos 1970, certamente te colocaria na faculdade após uns anos de espera, mas era difícil fazer Rex entender isso. Ele e minha mãe nem sempre se entendiam – pensando bem, ambos provavelmente precisavam de algum acompanhamento psicológico, mas nenhum dos dois nunca se tratou.

Então, para complementar minha renda de shows – que naquela época vinha na forma de bebidas –, tive todo tipo de emprego. O primeiro deles me ensinou a me adaptar a oportunidades que se apresentavam para ganhar al-

---
4   N. de T.: *Espécie de supletivo norte-americano.*

gum dinheiro. Eu trabalhava em um quiosque no meio de um estacionamento, supostamente para a Fotomat[5], mas não era só isso que eu fazia.

Sabe, naquela época eu podia comprar essas pílulas de metanfetamina por uns 65 paus, que rendiam cerca de 2 mil pílulas vendidas por 1 dólar cada. Então, se alguém passava ali e queria umas 100, não tinha problema, bastava eu colocar nesse saquinho de fotos da Fotomat, anular o tíquete e é isso aí.

Eu costumava vender ácido lá também, assim, se as pessoas queriam comprar de monte, eu vendia de monte, sem problema nenhum. Eu fiz uma puta de uma fortuna como traficante adolescente. Eu saía por uma hora para dormir ou ficar chapado, voltava, e já tinham uns caras batendo nas portas e janelas, enquanto eu continuava chapadaço. Trabalhei em vários quiosques da Fotomat por todo o município, e, na maioria das vezes, vendia drogas, exceto quando eu estava de saco cheio e ficava vendo as fotos das pessoas – você não acreditaria no tipo de coisa que vi.

Tive um golpe de sorte quando achei algumas fotos de Randy Rhoads, tiradas em 1980 – tão jovem quanto você possa imaginar. Então, liguei para Darrell, no 261-2260 (seu telefone de casa, nunca esquecerei), e disse: "Cara, tô com uma foto aqui que você não vai acreditar". Enchi o saco dele até que a tomou de mim – meio que um agradecimento por me emprestar seu equipamento tantas vezes –, e até mesmo arrumei empregos para Terry Glaze e Vinnie na Fotomat também.

TERRY GLAZE
Trabalhar na Fotomat era um baita emprego porque eram poucos clientes. Eu gostava porque na época fazia faculdade, então podia ficar lá sentado, estudar e ser pago pra isso.

Além de vender todas essas merdas no quiosque, também afanava uma grana da Fotomat ao anular tíquetes e pegar o dinheiro. Eu era um vagabundo e, na minha cabeça, tudo o que importava era sobreviver. Não era surpresa nenhuma eu receber clientes loucos nesses quiosques, mas eles tinham que ser discretos

---

5 N. de T.: Empresa com diversos quiosques pelos EUA que fazia serviços de revelação fotográfica e afins, por meio de sistema drive-thru.

ou eu não os atenderia mais. Se descobrisse que estavam dando bandeira pela rua, eles estavam fodidos, *e* eu cobraria o dobro.

Quando saí desse emprego, minha mãe me conseguiu uma vaga na Texas Electric, onde meu pai trabalhava. Eu fazia as entregas de correspondências em um caminhão na região de Ft. Worth, depois, ia pra casa, dormia duas ou três horas e, então, tocava com a banda em casas noturnas até três da manhã. Isso durou uns seis meses até que eu finalmente disse "Não aguento mais essa merda" e fui atrás de outra coisa.

# CAPÍTULO 5
CHAPADO À MEIA-NOITE

"Darrell Abbott no telefone, ele quer falar com você", gritou mamãe lá da porta da garagem numa noite em que acabava de voltar de um show com minha banda, Neck and the Brewheads.
"O que ele quer?", perguntei a ela.
"Eu não sei. Ele só quer falar com você", ela disse.
Eram onze da noite, e meu baixo ainda estava no banco de trás do carro. Peguei o telefone, e ele me perguntou se eu queria ir até o estúdio e tocar baixo em uns sons. Eu já estava chapado – tinha fumado uns três baseados e bebido um ou dois litros de cerveja –, mas entrei no carro e fui até lá.

Minha mãe provavelmente gritou algo como "São onze e meia da noite, você deveria estar na cama!". Ela nunca conseguia me fazer ficar em casa pela noite. Mas eu já tinha saído, é claro, e não a teria ouvido do mesmo jeito.

Quando cheguei lá, os caras queriam que eu tocasse em três músicas, que acabariam entrando no disco *Metal Magic*. Eles queriam se livrar do antigo baixista, um cara chamado Tommy Bradford, porque ele queria levar a música para outra direção. Então, toquei normalmente, fiz o que sempre fazia e gravamos aquelas músicas. Acho que algumas daquelas gravações originais acabaram mesmo indo parar no primeiro disco.

Na minha cabeça, o Pantera fazia sentido como algo a longo prazo – por mais que o Neck and the Brewheads fosse uma boa banda, era algo mais de festa, e todos os caras estavam indo pra faculdade mesmo. Mas, com os irmãos, eu sabia que a coisa era séria. Tínhamos o mesmo objetivo em mente e queríamos ser os melhores que pudéssemos.

TERRY GLAZE

Vinnie e eu nos conhecíamos do colegial. De longe, ele era o melhor baterista da região. Eu e meu parceiro Tommy Bradford, que tocava baixo, desejávamos montar uma banda e desesperadamente queríamos Vinnie nela, mas ele disse: "Se vocês me querem na banda, meu irmãozinho Darrell vai junto". Ele não tocava muito bem naquela época, mas logo se tornaria um monstro. Sabíamos quem era Rex, claro, sendo uma cidade tão pequena. Ouvimos falar que ele tocava por aí com sua banda. Então, quando Tommy quis sair do Pantera para fazer as coisas de seu jeito, convidamos o Rex para fazer uns *overdubs* em cima das trilhas que iriam para nosso primeiro disco. Antes de ele entrar, éramos uma banda de cinco porque tínhamos um cara chamado Donnie Hart nos vocais.

Ficou claro, a partir da primeira vez em que tocamos juntos, que eu era o cara certo pra banda, ou, pelo menos, pensava assim. Fui convidado a entrar oficialmente em 7 de junho de 1982. Eu tinha 17 anos. Lembro-me bem daquele dia. Eles acharam que deveriam me impor algumas regras básicas: um, tinha que parar de fumar e, dois, não poderia beber. Então, quando fui ao meu primeiro ensaio como membro oficial da banda, tinha um cigarro dependurado na boca e um pacote com seis latinhas de Löwenbräu debaixo do braço. Essa é a real, e foi assim que tudo começou.

Entenda que os caras eram certinhos no começo, sem noção nenhuma quando se tratava de drogas e álcool. Eles não bebiam, com certeza nunca tinham chegado perto de drogas, e não tinham aberto suas mentes para a música ou o estilo de vida rocker que eu já eu tinha. Tudo que queriam era tocar Def Leppard, que, aliás, eu também curtia (*High 'n' Dry* tinha acabado de ser lançado, acho). Como, da 7ª série até o 2º ano do Ensino Médio, tive toda essa experiência musical e a melhor base teórica possível para um garoto, eu sempre conseguia tirar sons de primeira. Eu meio que podia ouvir uma gravação – e falo de uma faixa – e saber exatamente o que precisava ser tocado, enquanto os outros demoravam um bom tempo para saber o que era o quê.

TERRY GLAZE
Eu queria compor e, se fosse fazê-lo, desejaria cantar essas canções também. Então, Donnie Hart saiu, e eu assumi os vocais no que, naquele momento, era o quarteto Pantera. Rex fazia os backing vocals, Vinnie cantava muito também, mas Darrell simplesmente ficava lá e fazia o seu queixo cair. Não importava se tocávamos no interior ou em cidades maiores, Darrell era o cara que mantinha as pessoas assistindo a tudo. Mesmo naquela época, eu sabia que estava ao lado de uma pessoa verdadeiramente incrível, e o mais legal é que ele nunca tentava fazer parecer que era muito melhor que você. Era um moleque.

É possível dizer que eu levei mais experiência para a banda em termos de habilidade musical e, certamente, mais conhecimento das ruas. Tinha um troco, porém: eles queriam que eu tocasse usando roupas de elastano, e de cara eu me recusei a usar aquelas porcarias escorregadias. Eu queria manter meu próprio estilo porque gostava de pensar que a imagem não importava em nada. Aí me vêm todas essas bandas que valorizavam o visual – e, devo confessar: quando saiu o primeiro disco do Mötley Crüe, achei todo aquele couro demais. E foda-se, logo menos eu estava pegando emprestado as roupas do Dime. Eu não gostava, mas era o jeito de tocar nas casas noturnas e atrair o público de alguma forma.

RITA HANEY (namorada de Darrell Abbott)
Eu conheci Darrell antes de Rex, mas o conheci melhor no colegial, quando ele entrou em cena de vez – era um cara magro, irritadiço e bastante rebelde. Darrell me falava sempre que esbarrava com Rex

por aí, que dizia "Vou tocar baixo pra vocês", mas naquela época ele estava com o braço quebrado por conta de um tombo com o skate. Darrell o dispensava, mas, quando fizeram um teste com ele, Rex fez exatamente o que Darrell pediu para não fazer!

Como éramos jovens e contratávamos os agentes mais baratos que existiam, aceitávamos quaisquer shows que apareciam: formaturas, bar mitzvá, o que viesse. No começo, só tocávamos na região de Dallas, mas logo estávamos viajando até seis horas de distância para Oklahoma e Louisiana para tocar mais. Como não tínhamos idade o suficiente para entrar nas boates, Jerry Abbott (ou, "o velho", como era conhecido) tinha que nos acompanhar e: a) nos botar pra dentro ou b) tentar – em vão – nos colocar no caminho certo.

Jerry fazia eu e Dime dividirmos um quarto, o que foi um erro porque foi aí que botei o Dime pra beber. A gente tinha um roadie maior de idade que nos comprava garrafas de Jack Daniels, então desligávamos as luzes e saltávamos pela janela para beber enquanto o velho dormia no outro quarto. Depois que começou, aos poucos Dime foi bebendo cada vez mais – Deus é testemunha.

Algumas dessas viagens eram shows de fim de semana e outras duravam uma semana inteira, mas não importava o esquema, tocávamos sempre três sets por noite – o primeiro e o terceiro de covers e o intermediário com músicas próprias. Como éramos do sul, inevitavelmente tocávamos uns riffs de blues. Então, passamos a tocar covers de caras que *tentavam* tocar riffs de blues. Alguns dos sons que tocávamos eram típicos das paradas também: a música mais pesada de um disco do Dokken, por exemplo, só pra chamar a atenção –, mas tentávamos deixar o foco em rock clássico e blues ou qualquer coisa quentinha saída do rádio.

TERRY GLAZE

Naquela época, a maioria das bandas era como a gente, com exceção de que quase todas atraíam o público feminino, enquanto nós chamávamos a atenção dos caras. Agora, isso não acontecia porque não éramos exatamente bonitos, mas sim pela forma como Darrell tocava guitarra, o que nos conferia uma identidade única que nos destacava das outras bandas da época. Outro fator que nos tornava tão bons era o fato de estarmos no Texas e termos a chance de tocar sets longos todas as noites, talvez duas ou três horas, ao passo que, em Los Angeles, uma banda tocava por uns quinze minutos. Então, se errávamos, ninguém ligava e sabíamos que teríamos mais 45 músicas no repertório para compensar isso. Em algum momento, tocamos no Bronco Bowl, em Dallas, e parecia que era algo que deveríamos ter feito mesmo.

Agora que Darrell havia começado a beber, nossa relação ficou mais forte. Como eu passava boa parte do tempo no sofá da mãe dele, ficávamos muito tempo juntos, como amigos mesmo, quando não estávamos tocando ou ensaiando. Enquanto Vinnie dormia à noite, Darrell e eu pegávamos seu carro, um Oldsmobile Cutlass 1969 pra dar uma voltinha, o que chamávamos de "mandando ver no carro do grandão".

Então, íamos até Monterrey Street, e o lance era passar por cima do gramado dos outros com tudo, arrancando a grama mesmo, algo que demos o nome de "cortar a grama". Acelerando forte, arrancando caixas de correio, a porra toda. O engraçado é que Vinnie nem sabia que fazíamos isso porque deixávamos o carro no mesmo lugar pela manhã.

Dime e eu zoávamos tanto ele que era ridículo. Teve uma vez em que fomos de carro pra um show longe pra cacete em Shreveport, no mínimo umas três horas e meia de Dallas. Estava acelerando pra caralho naquele Cutlass, indo a uns 150 km por hora, quando, no meio do caminho, começou a subir uma fumaça da merda do capô.

Paramos no acostamento achando que havia algo com o radiador, e realmente havia. Mas não era só isso, e eu sabia porque já tinha estourado os cabeçotes numa das sessões de destruição de gramados. Então, abrimos o capô do carro, e um velho chegou junto e gritou o mais alto que pôde: "Ei, garotos, pra trás! Vocês tão 'quereno' se queimar!". Aquele cara parecia ter saído de *Green Acres*[1], o ápice

---

1 N. de E.: *Sitcom americano que foi ao ar entre 1966 e 1971 sobre uma família da cidade grande que se muda para o interior.*

de como as pessoas falavam no programa, e até hoje consigo ouvir a voz dele na minha cabeça. "Quereno[2]", aliás, é uma expressão legítima local, indicando que você vai fazer algo ou algo está prestes a acontecer, e eu uso o tempo todo.

"Espere um pouco, já tô chegando!", disse o velho. Assim que ele se aproximou, retirou a tampa do radiador devagar, e *boom* – o radiador explodiu. O Cutlass de Vinnie não iria mais a canto nenhum. Tínhamos que achar uma cabine telefônica no meio do nada e ligar para alguém que fosse ao show para contar sobre o acontecido, e assim poderiam nos buscar.

POR CONTA DA INFLUÊNCIA do velho Abbott na cena local da época, ele tinha como levar nós três a esses clubes de blues para assistir a verdadeiras lendas que faziam parte do ressurgimento do blues do final dos 1970 e início dos 1980 – uma banda chamada Savvy, por exemplo, tinha seu próprio clube sujo no centro da cidade, onde os sapatos até grudavam no carpete.

Ele conhecia todas essas pessoas porque tinha trabalhado com elas, então íamos juntos e víamos como as coisas eram feitas, como tocar ao vivo e tudo mais. Não era um Curso Introdutório ao Rock 'n' Roll nem nada assim, era mais um lance de sair por aí e ver esses caras tocarem. Por mais que Arlington ainda fosse uma cidade relativamente pequena (tinha uma população de mais ou menos 250 mil pessoas), já era bem maior do que de onde eu vim, e consequentemente havia muito mais em termos de talento musical. Esses caras que víamos tocar eram certamente os mais bacanas da cidade, e, quando você está lá, no finalzinho da adolescência – pensando em rock 'n' roll e em toda aquela imagem mais obscura –, esses caras eram do que eu precisava, porque eu sabia mesmo que não queria tocar umas porras de covers de Journey pelo resto da vida.

TERRY GLAZE
Como passávamos muito tempo em torno de músicos e artistas na adolescência, Darrell e Vinnie viviam a vida de rockstar desde cedo,

---

2 N. de T.: No original, *fixin*.

e não era fingimento: eles viviam mesmo aquilo 24 horas por dia. Não desligavam. Eu sempre quis ser um desses artistas que iam lá, faziam seu show, desciam do palco e eram uma pessoa diferente, mas eles eram daquele jeito *o tempo todo*. Algo parecido com a persona de um lutador de luta-livre, pode-se dizer.

Durante esse momento dos shows e dos clubes locais, continuamos tendo meio que carta branca no estúdio do velho se não tinha nada agendado, então aproveitamos esse tempo para preparar o material dos primeiros discos, que vendíamos nos porta-malas de carros ou nos intervalos dos shows. Nosso álbum de estreia, *Metal Magic*, foi lançado em 1983 – produzido pelo velho em seu próprio estúdio, Pantego Sound – com Jerry ou Darrell vindo com as ideias para cada música.

Tudo que fazíamos era ensaiar e compor, então não era surpresa nenhuma que aos dezoito anos tocávamos o melhor que podíamos ao vivo. Era tudo novo pra gente, podendo usar o estúdio de Jerry Abbott; era tudo tão empolgante. Alguém dizia "O estúdio está livre na próxima quinta, vamos lá!". Foi um bom treino para todos, tivemos a chance de aprender o nosso ofício. Algumas bandas têm como objetivo ser as melhores de sua escola ou na cidade; nunca pensamos assim. Sempre pensamos que um dia estaríamos em turnê com o Van Halen. Não queríamos ser uma banda local, mas a maior banda do mundo: nossa ambição era maior que a das outras. Certa vez, tocamos no Bronco Bowl, em Dallas, e parecia que aquilo precisava acontecer. Tínhamos até mesmo uma produção completa de palco, produzida por um cara que chamávamos de "Pyro", que – como você pode imaginar – cuidava da pirotecnia. Não guardávamos isso para ocasiões especiais, fazíamos isso toda noite.

Então, *continuamos* compondo, fosse dentro do estúdio do velho ou em um armazém alugado para ensaiar até que nos expulsassem. Assim como ensaiar e tocar, eu era o tipo de cara que também curtia ficar no lago. Sou um cara que gosta de lagos. Ficava lá jogando frisbee, pegava umas gatas e tal. Todos queriam tocar às seis da noite aos domingos, então eu sempre aparecia bêbado após um dia no lago.

Acho que eu pensava que não precisava mesmo ensaiar, e a única razão pela qual eu estava lá era pelo bem de todos. Aprender algo novo não demorava nada pra mim. Fazia tudo de ouvido e sabia cada nota. Mas sempre temi que, apesar de meu talento natural, minha relutância em ensaiar pudesse um dia fazer os irmãos virarem pra mim e dizerem "Ok, já chega!". Eles viviam para ensaiar. Eu não. Eu vivia para me divertir e tocar música enquanto isso, então havia um conflito em potencial.

Felizmente, nunca chegou a esse ponto, e em 1984 gravamos nosso segundo disco, *Projects in the Jungle*, mais uma vez com a produção do velho, em seu estúdio. De todo nosso material antigo, desse é o que eu mais gosto. Estávamos evoluindo como músicos, e *Projects* explorava a direção que queríamos seguir e também nos deu uma curva de aprendizagem das mais altas. Em sua maior parte, eram composições nossas, mas, eventualmente, o velho trazia algo pra nós, e adaptávamos para o que queríamos fazer, então ele tinha direito a royalties de algumas dessas primeiras músicas. Só menciono isso porque royalties viriam a ser um problema mais à frente.

Por mais que no começo não tivesse feito essa associação, meu recém-descoberto know-how para os negócios ajudou. Eu fazia tudo que podia para aprender sobre o lado comercial da indústria musical, para minimizar as chances de me foder no futuro. Porque até mesmo eu sabia que tomar no rabo – geralmente por conta do seu empresário – vinha junto com isso de ser músico.

Então, sempre que tinha um tempo livre no estúdio, lia a *Billboard* e qualquer livro interessante relacionado à indústria que caísse na minha mão, artigos que te diziam como se proteger e tudo mais. Todo músico precisa saber esse tipo de coisa que eu estava lendo, como o funcionamento de todas as tabelas quando se trata de crédito das composições. Acho que deixei o velho puto porque ele sabia que eu estava aprendendo um monte, e possivelmente coisas de que ele não gostaria que eu soubesse também. Até começou a me chamar de "advogado".

Ao passo que nossos shows ficavam cada vez melhores, musicalmente, a banda começava a ser influenciada por outras coisas também. Mesmo que nosso trabalho ainda tivesse alguma sensibilidade pop, os riffs aos poucos ficavam mais duros e pesados. Ouvir o *Ride the Lightning* do Metallica, em 1983 e 1984, mudou tudo, e criou-se um novo degrau na evolução do heavy metal. O primeiro disco deles nos levou a uma direção mais pesada, mas a progressão até *Ride the Lightning* foi enorme e certamente influenciou nosso próximo disco, *I Am the Night*, lançado em 1985.

TERRY GLAZE
Fomos assistir ao Metallica tocar em alguma faculdade em Tyler, no Texas, em algum momento. Era como tocar em um enorme refeitório, e acabamos marcando um show no mesmo lugar mais para a frente. Eu era o único que tinha cartão de crédito, e na outra manhã descobri que tudo havia sido debitado nele. Também tocamos em Houston com o Megadeth, e acho que os caras convidaram Darrell a tocar com eles, mas ele não iria se Vinnie não fosse junto, o que é até irônico levando em conta que, na época de escola, era Vinnie quem levava Darrell pra tocar!

É lógico que estávamos curtindo música mais pesada, mas ainda sabíamos que a única maneira de conseguir shows na região era se fantasiando – com o cabelo alto, quase no teto e a porra toda – e agradar o público nos clubes, porque eram essas pessoas que nos permitiam sobreviver. Você pode até falar que nosso visual antigo atrapalhou nosso progresso de alguma forma, mas compensava o fato de que podíamos ser vistos por muito mais gente. Definitivamente uma boa troca, olhando pra trás, e sempre tocávamos o melhor que podíamos.

QUANDO O *Master of Puppets* do Metallica saiu, em 1986, me lembro de ter ficado completamente impressionado quando o ouvimos pela primeira vez na casa dos Abbott. Eles tinham uma bela vitrola lá e, puta merda, tocamos esse disco trocentas vezes enquanto eu ficava no sofá, embasbacado. A banda ainda tinha um senso de melodia e compunha músicas geniais e complexas, ao passo que, com o Slayer – que também se popularizaria em 1985 e 1986 –, olhávamos e dizíamos "É, isso é legal, mas não é bem o que queremos fazer".

TERRY GLAZE
Todos nós escutávamos Van Halen, Def Leppard e coisas assim, mas foram Darrell e Rex que descobriram Metallica e começaram a seguir esse caminho. Eu meio que os acompanhei, mas sentia que,

com esse tipo de som, a guitarra era o centro das atenções e o vocal era secundário. Eu gostava das músicas que você podia ouvir para lavar o carro, em que o vocal era o principal, mas a banda seguia um direcionamento focado em guitarras. Eu penso que nossas melhores músicas eram aquelas em que eu e Darrell trabalhávamos juntos. Ele podia pegar uma das minhas e fazer as partes de guitarra melhores, mas, no geral, nosso som foi ficando cada vez mais pesado enquanto cada vez mais bandas nos influenciavam.

Vimos o Metallica quando ele abriu para o Raven, em 1983 ou 1984, mas não tivemos a chance de conhecê-los. Rita Haney – uma mina que sempre estava com o Dime – conhecia-os; então, em 1985, quando eles voltaram à cidade com o W.A.S.P. e o Armored Saint, pudemos passar um tempo com eles. Eu lembro em ficar pasmo com eles e a música que faziam, que era exatamente o que esperávamos poder fazer. Aquela experiência teve um impacto tremendo em mim e no Dime, em especial. Até mesmo naquela época, o Hetfield era o tipo de cara que você *deixava* falar – muito, muito sério e dando a impressão de que havia algo rolando, mas você nunca sabia o que era.

Mas ele e Lars deixaram Dime e eu fazer uma jam com eles no Savvy tocando alguns sons do primeiro disco, e daquele momento em diante a amizade se firmou. Digamos que tocar umas músicas do Metallica com aqueles caras me fez pensar que nós também poderíamos atingir aquele mesmo nível, e sair do Texas para algo muito maior. Eles eram nossos ídolos, e lembre: não estavam nem perto de ser a banda que se tornaram quando explodiram de verdade. Mas, até mesmo naquela época, tinham uma atitude das ruas, com o lance de estar na estrada, que realmente admirávamos, e o nível de baixaria que rolava.

Eles tinham uma garota em cada cidade que apelidavam de "Edna" – alguém com quem trepavam em cada lugar –, e, como conhecíamos uma "Edna" em nossa cidade, essa era a nossa piada desde então.

Também encontramos com Marc Ferrari, do Keel, em um show em algum lugar, e quando ele ouviu nossa demo, tomou para si essa missão de ajudar a nos promover para conseguir um contrato. Foi assim que fomos ganhando alguma fama. Ele levou a coisa toda a sério – toda vez que rolava uma folga nos shows, tirava duas semanas para nos ajudar. O entusiasmo de Marc abriu as portas pra gente sempre que íamos até Los Angeles, porque ele conhecia todos esses caras, como Tommy Thayer[3] e os caras do Black 'n' Blue. Ferrari certificou-se de distribuir várias das nossas fitas para que o máximo de pessoas ouvisse nosso som. O problema de antigamente era a distribuição. Sim, tínhamos um importador tentando espalhar o disco por aí, mas, como tudo era produzido de forma independente, era tudo muito caro para os fãs; mas apesar de tudo conseguimos distribuir umas 25 mil cópias de I Am the Night.

EU, UMA GAROTA que conheci em um encontro às cegas e Rita Haney estávamos "quereno" ir até São Francisco para tentar passar um tempo com os caras do Metallica. Então, alugamos um carro e pegamos a estrada – Dime, que era um novato nessa coisa de ficar longe de casa, acabou arregando, deixando-me sozinho com as duas garotas. Nunca encontramos com o Metallica, mas passamos um tempo lá, usamos um monte de drogas e vomitei em cada canto do Golden Gate State Park. Ainda tenho fotos pra provar isso.

Também conhecemos uma distribuidora chamada Import Exchange, que cuidava da importação e exportação de nossos álbuns até então. Eles trabalhavam com outras bandas de metal, como Metallica e Anthrax, mas o propósito de ir até lá e conhecê-los era simplesmente para chegar e falar "E aí, o que vocês têm feito por mim?". Do contrário, seria difícil saber se estavam trabalhando para você ou não. Felizmente, parece que eles realmente andavam *trabalhando* por nós porque começamos a ver um pouco da grana da venda dos discos.

Quando voltamos, tivemos que tomar uma decisão sobre quem seria o vocalista da banda. Terry Glaze era um compositor dos bons, com a voz aguda e as melodias, mas não era esse o caminho que queríamos seguir. Ele também estava tentando se formar na faculdade, e estávamos meio cansados de ele tentando ser a porra do David Lee Roth, então precisávamos de um substituto. Dime fez esse negócio de deixar uma bota no *case* de guitarra de Terry, insinuando algo como "Dei a bota nele", mas Terry nunca entendeu.

---

3   N. de E.: *Guitarrista do Black 'n' Blue e, posteriormente, do KISS.*

TERRY GLAZE
Eu frequentava a faculdade enquanto estava na banda e, ainda que uma coisa não afetasse a outra na época, estava cansado de como o modelo de negócios da banda estava acontecendo, e eu sabia que isso seria um problema mais à frente. Os Abbott tinham três votos – o velho e os irmãos nunca se dividiam por *nada* –, então eu sempre soube que não teria voz em assuntos da banda. Assim, se meu comprometimento pôde ser questionado perto do fim, foi por conta disso e porque não gostava da direção superpesada que a banda tomaria. A última vez em que tocamos juntos foi em Shreveport, Louisiana, e foi tudo muito estranho. Subimos ao palco, fizemos um tremendo show e, então, acabou. Nada de "Ei cara, te desejo o melhor" ou o que fosse – só nos separamos.

Fizemos testes com vários vocalistas durante alguns meses, mas nenhum deles se encaixava com o que queríamos. Isso aconteceu até que um agente sugeriu que entrássemos em contato com um tal de Phil Anselmo, de uma banda de metal chamada Razor White, que estava em turnê, como nós havíamos feito, mas com maior ênfase em estados como o Mississipi. Vinnie ligou pra ele algumas vezes e então nos disse "Olha, estou conversando com esse cara e temos que fazer ao menos um teste com ele. Ele soa bem, tem um tom meio Bon Jovi". Foi aí que pensei: "Puta merda".

Isso aconteceu quando faltavam algumas semanas para o Natal de 1986, e nós ainda tínhamos alguns shows para fazer naquele ano. Um deles seria justamente no Ano Novo, em Shreveport. Então eu falei com Phil pelo telefone, e todos concordamos que ele deveria pegar um avião e fazer um teste para a banda.

A essa altura, eu tinha saído do sofá dos Abbott e estava morando com um bando de traficantes que ganhavam tanta grana que nem precisava pagar aluguel. Eles tinham um quarto sobrando e nos compravam equipamentos, como se fossem patrocinadores, então, se tudo corresse bem com o Phil, ele teria um lugar para ficar. Devo mencionar que eu não tinha nada a ver com o lance das drogas; só vivia bem pra cacete com a grana que elas traziam.

> **RITA HANEY**
> Rex tinha passado boa parte do início da banda na casa de Darrell e Vinnie, dormindo no sofá, e a mãe deles, Carolyn, certamente o via como um terceiro filho. Com sua mãe doente e tendo perdido seu pai ainda bem novo, a família não era muito presente na vida de Rex, com exceção dos meninos e da mãe deles.

No dia em que Phil deveria chegar à cidade, um dos caras com quem eu morava me emprestou seu Corvette Stingray 1977 vermelho brilhante para que eu o buscasse no aeroporto, o que certamente causaria uma boa impressão. Queria virar a cabeça do cara. Phil, com certeza, pensou "Uau, que viagem".

Levamos Phil e suas coisas até a casa onde eu morava e lhe dissemos que era ali o lugar em que passaria uns tempos (que se tornaram dois anos). Então, naquela noite, levei-o pra ensaiar no quarto da frente da casa da mamãe Abbott. Os pais de Vinnie e Dime haviam se separado desde a época da escola, então moravam com a mãe em uma casinha em Arlington, que se tornou o QG do Pantera. Guardávamos todas nossas coisas na garagem e também tínhamos comprado um trailer, onde eu levava as garotas para transar, o que era meio que bacana naquela época.

Então, naquela primeira noite com Phil, arrumamos o P.A., tomamos uma garrafa de tequila – minha bebida favorita na época – e fumamos um baseado, tocando como se estivéssemos juntos há uma eternidade. Tudo se encaixou logo de primeira. Phil acabara de completar dezoito anos.

CAPÍTULO 6
O GAROTO DE NOVA ORLEANS

Maior de idade ou não, Phil Anselmo era um cara durão. Mesmo novo, ele era o tipo de pessoa que, assim que entrasse em qualquer lugar, você sabia que não devia mexer com ela. Ficamos na casa do traficante por uns dois anos até que o lugar ficou visado. Os policiais por fim apareceram e flagraram tudo, felizmente após termos nos mudado. Fui morar com minha namorada, Elena, que estava se tornando meu primeiro amor de verdade, e Phil dividia uma casa com outros amigos, mas sempre vivia com uma pedra no sapato – algo para provar o tempo inteiro – e nunca fugia de nenhuma briga.

Certa noite, estávamos tocando no Savvy's, onde sempre nos apresentávamos, e um cara de outra banda gritou alguma merda pro Phil, que foi pro lado de fora do bar e desceu a porrada na banda *inteira* sozinho. Ele era esse tipo de cara. Um puta de um brigão. Sendo de Nova Orleans e nós de Dallas, Phil trouxe uma nova dinâmica para a banda. Sua criação foi diferente da nossa no Texas, então ele tinha aquele lance durão das ruas, além de ser um cara engraçado pra cacete. E muito, muito inteligente. O cara é um gênio no que faz. Mesmo naquela época, era um dos melhores letristas que já vi na vida.

Phil havia sido criado, principalmente, por seu padrasto e já era um grande fã de filmes de terror desde muito novo. Então, o metal chamou a sua atenção – transformou-o de verdade. Naqueles tempos, ele tinha essa voz incrível e aguda, conseguindo cantar coisas do Rob Halford direitinho, que era o que curtíamos porque sentíamos que os vocais agudos combinariam com todos aqueles riffs rolando.

Como parte de nossos esforços para chamar atenção, fomos à Hollywood e mostramos nosso trabalho em toda parte – no Whisky, no Troubadour e no Gazzarri's[1] –, qualquer lugar em que conseguíssemos entrar. Então, passamos uma semana em Phoenix e, depois, em El Paso, no Texas, tentando levantar um troco só para colocar gasolina no carro e voltar para casa. Seja lá quanto fosse minha parte de lucro desses shows, sempre tinha uma conta alta no bar pra pagar, mesmo eu sendo menor de idade. Era uma vida difícil.

COM OS SHOWS ocupando as noites e os finais de semana, durante o dia nós compúnhamos. Os caras vinham nos buscar, eu e Phil, íamos todos para o estúdio e começávamos a criar. Provavelmente dois terços do *Power Metal* estavam prontos a essa altura – definitivamente, já tínhamos todas as melodias –, mas Phil nos fez ouvir um monte de coisas que não conhecíamos, porque ele simplesmente era o maior headbanger de todos os tempos. Conhecia todas as porras de bandas possíveis.

Thrash metal era o que pegava naqueles dias, com bandas como Anthrax, Metallica, Megadeth e Slayer lançando discos destruidores em 1986 e 1987 – assim, parecia que, se não tivesse algo de thrash no seu som, você seria esquecido.

Por mais cabeça fechada que os irmãos Abbott eram, *ouviam* o que Phil botava pra rolar no carro, o que acabava causando um grande impacto. Eles não tinham escolha mesmo. Quando estávamos de carro, Phil sempre ia no banco da frente dando uma de DJ, momento em que bandas como Voivod, Venom, Soundgarden

---

1 N. de T.: *Casas noturnas da época.*

e muito Mercyful Fate – esse tipo de coisa – acabavam chegando até nós e, definitivamente, influenciando a forma como encarávamos nosso som, mesmo que de forma subliminar. Nada daquilo era *mainstream* e ninguém em nenhum dos lugares em que tocávamos conheceria as músicas dessas bandas, mas o histórico mais hardcore do Phil sem querer nos levava a uma direção muito mais extrema.

Claro que, com boa parte do *Power Metal* já pronta, decidimos remover os vocais que estavam gravados e deixar Phil fazer o que sabia. Como resultado, e em contraste ao que todos gostam de falar, o disco é muito mais pesado do que qualquer coisa que havíamos feito antes.

Na época, havíamos comprado uma caminhonete Ryder, tínhamos mais equipamentos e uma equipe completa trabalhando pra nós. Então, Vince e eu costumávamos pegar o carro do velho, um Pontiac Grand Prix decrépito, para ir aos shows. Vince não sabia dirigir direito nem se disso dependesse a vida dele e sempre queria levar seu barco atrás do carro quando caíamos na estrada, para que pudéssemos parar em algum lugar para pescar. Ele simplesmente *atropelava* tudo, e a merda do barco desengatava o tempo todo, quando tínhamos que dizer a ele "Vince, olha como está o barco agora" – e estaria de lado ou de cabeça pra baixo ou o que fosse.

"Puta merda, melhor eu ir lá e desvirar!", é assim que Vinnie falava.

"Sim, seria ótimo, se você quer ficar com o barco", eu dizia. Então, tínhamos que amarrar o barco no trailer para que não se soltasse enquanto Vinnie dirigia.

Pescamos muito com aquele barco e pegamos uma porrada de robalo. Lembro que nos perdemos em um curso de água certa vez, e Vinnie tentava nos guiar, gritando: "Dobre a direita. Dobre a direita aqui".

"Vince, você não faz ideia de onde estamos. Está escuro." Havia troncos que ficavam uns 60 cm acima da água, em que obviamente batíamos, com o barco quase virando diversas vezes. Ele era um puta baterista, mas um fiasco para muitas outras coisas – deixa eu te falar.

QUANDO NÃO ESTÁVAMOS NOS PERDENDO de barco por aí, o Pantera começava a cultivar fãs pela cidade. Lotávamos as casas de shows todas as noites e começamos a faturar legal em clubes como o Basement, Joe's Garage, Matlock's, Dallas City Limits e, é claro, no Savvy's.

Isso aconteceu em uma época em que parecia haver toda uma movimentação de pessoas que começaram a curtir m-e-t-a-l ao invés de pop rock tipo Bon Jovi (nós *nunca* tocamos covers deles) – tiveram até que reformar o Joe's Garage para que coubesse mais gente, e o lugar acabou virando nossa segunda casa. Sim, ainda tínhamos aqueles penteados volumosos e loucos na época, mas era só pra manter a imagem e conseguir abrir mais portas. Em termos de música, estávamos indo em outra direção, mas devo mencionar que fiquei com mais garotas usando lycra e essas porras do que quando passei a usar shorts e camiseta.

Enquanto nossas apresentações constantes atraíam um grande número de fãs da região, também chamávamos a atenção de outras bandas de metal que passavam pela cidade, o que ajudou a divulgar o Pantera por aí. Certa noite, os caras do Slayer (que estavam na cidade para um show da turnê do *South of Heaven*) foram a um show nosso durante uma noite de folga – no fim da apresentação, Kerry e Tom subiram ao palco e tiraram "Reign in Blood" com a gente. Quando me dei conta, Phil e Kerry se tornaram melhores amigos e ele estava dormindo no sofá do Phil. Em algum momento, achei até que ele queria entrar pra merda da banda. Era tudo intenso assim mesmo.

Power Metal foi lançado em 1988, nosso primeiro disco com Phil nos vocais. Por mais que muitos digam que tocávamos um som meio glam, acho isso um grande engano. E, por mais que a imagem que tínhamos fosse *parecida* com a de outras bandas de hair metal, a música era muito mais pesada e mostrava uma influência thrash vinda de Slayer e Metallica. Ainda era bancado por nós – pagamos pela gravação no Pantego Studio, tudo produzido pelo velho. Todos sentíamos que devíamos dar um passo adiante na carreira porque ainda vendíamos discos e merchandising do porta-malas do carro, o que era bem faça-você-mesmo, e nada profissional.

Apesar disso, o disco acabaria vendendo 40 mil cópias – algo difícil de ignorar –, pela Metal Magic Records (nosso próprio selo independente). Então, não foi exatamente uma surpresa quando as grandes gravadoras passaram a nos observar de perto depois desse feito. Com os caras em São Francisco e outro importador distribuindo os discos, finalmente vimos algum dinheiro entrando.

Ter o interesse dos outros selos (o que de fato tínhamos) e ter um contrato eram coisas completamente diferentes. Algo que certificou com que *não conseguíssemos* um contrato era o fato de termos um advogado de merda, por mais que Jerry Abbott achasse que tinha ganhado na loteria quando encontrou esse cara.

Da forma como eu vejo, a razão pela qual o velho Abbott o contratou foi para enganar o cara e garantir os direitos de nossas primeiras gravações e do material que sairia pelas *grandes* gravadoras. Logo ficou claro que ele não era boa pessoa, meio decadente, e certamente não entendia o Pantera. Continuamos dizendo a Jerry que tínhamos que mudar algo – contratar outro advogado – porque esse cara não fazia porra nenhuma pela gente, mas, olhando para trás, fica claro que ele tinha suas razões para deixar tudo como estava.

Estávamos ficando frustrados. Já havíamos gravado as demos do que seria o *Cowboys from Hell*, tudo praticamente pronto, e lá estávamos tentando viver esse sonho, mas a rejeição começou a encher o saco. Cada selo grande com que conversávamos dizia a mesma coisa: "Não, valeu"; "Não, vamos deixar passar"; "Não, não podemos fazer isso"; "Mande-nos mais material" – todas as desculpas que você possa imaginar. Parecia que não íamos a lugar algum, ao passo que os outros seguiam em frente.

Por exemplo, o Metallica – que tinha praticamente a nossa idade – logo estaria tocando em estádios com o Van Halen, mas, antes que o fizessem, passaram pela cidade mais uma vez enquanto gravavam o *...And Justice for All*. Sempre que nos encontrávamos, ficava cada vez mais estúpido. Íamos até um clube de strip, Lars escolhia alguém e dizia "Essa vai na sua conta". Mal tínhamos dinheiro pro cigarro, quanto mais para grandes rodadas de bebida. Ainda sobrevivíamos com 200 paus por semana naquela época, e me lembro de estar com os caras em boates que cobravam 7 dólares por dose.

"Cara, a gente tá quebrado", eu disse, quando Lars apontou seu dedo em minha direção pra pagar uma conta que incluía várias doses.

"Essa rodada é *sua!*", disse Lars de novo, então Dime e eu saímos do bar e deixamos Vinnie lá.

Em outra dessas noites, quando estávamos do lado de fora de algum clube, eles, ao mostrarem seu novo disco, que não tinha baixo ainda, rindo pra caralho, disseram: "Temos esse cara novo agora, o Jason, e estamos zoando com ele – não vamos colocar o baixo dele na mixagem". Eles estavam fazendo um escândalo a respeito e acho que viam isso como uma forma de sacanear o cara.

E eu perguntei: "Cadê o baixo?", ao que responderam: "Haha, não tem". Muito se debateu e especulou sobre o assunto ao longo dos anos – se era algo intencional para humilhar Jason Newsted –, e ouvimos da boca deles. Eles falavam sério.

A MÚSICA PESADA ESTAVA mudando em 1989. Parecia que havia esse tipo diferente de som surgindo no horizonte que em breve seria rotulado como alternativo: o primeiro disco do Jane's Addiction, Faith No More, Voivod e Soundgarden – todas essas bandas lançaram discos poderosos. Então, absorvemos essas influências com o que o Metallica havia feito, e criamos o nosso próprio som.

CAPÍTULO 7
DOMINAREMOS ESSA CIDADE

Mark Ross, um cara do setor de Artistas e Repertório da Atco Records, ficou preso na cidade em algum momento do outono de 1989, por conta do Furacão Hugo, quando decidiu nos assistir. Seu chefe, Derek Shulman, já havia mostrado algum interesse em nos contratar, mas precisava saber como éramos ao vivo, logo aquela pareceu uma boa oportunidade de enviar um de seus funcionários para ver o Pantera em primeira mão, escolhendo uma noite atípica, com certeza.

Íamos tocar em uma festa de aniversário em algum shopping em Dallas – definitivamente não era o que costumávamos fazer – e, na hora do show, todos havíamos tomado ecstasy. Quando Mark Ross apareceu, a aniversariante tinha escorregado no bolo, havia cobertura por todo o chão da festa e estávamos deslizando lá, dançando sobre a meleca e tentando nos divertir. Quando você toma ecstasy, acaba fazendo idiotices desse tipo. Mark percebeu que não levávamos as coisas muito a sério. Queríamos ser durões, claro, e levávamos a banda a sério *o bastante*, mas, nos intervalos entre as músicas, agíamos feito imbecis e ficávamos jogando bolo uns nos outros.

Alguns minutos após ter aparecido, Mark foi embora, momento em que virei pro Vinnie e disse "Ele caiu fora, o cara já foi". Após tantas negativas, estávamos acostumados com esse tipo de situação em que as pessoas caíam fora. Mas, aí, ele voltou.

Em suma, no decorrer dos meses seguintes, iniciou-se uma guerra para saber quem contrataria o Pantera. A Atco nos queria e, ao mesmo tempo, considerávamos a Roadrunner, mas, em algum dia de dezembro, Darrell apareceu na minha porta com um contrato da Atco, que fazia parte da Warner Music. Esse contrato nos abriu portas para que entrássemos no estúdio e gravássemos nosso primeiro disco por uma gravadora grande, *Cowboys from Hell*, título sugerido pelo Phil e que, em nossas cabeças, dava a entender ser uma espécie de ameaça do sul.

Nossa mentalidade vinha claramente das letras da música-título: "Dominaremos essa cidade"[1]. Sentíamos vontade de falar "Chegamos. Vá se foder, nós vamos te destruir e, se você não tá a fim, cai fora". Essa era a atitude que cultivávamos para sobreviver. Como indivíduos e, também, como grupo, éramos obstinados e determinados em relação aos nossos objetivos, sobre o que queríamos fazer e aonde queríamos chegar.

CHERYL PONDER

Mamãe teve tanto orgulho de Rex quando a banda conseguiu um contrato, e claro que ela ficou feliz, pois sabia que tudo finalmente daria certo. Mas a conquista não havia acontecido sem muitas noites dormindo em sofás de terceiros, especialmente quando ele e nossa mãe brigavam. Ela estava aliviada em saber que a decisão de Rex em seguir uma carreira musical finalmente havia compensado.

Mas entenda isso: nem Jerry Abbott nem o advogado babaca haviam nos assegurado aquele contrato, mas este definitivamente colheu seus honorários, garanto a você. Foram *nosso* trabalho duro, dedicação e contatos que nos deram a chance que merecíamos. Apesar disso, Jerry Abbott certificou-se de que ganharia royalties absurdos nas nossas costas. Então, eu estava bem puto porque, mesmo tendo conseguido nosso primeiro contrato, ainda estavam nos passando pra trás. Sim, acho

---

1 N. de T.: No original, *We're taking over this town*.

que isso rolou com praticamente todas as bandas do mundo, mas eu estava chateado por não termos sido exceção a essa regra apesar de meus esforços de estar o mais informado possível sobre o lado administrativo das coisas.

Como parte do contrato com a Atco, também começamos um relacionamento com Walter O'Brien e sua Concrete Management Company, que seriam nossos agentes até o fim da banda, em 2003.

> **WALTER O'BRIEN (Antigo agente do Pantera)**
> A banda me chamou a atenção na época do *Power Metal*, bem antes do contrato com a Atco, mas eu não os acompanhava naquele período simplesmente por serem muito diferentes. Eu tinha essa ligação com a Atco porque havia tirado o Metal Church[2] de seu contrato com a Elektra e o levado até eles. Resumindo, eles não queriam o Metal Church, e sim o Pantera, e que eu fosse o responsável pela banda. Eu não estava lá muito empolgado, e Derek disse "Sei, mas você ainda não ouviu isso?", referindo-se às demos de *Cowboys from Hell*. Fiquei impressionado: aquilo soava como o futuro do heavy metal. Mark Ross, que já havia visto os rapazes tocando, tentou me fazer ir ao Texas para vê-los ao vivo, o que hesitei por alguns dias. Ele me ligou novamente na noite em que estava de saída e disse "Olha, é sua última chance, estou indo para o aeroporto; se você sair agora, ainda dá tempo. Se não gostar da banda, pago sua passagem e o hotel". Então, eu disse "Quer saber, não tenho nada melhor pra fazer. Se você insiste tanto, vamos lá". Fui ao Texas e encontrei com ele e a banda em um lugar chamado Dallas City Limits, e os caras eram engraçados. A primeira coisa que Rex disse foi "Queremos você no palco com a gente para tocarmos um cover de 'Green Manalishi'!". Ele estava brincando, é claro, mas quando vi a banda arrebentando no palco, não era como nada que eu havia visto antes. Rex e Dime alternavam pulando o mais alto que podiam; Phil subia na bateria e voava; e lá pela segunda ou terceira música eu estava literalmente de joelhos ao lado do palco falando "Por favor, me deixem agenciar vocês". Não diria que apertamos as mãos ali, mas, pra

---

2 N. de E.: *Banda clássica do* heavy metal *americano, atuante até hoje.*

mim, o que faltava mesmo era a papelada. Eu estava dentro. Se eles não me queriam já era outra história.

———————————————

Além do fato de ainda estarmos usando o estúdio do velho, ele já estava fora da jogada – não era mais nosso agente ou produtor, já que havíamos entrado em contato com Terry Date após Phil e eu termos curtido o que ele havia feito no disco *Louder Than Love*, do Soundgarden. Mas Terry não era nossa primeira nem segunda opção.

———————————————

O PRONG HAVIA ACABADO de lançar um disco chamado *Beg to Differ*, produzido por Mark Dodson, e todos nós havíamos simplesmente amado o som daquele disco, mas não conseguimos Mark por algum motivo. Então, pensamos em Max Norman, que produzia os álbuns do Ozzy, e ele topou. Max era um louco, bebia o tempo inteiro e tinha esse olho preguiçoso, então você nunca sabia pra quem ou para qual merda estava olhando.

WALTER O'BRIEN

Max ia produzir o disco, mas o seu empresário, Ron Laffitte, que era meu amigo, ficava atrapalhando, e todo mundo queria entrar logo em estúdio. Aí é que está: eu sabia que Max estava se segurando para produzir uma banda bem maior que o Pantera, mas seu empresário não sabia que eu sabia isso. Com todos esses atrasos rolando, falei para os caras do Pantera a respeito de Terry Date, porque eu também o agenciava. Então, sugeri que Terry aparecesse um fim de semana pra vermos o que acontecia com a condição de que, se Max voltasse, Terry teria que cair fora. O agente dele me ligou – três dias depois do combinado –, mas já havíamos concordado que Terry era o nosso cara. Pensando bem, não acho que Max e Pantera teriam se dado bem; em minutos, ele e a banda já estavam trocando farpas – e eu amo o Max!

———————————————

Quando Terry chegou, encaixou-se perfeitamente. Ele estava faminto, classe média tipo a gente, sabia o que fazia, fumava erva e não bebia tanto assim – o que era ótimo porque precisávamos de alguém no controle e, o mais importante, que nos tivesse sob controle. Costumávamos dizer "Terry, 'produza-me' uma cerveja!". Era trabalho dele garantir que tivesse cerveja o bastante no estúdio.

TERRY DATE
Não faço ideia quem na banda pediu por mim, mas me envolvi porque meu ex-agente – com quem havia parado de trabalhar seis meses antes – me ligou e disse que tinha uma demo dessa banda do Texas que queria muito que eu ouvisse. Era a demo de *Cowboys from Hell*. Eu ouvi, gostei bastante e fui até Dallas para conhecê-los. Pelo que lembro, eles já sabiam exatamente o que fazer e, quando entrei no jogo, a banda já estava bem organizada, com exceção de umas duas músicas. Rex, Vinnie e Dime faziam a música antes de tudo e, então, Phil chegava e certificava-se de fazê-la encaixar em seu mundo. Era essa a forma como trabalhavam. Eu nunca me senti limitado pelo guitarrista e pelo baixista; na verdade, trabalhar com aqueles dois era quase um luxo.

O Pantego Sound é um estúdio localizado em uma subseção da cidade próxima de Arlington, com esses pisos de parquet[3] por toda a parte. Havia uma sala para a bateria em um lado do prédio e um estúdio principal enorme, então começamos a colocar uns pedaços de compensado no chão do cômodo principal. Queríamos deixar tudo o mais claro e vivo o possível, mas sentimos que o local estava meio morto. Era o que tinha que ser feito porque, para um disco que precisava demonstrar claramente nossas intenções agressivas, queríamos desesperadamente aquela sensação de "ataque".

Isso foi bem antes do Pro Tools ou qualquer coisa assim, em que nossa abordagem consistia em tocar tudo ao vivo, geralmente sem os vocais de Phil. Então, se você quisesse usar um amplificador para o baixo, o que eu quase sempre

---

3 N. de T.: *Espécie de mosaico.*

queria, tinha que usar pedaços de madeira ou fibra de vidro – ambos serviam como refletores de som. Hoje, não é necessário fazer esse tipo de coisa, claro. A tecnologia dá um jeito. Basta você ligar tudo em um pedal (basicamente um pré-amplificador) que modula o som e manda o sinal aonde você quiser.

Tocávamos no chão enquanto Vinnie preparava sua trilha de bateria, e praticamente todas as primeiras tomadas que ele fazia eram as melhores. Mas, como era um tremendo perfeccionista, acabava gravando umas vinte trilhas diferentes, analisando-as infinitamente: "Bem, eu gosto mais de como ficou essa parte lá; vamos colocá-la ali". Quando ele, então, não curtia, cortavam a gravação várias vezes – enquanto eu e Dime ficávamos no chão falando coisas como "Cara, isso tá demorando pra caralho". As trilhas de Vinnie eram o que mais tomava tempo no estúdio. Além disso, com um sistema de rolos múltiplos como o que usávamos, você tinha que de fato cortar a fita com uma lâmina e saber exatamente onde foi feito o corte para, então, colá-la com outros pedaços de fita. Era um pesadelo a não ser que você fizesse tudo direitinho, mas, como Vinnie e Dime queriam ser tão precisos e técnicos, chegávamos ao ponto de não haver mais lâminas nem fita.

Como o Vinnie havia passado muito tempo com o seu pai no estúdio quando era criança, ele pensava de forma muito técnica e já tinha uma boa audição para saber como seria o som da bateria e da guitarra, no mínimo. Mas ele não sabia porra nenhuma de baixo, cujo som, naquela época, não era lá muito perceptível mesmo, ainda mais em discos de heavy metal. Por conta da forma como tocávamos, com somente um guitarrista com um puta som como o que Darrell tinha, o baixo era importante no processo. O baixo ainda estava presente lá, sonoramente falando, mas era sempre complicado de encaixá-lo com a guitarra de Darrell. Dime sempre tocava com amplificadores transistorizados, e os sinais enviados por eles eram absolutamente ridículos.

Na minha opinião, aquele som era simplesmente esmagador. Muitas vezes, brincávamos que, se alguma outra pessoa plugasse seu instrumento no equipamento do Darrell, não soaria nunca como ele. Mas, se Darrell tocasse no equipamento dos outros, sempre soaria como ele mesmo. Ele era único assim.

A bateria do seu irmão era impressionante também, mas por outros motivos. Vinnie gostava muito de usar reverb, outro truque que aprendeu com seu velho. Havia uma câmara de eco abaixo da plataforma da bateria, e Vinnie simplesmente amava o som dessa câmara, mas muitas vezes chegava ao ponto de quase ofuscar a porra da música.

Dime sempre quis que eu tocasse cada riff como ele o fazia – meio que o espelhando, mas uma oitava abaixo –, porém, como baixista de jazz treinado, eu queria incorporar algo como "Olha, se você vai tocar alto assim, precisamos de alguém lá embaixo pra sincopar o que está sendo feito um andar acima". Era uma grande preocupação minha. Eu não queria tocar sempre o que tocava, mas estava ciente do fato de que é fácil, como baixista, cagar toda a melodia. Eu só queria um equilíbrio.

Ao passo que tínhamos essa noção de como queríamos que nossas partes individuais soassem, o trabalho do Terry era juntar tudo de forma que não parecêssemos quatro pessoas diferentes tocando, e sim uma banda entrosada pra caralho.

Como acontece com a maioria dos álbuns icônicos, sempre há um momento que serve para levar o processo adiante. O nosso foi quando Dime apareceu com o riff característico de "Cowboys from Hell", assim, sem mais nem menos. Claro que, de primeira, dissemos "Mas que porra é essa?". Mas demos um tempo e convivemos com a ideia enquanto andávamos de carro por uns dias; percebemos, então, que ele tinha esse groove que acabou nos dando nossa identidade, algo que nem estávamos tentando fazer. Só queríamos escrever as melhores canções que podíamos e organizá-las de forma a fazer um puta disco, mas esse groove nos pegou de surpresa.

Tecnicamente, a faixa-título de *Cowboys* era um desses riffs em caixas, porque você toca dentro de um espaço definido, uma caixa. O que quero dizer é que se trata basicamente de uma escala de blues, algo que provavelmente absorvemos de tanto assistir àqueles artistas de blues com o velho. Claro que Darrell podia tocar todas as escalas que quisesse – até mesmo as que você nunca ouviu falar também –, mas, se você escutasse mesmo o que era em sua essência, tratava-se de blues em um tempo mais rápido.

Terry Date era muito esperto porque, sempre que alguém entrava no estúdio, ele botava a fita pra rolar. Então, mesmo que estivéssemos ali só brincando com um riff e não fazendo nada oficialmente, sempre estava gravando, de forma que podíamos voltar outro dia e ouvir o que havia sido feito. Naquela época, não tínhamos como bancar fitas de duas polegadas – ao menos não como um cara como Tom Petty, que as usa assim que entra no estúdio –, mas sempre havia algo rolando, mesmo que fosse uma cassete básica, pra que pudéssemos voltar atrás e dizer "vamos tentar essa parte" ou "mudar aquela parte", ao mesmo tempo em que construíamos novas faixas.

"Cemetery Gates" foi escrita enquanto Dime e eu estávamos no escritório fazendo um som acústico; eu estava tocando um baixo acústico enorme, um Kramer laranja que alguém havia levado pra mim. Ele já tinha o riff principal pronto, mas a intro era só nós dois, e eu acabei tocando violão e piano na música finalizada, o que adicionou um pouco de textura.

Basicamente, fizemos jams de todas as músicas para senti-las e ter a certeza de que a fórmula estava certa – a ponte estava aqui, o refrão ali e tudo mais. Então, chegávamos na parte da guia e dizíamos "Ok, Jesus, que diabos vamos fazer aqui? Mudamos de acorde?", mas sempre dávamos um jeito.

"Primal Concrete Sledge" foi uma das poucas músicas que não havíamos escrito e gravado demos antes de entrar em estúdio. Ela surgiu de uma linha de bateria que Vinnie tinha, e o riff foi construído em torno disso. Então, íamos parte por parte até que estivesse pronta, de forma tosca, colando as fitas como se fosse um Frankenstein. Assim, fizemos uma cópia e saímos de carro para ouvir, por um dia ou dois, e foi assim que decidimos se estávamos satisfeitos com o que havíamos criado.

Escrever as letras do disco foi bem fácil também. Mostrávamos o riff ao Phil, que ouvia a música e, no outro dia, já aparecia com alguma coisa. Ele nos pedia ajuda com algumas palavras ou notas às vezes, mas o resto fazia sozinho, porque, nesse sentido, o cara é um gênio. Ele *sempre* estava escrevendo. Sempre tinha uma caneta e um bloquinho nas mãos, e, quando não estava ocupado com alguma outra coisa, anotava ideias para as músicas e sempre levou isso (e tudo que estava acontecendo) muito a sério.

Lembro que, em uma noite durante as gravações de *Cowboys*, Phil entrou no estúdio chorando feito um bebê. Seu amigão Mike Tyson havia perdido em Tóquio. Basicamente, parecia que Tyson chegou lá, cheirou uma montanha de pó, não treinou e levou porrada. Bem, para o Phil era como se o mundo tivesse acabado.

"Vão se foder todos vocês. Foda-se cada um de vocês filhos da puta", acho que foi isso que ele disse.

"Cara, é uma merda de uma luta de boxe", falei a ele. Então, sentei ali e fiquei rindo como algo tão trivial poderia importar tanto para alguém.

WALTER O'BRIEN

Eu vivia indo ao estúdio durante as gravações, mas só para ouvir o disco, e não para dizer à banda como fazer um álbum. Se soubesse como fazer isso, eu mesmo estaria gravando! Eu confiava nos rapazes e em Terry, então passava lá a cada duas semanas só pra me certificar de que as coisas estavam indo no rumo certo. Se houvesse algum problema, eu falaria com eles, mas nunca foi necessário.

Como havíamos sido organizados e feito demos de tudo antes, *Cowboys from Hell* provavelmente ficou pronto em uns dois meses. Já estávamos começando a ir até Nova York para tocar com a banda em locais como o L'Amour e o Cotton Club antes que o disco fosse mixado na Carriage House, em Connecticut. Fazer nossa primeira mixagem foi uma puta viagem também, ver como tudo funcionava. No final do dia, todos estávamos empolgadaços feito uns moleques, falando coisas como "Uau, que disco foda". Finalmente, o *Cowboys* estava pronto, e nós também.

Nossa imagem era nova e a música também. Por mais que eu reconheça a importância do material pré-*Cowboys* para o meu desenvolvimento musical, nós, como banda, tomamos a decisão consciente de nos afastar daqueles quatro primeiros discos. Com certeza, não soaríamos tão entrosados sem aqueles duros anos de formação, nem seríamos tão bombásticos ao vivo – sabíamos disso –, mas, quando *Cowboys* saiu, todos decidimos: "Aquele foi nosso passado, vamos deixá-lo lá".

CAPÍTULO 8
PRIMEIRAS TURNÊS E ALGUMAS HISTÓRIAS

Provavelmente para começar a recuperar logo seu investimento, a Atco queria que fizéssemos turnês de divulgação do disco o mais rápido possível. Então, já estávamos na estrada em abril, antes mesmo do disco sair (o álbum foi lançado em julho de 1990), inicialmente junto de Suicidal Tendencies e Exodus. Agora, já com a porta aberta, era hora de começar a trabalhar.

WALTER O'BRIEN

Levei a banda até um agente de turnês chamado John Ditmar, cara que eu sabia ser o certo pra organizar isso, e usamos nossos contatos para conseguir visibilidade para a banda. Normalmente, bandas de metal tocariam apenas por oito semanas, mas eu disse "Não, essa banda tem que tocar todos os dias da semana pelo menos por um ano, porque é assim que se faz uma banda estourar". Você tem que tocar em locais pequenos inicialmente e ir crescendo aos poucos, não porque sua banda é pequena, mas porque você quer que os fãs criem aquele elo – o que dura uma vida inteira. Então, tentávamos abrir para alguma banda maior e tocávamos como atração principal em um local menor, e assim por diante; com certeza, não iríamos parar depois de oito semanas. Em vez disso, os rapazes tocaram 264 shows durante a turnê de *Cowboys from Hell*, só nos EUA...

Andávamos em uma van que só poderia ser descrita como uma porra de um balde de parafusos. Era tipo um desses trailers e nunca parava, dia após dia, noite após noite, com exceção das cerca de dezoito vezes em que a porcaria quebrou no meio do caminho. Durante muito tempo, não tínhamos faróis que funcionavam direito, então um de nós precisava segurar os fios quando víamos um carro se aproximando na direção oposta para que ele pudesse nos ver.

Camas? Esquece. Tudo que tinha pra descansar era uma cadeira que inclinava somente o bastante pra te deixar dormir. Mas você não dormia. Era apertado, barulhento e fazia uns 50 graus. A única hora em que não parecia fazer 50 graus era quando faziam 500.

AO PASSO QUE PHIL HAVIA MELHORADO muito como vocalista no disco, ainda estava tentando se encontrar como frontman, como artista. Então, os caras do Suicidal Tendencies foram excelentes parceiros de estrada pra gente. Mike Muir foi uma puta influência pro Phil e tenho certeza de que ele reconheceria isso. Mike tem esse comportamento no palco que lhe faz temê-lo, e Phil certamente buscava esse mesmo clima. Ele notava o respeito que os outros tinham por Mike – muito da sua postura de cara durão vem daí, com certeza.

APESAR DA BRUTAL FALTA de conforto, aquela foi uma das melhores turnês que fizemos em termos de exposição e na qual conseguimos manter as coisas muito mais simples do que seriam quando nos tornamos uma banda bem maior.

Passagem de som? Nada disso. Preparar um setlist pra cada noite? Foda-se. Só subíamos no palco e mandávamos ver.

De diversas maneiras, foi um choque cultural porque essa turnê nos levou a cidades que nunca havíamos visitado antes – a maioria das quais nem tínhamos ouvido falar –, o que nos forçou a amadurecer bem rápido. Nenhum de nós nunca havia saído de casa direito, já que sobrevivíamos com viagens curtas pelo Sudoeste, em locais não mais que duas horas distantes de casa, antes de voltar para a familiaridade do Texas. Agora era diferente. Eram centenas de quilômetros de distância, mas estávamos tão empolgados em estar ali que não importava. "Fodam-se vocês todos" era a nossa abordagem. Esses filhos da puta saberão que o Pantera esteve em sua cidade – tocamos em mais da metade dos 50 estados dos EUA e no Canadá naquela primeira turnê.

Quando estávamos em Toronto, em algum momento antes do Natal de 1990, tocando em um lugar chamado Diamond Club, chamamos a atenção de Rob Halford, que nos viu ser entrevistados – Dime usava uma camiseta do disco *British Steel* – na TV em seu quarto de hotel. A sua banda, Judas Priest, também estava na cidade. Acho que, naquele momento, ele entrou em contato com Darrell, foi ao Diamond Club e, de repente, estava no palco tocando "Metal Gods" e "Grinder" conosco, músicas que costumávamos tocar quando fazíamos covers nas casas noturnas do Texas.

Logo depois disso, surgiu uma oferta para irmos à Europa com o Judas Priest, naquela parte da turnê Painkiller, em uma época em que pensávamos ser bons nesse negócio de turnê. Foram três meses dividindo um ônibus com os caras do Annihilator e, naquela época, na Europa, ninguém sabia quem éramos. Mas nem ligamos. Éramos invencíveis e todos saberiam sobre nós, certo? Dezoito imbecis em um ônibus e simplesmente não era divertido. Alguns dos caras apanharam algumas vezes, mas, no geral, nos dávamos bem.

TOCAR COM O JUDAS PRIEST causou mais problemas do que você possa imaginar porque, ao abrir para bandas como essa, o público fica impaciente para ver logo a banda principal: eles jogam garrafas com mijo em você e sabe Deus mais o quê, além de, muitas vezes, nem ligar pra banda de apoio, por princípios. Não foi assim com o Pantera, porém. Mais gente curtiu do que não curtiu. Era assim com o Pantera – tocávamos tanto e tão bem que eles tinham que gostar da gente.

Também tivemos muita sorte, mas éramos jovens e empolgadões demais para perceber isso. Lá estávamos nós, um bando de moleques burros do Texas tocando na Europa em locais como o K.B. Hallen, em Copenhague, onde bandas de verdade tinham tocado antes de nós – Zeppelin, Beatles – sabe, os caras grandes, que eu lia a respeito em livros como *Hammer of the Gods*[1] e tal. Eu adorava ler as histórias e o drama por trás das bandas de rock'n'roll e o que elas faziam nas turnês, ou seja, esses lugares realmente significavam algo pra mim.

EU SÓ QUERIA ter passado mais tempo aproveitando aquelas cidades – visitando pontos importantes e explorando a cultura – em vez de ficar jogado em um quarto de hotel, mas você nem pensa nisso quando é jovem e novo na cena. Sim, nós queríamos dominar o mundo quando subíamos ao palco, mas não curtimos a Europa como poderíamos; era tudo muito "estrangeiro" pra nós. Estávamos tão acostumados em ter uns trocados no bolso e comprar uns burritos na loja de conveniência mais próxima. Era basicamente disso que vivíamos: qualquer coisa que pudéssemos bancar. Um sanduíche aqui, uma refeição para uma garota ali, qualquer coisa, então era bem esquisito comer esses lances que nunca havíamos provado antes.

Olha só, nos deram só alguns pedaços de pão, queijo e carne; se você não acordava cedo, se fodia. Como Dime e eu acordávamos umas 3 horas da tarde, não havia mais porra nenhuma, e por isso acabávamos tomando cerveja.

Claro que Vinnie e Dime queriam as salsichas com feijão que sua mãe fazia ou o macarrão do jeito que ela cozinhava, mas você não encontra essas coisas na Europa. Phil e eu tínhamos a cabeça um pouco mais aberta, mas demorou um tanto para nos acostumarmos. Afinal, não dá para viver só de frango na Alemanha. Tinha o mesmo gosto de merda do dia anterior e é a comida mais sem graça que você pode comer. O mesmo vale para a Inglaterra. Eu amo *shepherd's pie*[2] e peixe com fritas, mas só tem isso pra comer por lá? Talvez eu não tenha

---

1 N. de E.: Biografia não autorizada do Led Zeppelin escrita pelo jornalista Stephen Davis, sem edição em português.
2 N. de T.: *Espécie de escondidinho inglês feito com carne de cordeiro.*

encontrado outras opções ou fui aos lugares errados, porém parecia mesmo faltar variedade.

Apesar de alguns aspectos de nossa turnê com o Priest serem de grande escala, afinal estávamos tocando junto a uma das maiores bandas de metal do planeta, não vá pensar que tínhamos dinheiro para esbanjar. Não tínhamos quase nada. Depois de comer e lavar roupa, não sobrava muito da nossa mesada de quinze dólares por dia com a qual deveríamos sobreviver. Como sempre, havia uns mimos aqui e ali, mas nada demais; sempre tinha cerveja à disposição, por exemplo, mas, no fim das contas, descobrimos que o motorista estava roubando as bebidas durante boa parte da turnê – ele acabou apanhando feio, quase perdeu a mandíbula e a porra toda por causa disso.

> **GUY SYKES (tour manager do Pantera)**
> A banda investiu seu primeiro cheque de adiantamento recebido da Winterland [uma gigantesca empresa de merchandising que nos deu 25 mil dólares] naquela turnê, isso na época em que as empresas de fato assinavam cheques de adiantamento. Mas eles odiaram a Europa. Em primeiro lugar, não havia muito dinheiro por lá. Em segundo, as equipes de bandas mais antigas não tratavam as bandas de abertura com respeito. Então, lá estávamos nós: um bando de caras que bebia como bebíamos, somado ao fato de que dividíamos um ônibus, então dá pra imaginar quão desconfortável era. De fato, só ficamos em dois hotéis durante uma turnê de três meses. A turnê começou em Copenhague, no final de janeiro de 1991, com um frio absurdo em uma Europa pré-Euro. Tivemos que lidar com moedas diferentes, tomadas diferentes, tudo diferente, então, nesse aspecto, eles não curtiram.

Mesmo sendo uma banda enorme e que admirávamos, os caras do Priest foram legais conosco e há uma razão para isso. Não só os respeitávamos como veteranos, mas também éramos grandes fãs e havíamos começado tocando as músicas deles em casas noturnas; assim, estar em turnê com o Priest era um sonho realizado. Phil e eu jogávamos pingue-pongue com K.K. Downing e Glenn

Tipton todas as noites, e eles sempre nos davam uma surra; os caras eram bons. Foi esquisito jogar pingue-pongue com meus ídolos, mas logo percebemos que eram caras normais, e uns ridículos também. Não víamos muito o Rob Halford, porém, já que era bem recluso. Mas, como Scott Travis era o único americano na banda, passávamos um bom tempo com ele.

GUY SYKES

O Judas Priest foi uma das várias bandas com as quais o Pantera viajou que eles genuinamente admiravam, então, nesse aspecto, os rapazes se sentiam como crianças em uma loja de doces. A banda se dava bem com todo mundo simplesmente porque boa parte do início de sua carreira foi entretendo o público dos bares, isto é, o Pantera sempre estava em clima de festa.

DURANTE OS TRÊS MESES da turnê, havia alguns dias de folga que podíamos aproveitar juntos, algo que nunca tínhamos feito antes. Vinnie e eu começamos a jogar bastante golfe; sempre que sobrava um tempo, íamos atrás de um campo bacana para jogar. Isso se tornou nossa válvula de escape no futuro – conforme ganhávamos mais dinheiro, as apostas desses jogos de golfe com o Vinnie e alguns dos membros da equipe técnica só aumentavam.

Eu não sei de quem foi a ideia, mas decidimos fazer um passeio de esqui em um dos dias de folga – porque os caras do Priest também estavam de folga naquela noite, se não me engano – e, para isso, fomos aos Alpes Suíços. Veja bem, eu já era um bom esquiador desde os dez ou onze anos de idade, então não tinha problema algum com a coisa toda, mas nenhum dos outros caras havia andado de esqui antes, e não tinham ideia do que estavam fazendo.

Para Guy Sykes e eu, os únicos que sabiam esquiar, seria uma tarefa árdua ensinar esses caras a ficar em pé – quanto mais a fazer qualquer outra coisa.

O primeiro sinal de que o passeio foi uma má ideia se deu quando nosso técnico de som, Aaron Barnes – nós o chamávamos de "Johnny Ace" –, mal conseguia calçar os esquis e depois bateu em uma árvore antes mesmo de pegarmos o teleférico.

Puta merda! Era com esse nível de inutilidade que eu teria que lidar?

Sim. E a coisa toda só pioraria ainda mais. Até hoje, fico surpreso que ninguém tenha morrido naquele dia. De alguma forma, repassaram-me essa tarefa de merda: tive que ensinar Dime e Philip a esquiar, enquanto Sykes seria responsável pelo Vinnie. Sem entrar em detalhes técnicos, eu queria explicar aos rapazes o quão importante eram as extremidades internas e externas dos esquis na hora de frear. Dime pareceu ter entendido de cara porque costumava andar de skate e tinha alguma noção de equilíbrio. Após algumas lições com Dime, ele estava pronto para esquiar, momento em que pude deixá-lo de lado.

Phil, por sua vez, não aprendeu muito bem. De fato, foi pior que isso: eu nunca havia visto o cara tão petrificado em toda a minha vida. Não era como se as descidas fossem muito íngremes; era a pista de iniciantes, e lá estava Philip H. Anselmo – um dos mais confiantes e intimidadores vocalistas de metal mesmo naquela época – tremendo feito vara verde. Naquela situação, ele não se mostrou ser um cara tão durão assim.

A abordagem do irmão de Dime era diferente: ele era uma ameaça à sociedade. Com toda aquela gordura usando um casaco ridículo, eu conseguia ver Vinnie de soslaio quase sempre passando com tudo entre portões, árvores, famílias, deixando um rastro de destruição pelo caminho. Parecia coisa de desenho animado, e ele não sabia como parar. Vinnie Paul, sobre esquis, era um homem descontrolado e, o mais preocupante, parecia ter adquirido um gosto por isso.

"Vire, seu babaca!" Eu gritava, enquanto ele ia em direção a uma família inocente, atropelando-a sem nem pedir desculpas. Em vez disso, levantava e tentava subir nos esquis de novo, mas sem compreender o quão difícil isso era quando os esquis apontam para baixo na montanha.

... *Bang*!

E lá estava ele caído de novo.

Toda aquela experiência estava me matando. Eu queria ir embora, ou melhor, beber algo. Parecia a única forma de aliviar o estresse causado pelas constantes colisões de Vinnie. Então, na metade do dia, resolvemos ir até o outro lado da montanha, onde ficava o bar, mas isso envolvia atravessar o local estilo cross-country e teleféricos. Você fica ali de pé e vão te puxando pra cima. Parece fácil, mas adivinhe só, este era um conceito que Vinnie simplesmente não entendia – ele passou boa parte do tempo simplesmente rolando no chão como uma baleia encalhada, bem ali onde as pessoas tentavam subir a montanha.

Não satisfeito em ficar ali, de fato tentava puxar algumas pessoas que passavam por ele como se estivesse falando "Diabos, se eu não subirei, ninguém vai". Vinnie não entendia que esses teleféricos fazem todo o trabalho por você.

"A gente se vê depois, gordinho!" – gritávamos enquanto o deixávamos para trás. Ele ficou puto da vida.

Finalmente, chegamos ao topo e pegamos umas cervejas, quando o gordinho nos alcançou, afinal, para a última volta do dia, para qual Vinnie havia claramente guardado sua *pièce de résistance*.

Após algumas cervejas e umas doses, desci a montanha, a primeira volta de esqui decente que dei o dia inteiro após cuidar desses caras, quando, de repente, vejo Vinnie descendo com tudo em direção a outro grupo de pessoas.

Eu pensei: para onde ele está indo? Ele não está parando.

Atrás do grupo de pessoas, em sua trajetória, havia uma grande placa laranja que avisava os esquiadores sobre o perigo iminente de cair dessa montanha enorme. Como uma bola de neve texana gigante, foi ficando cada vez mais rápido, mas, como sempre, algo se meteu no seu caminho e, após esmagar mais uma família inocente, aquele gordo deu de cara com uma tenda cheia de gente. Eles não curtiram. Vinnie nem deu bola.

"Vai se foder Rex, esquiar é uma bosta. Não vou fazer isso de novo, de jeito nenhum", disse Philip enquanto carregava seus esquis montanha abaixo, jurando que nunca voltaria. Ele estava pálido. Não sabia como parar nem frear, então acabou que o "Senhor Sem Cicatrizes[3]", como se autodenominava, era o covardão da montanha e nunca, nunca mais, calçaria um par de esquis depois dessa. Esse foi um exemplo perfeito de quão contraditório Philip pode ser.

---

3 N. de T.: No original, *Mr. Unscarred*.

CAPÍTULO 9
PERIGOSAMENTE VULGAR

A turnê do *Cowboys* demorou quase dois anos, mas, como era tudo muito novo pra gente, o tempo nem parecia ter passado. Tivemos poucos dias de folga, não dava tempo nem de lavar a roupa. O único intervalo mesmo veio no verão de 1991, antes de uma ligação muito importante de Mark Ross.

Ele nos perguntou se gostaríamos de ir a Moscou fazer um show, que seria gravado para um vídeo, e é claro que topamos. Como havíamos nos acostumado com a rejeição no passado, dizíamos sim para a maioria das oportunidades agora e aquela parecia ser das boas, mesmo que não soubéssemos nada do lugar para o qual estávamos indo, exceto que era famoso pela vodca. Mas, antes de cruzar o oceano, voltamos ao Pantego Sound com Terry para gravar as trilhas de bateria do que seria nosso próximo disco. Era um momento crítico na evolução da música, especialmente o tipo de som que tocávamos, e as coisas definitivamente mudariam nos próximos meses e no ano seguinte.

O Nirvana e todo aquele movimento grunge ainda não tinham dominado a cena, mas havíamos ouvido as demos do *Nevermind* porque Dale Kroeger, do Melvins, mostrou-as para nós. Todos achamos o Nirvana animal e também pirávamos em Soundgarden. Contudo, havia o Metallica, tocando um som super comercial tipo "Enter Sandman", e por mais que aquilo não tenha mudado o heavy metal como um todo, certamente nos deu a chance de aproveitar um momento oportuno quando mais precisamos.

Enquanto isso, Mark nos mandava arrumar os equipamentos e prepará-los pra despachar para que pudéssemos viajar de 1ª classe. Quando chegamos à Rússia, uma tradutora e um ônibus nos esperavam. Bem, a primeira coisa que percebemos ao chegar ao país é que não existe neon em Moscou – nenhuma placa ou sinalização de qualquer coisa – e todo o local é iluminado pelo que parecem ser lâmpadas de 60 watts.

WALTER O'BRIEN

Como a federação russa havia assumido o poder apenas algumas semanas antes, tecnicamente não havia ninguém para nos dar vistos ou quaisquer coisas dessas. Então, precisávamos ter uma carta assinada pelo prefeito de Moscou, pelo presidente da Rússia e por algum mandachuva do exército, explicando o que estava acontecendo para que, ao chegarmos ao aeroporto, pudéssemos convencê-los a nos deixar entrar. Foram algumas horas de conversa e um suborno aqui e outro ali para podermos entrar no país. Foi uma aventura!

"O que esse povo todo tá fazendo enfileirado ali na esquina?", perguntei à intérprete, ao ver uma cena com a qual não estava acostumado.

Quando ela disse que estavam esperando para receber um pedaço de pão, voltamos nossos olhos a ela, incrédulos. Nunca tínhamos ouvido falar sobre uma merda dessas, em lugar nenhum. Moscou acabara de inaugurar seus primeiros fast-foods, então havia filas do lado de fora do McDonald's e da Pizza Hut porque essas pessoas simplesmente nunca tinham comido esse tipo de comida. E isso não era o mundo pós-2ª Guerra Mundial ou o que quer que fosse, era a porra dos anos 1990!

WALTER O'BRIEN

O que mais se vê ao andar de carro em uma cidade grande? Restaurantes, restaurantes e mais restaurantes. Em Moscou, não havia restaurante nenhum. Encontramos o que as pessoas chamavam de "o melhor restaurante da cidade" e, ao chegarmos lá, era como estar comendo na sala de estar de alguém. Era um bufê e tudo o que tinha no cardápio era repolho. Repolho com isso, repolho com aquilo, repolho frito, repolho cozido. O que era ótimo se você gostava de repolho, mas era o Pantera – eles disseram "Queremos churrasco, cacete!". É claro que não tinha, então acabamos sobrevivendo à base de McDonald's e Pizza Hut.

Quando fomos aos pontos turísticos, como o Parque Gorky e a Praça Vermelha, esses lugares, a impressão inicial de bizarrice se confirmou ainda mais. Havia um monte de barracas vendendo fitas piratas com qualidade de gravação horrenda, mas que as pessoas achavam demais, e provavelmente o eram, comparando com o passado.

Isso explicava porque, antes de virmos, nos aconselharam a trazer duas coisas: papel higiênico extra e roupas da Levis – qualquer coisa com a etiqueta da marca – porque poderíamos negociar praticamente tudo, já que esses itens – papel higiênico decente e jeans – simplesmente não existiam em Moscou.

WALTER O'BRIEN

A primeira coisa que quis fazer foi ir até a Praça Vermelha e ver aquele lugar que sempre via na televisão, mas chegamos a Moscou tarde da noite. Então, perguntei à nossa tradutora se poderíamos ir, ao que respondeu "Podemos ir amanhã". Na Rússia, isso quer dizer "não". Assim, eu e Rex pegamos o metrô e demos um jeito de chegar lá. Demos uma volta pelo lugar e as pessoas vinham até Rex – elas sabiam quem ele era.

Ficamos no primeiro hotel americano a inaugurar na Rússia, logo em frente à Embaixada Americana, o que era bem esquisito porque ele não tinha nada de luxuoso. Como será que eram os hotéis ruins?

WALTER O'BRIEN
Todas as bandas estavam hospedadas no Radisson, de Moscou, que somente seria inaugurado oficialmente em três semanas. E o que aconteceu é que estava rolando um encontro entre dirigentes dos EUA e da Rússia, que também estavam no hotel. Entramos em um salão de baile em um andar superior, arrumado com umas cem mesas com um telefone preto e um vermelho em cada. Os vermelhos eram linhas seguras ligadas com os EUA. Certa vez, ao sair do elevador, vi Wolf Blitzer, da CNN, indo embora! O hotel tinha um restaurante que todos recomendavam, com um quadro que dizia "Especial do dia: carne e vegetais". Então, Rex perguntou "Que carne que é essa?". O cara do balcão deu de ombros e disse "É carne". E Rex insistiu "Mas de que *tipo*? Bovina? Suína? Vitela? O que é?". E o cara respondeu, de novo: "É *carne*".

No dia seguinte, nos deixaram dormir antes de nos levarem ao aeródromo de Tushino, local do show. Ao chegarmos, estavam começando a montar o palco e a garotada já estava acampada no meio de aviões antigos de guerra, torres de tiro e o que pareciam ser umas porras de uns satélites espaciais, jogados ali, naquele campo enorme. Foi uma das coisas mais surreais que já vi.

Tão surreal quanto, provavelmente – para cerca de um milhão de fãs que supostamente estavam lá –, era o line-up do show: heavy metal classe A e verdadeiros deuses de rock. AC/DC, Metallica, nós e o Black Crowes, e tudo de que consigo me lembrar era aquele mar imenso de gente no aeródromo gigantesco com bandeiras de tudo que é país que você possa imaginar. Shows como aqueles, de músicos ocidentais, eram novidade na União Soviética (aconteceu que a nova federação russa tomou o país alguns meses depois de termos ido embora), então, para o público, havia essa sensação de que éramos uma prévia de um empolgante futuro ao invés do passado repressor.

Ainda assim, o backstage parecia vindo de um passado muito distante. Os camarins pareciam tendas, horríveis, com uma única lâmpada para iluminar. Não tínhamos nada para beber além de um pouco de água, mas, felizmente, levamos nossas próprias bebidas, ainda que nada disso importasse porque o show em si foi inacreditável e uma das maiores ações publicitárias que poderiam acontecer conosco também.

Como eu disse, já tínhamos começado a pensar no novo álbum e gravar linhas de bateria pra ele antes de ir à Rússia, mas toda a experiência nos inspirou ainda mais quando voltamos. O disco seria foda e a declaração mais pesada de nossas intenções que poderíamos fazer.

QUANDO VOLTAMOS do show em Moscou, o novo disco do Metallica, o tal "Black Album", tocava sempre no rádio. Achamos o disco péssimo, é claro – digo, achamos horrível mesmo –, não entendíamos a sonoridade comercial de jeito nenhum e isso nos deixou ainda mais determinados a fazer o novo disco mais pesado do que qualquer coisa que havíamos tentado fazer antes. Seu nome seria *Vulgar Display of Power*[1]. Nosso poder.

Naquele ponto de nossa trajetória, apesar do sucesso relativo de *Cowboys from Hell*, ainda nos considerávamos uma banda relativamente pequena – e de certa forma éramos, se compararmos com o que nos tornaríamos depois. Do ponto de vista da crítica, as coisas certamente haviam mudado, mas nossas vidas não foram alteradas tão radicalmente, então ainda tínhamos essa fome de fama e dinheiro. Continuávamos fazendo nossos shows e servindo de apoio para bandas maiores, mas nada grande estava ocorrendo para dar um gás em nossa carreira de forma tão rápida quanto queríamos.

Queríamos estourar.

Apesar de termos assinado com uma grande gravadora, ainda sentíamos que precisávamos calar a boca de alguns incrédulos com o que quer que fôssemos lançar. O que ajudou muito foi o Metallica ter lançado esse disco altamente comercial, deixando, sem querer, esse buraco enorme de mercado para que

---

[1] N. de T.: Em tradução livre, "*demonstração vulgar de poder*".

pudéssemos preencher. Enquanto tínhamos uma ideia certa de como queríamos que o disco soasse, o álbum do Metallica provou que éramos a banda certa para preencher o vazio que eles haviam deixado.

Então, quando entramos em estúdio para compor, as músicas basicamente saltavam de dentro de nós. Parecia tudo tão fácil e natural. Consequentemente, o material no *Vulgar* estava muito bem ensaiado antes mesmo que nosso produtor, Terry, viesse até a gente pra gravarmos, e, assim como no *Cowboys*, já tínhamos as demos bem acertadas. Havia algumas sobras do disco anterior, que se tornaram parte de "Regular People", com certeza, e talvez algumas partes de "Hollow", mas o resto das faixas era material novo. "Piss" foi outra música que compus parcialmente na época, mas, como o resto do disco soava muito forte, não entrou. Acabamos usando partes dela em "Use My Third Arm", que apareceria depois no disco *Far Beyond Driven*. Porém, em 2011, "Piss" foi lançada em sua versão original, na edição de 20 anos do *Vulgar Display of Power*, e fico muito orgulhoso de meu papel nela.

É difícil lembrar com que música começamos, mas, quando a coisa engrenou, foi de uma vez – com ideias fluindo de nós, momento em que percebemos cada vez mais que éramos a banda certa para preencher o espaço que o Metallica havia acabado de deixar. Acreditávamos ter o perfil certo para ocupar aquela posição e foi nossa perseverança e vontade de fazer um som cada vez mais pesado que permitiram isso. Era tudo do nosso jeito, e não o dos outros. Não eram as condições do Metallica ou de quem quer que fosse, e não havia muita competição nesse momento em particular dos anos 1990, mas não consigo pensar em muitas bandas do nosso gênero que, em vez de seguir outro caminho para chamar a atenção do público, os fez vir em nossa direção. Acho importante fazer essa distinção, porque é uma coisa rara nesse mundo de tendências e modas.

"A New Level" e "Fucking Hostile" foram músicas-chave nesse processo, e o fato de terem sido tão fáceis de compor significava que nunca queríamos que esse fluxo criativo parasse também. Isso era viver a vida enquanto fazíamos o que queríamos, sem pressão alguma exceto a que vinha de dentro de nós. Algumas vezes, ficávamos no estúdio até as quatro da manhã, bolando novas ideias enquanto nos esforçávamos para melhorar nosso desempenho como um todo, que, por conta dos quase dois anos de shows, já era bem foda.

Assim como estávamos mais afiados em termos coletivos, as coisas haviam evoluído individualmente também. O alcance vocal de Phil era bem mais amplo do que em *Cowboys*, o que nos deu mais variação na hora de deixar o material mais pesado. Ele ainda conseguia atingir aquelas notas mais altas, é claro, mas, como estava um pouco mais velho, também estava desenvolvendo uma voz mais ríspida, que complementava o que fazíamos.

Todas as músicas surgiam com um riff de Darrell ou algo que Vinnie havia criado, uma batida ou uma levada, ou uma ideia minha e de Phil. Em alguns casos, o processo de ter uma ideia poderia ser simples, tipo ir lá fora, fumar um e voltar pra ver o que acontecia. Geralmente, acontecia alguma coisa.

Eu lembro, com certeza, que, quando compusemos "A New Level", havia todos esses acordes cromáticos que ainda não tínhamos tentado usar antes. Quando a música foi tomando forma foi como pegar pra ler um livro sobre algum assunto que você curte muito, ou melhor, abrir um presente de Natal que você jamais achou que ganharia.

Cada faixa que gravávamos tinha aquela coisa que somente os discos mais importantes têm, e sabíamos o quão foda esse álbum era. Havia momentos em que estávamos no estúdio, como quando "Walk" estava sendo composta e tocávamos com muito entrosamento. Olhávamos uns pros outros, espantados, e dizíamos "Meu Deus, caralho, como fizemos isso?".

Pode parecer clichê, mas havia algo de mágico no ar no momento em que estávamos trabalhando no *Vulgar* – nunca mais tocamos ou nos demos tão bem quanto naquela época. Dime e eu nos entendíamos profundamente em relação aos acordes, às mudanças e ao andamento, o que, por si só, era uma puta sensação: estar completamente em sincronia com seu parceiro de música. Claro que Dime sempre sabia *exatamente* o que queria ouvir. Sempre. Mas, algumas vezes, eu ouvia algo da minha perspectiva de baixista, ia lá e dava minha contribuição. Enquanto ele tocava os leads de guitarra, meu trabalho era bolar uma linha de baixo que se encaixasse.

No *Vulgar*, buscávamos a perfeição sônica. Sentávamos todos juntos, desligávamos todos os canais da mesa, com exceção dos de guitarra e baixo, ouvindo as trilhas com o máximo de concentração, prestando atenção a cada detalhe. Às vezes, testava minhas habilidades ao tocar acompanhando a trilha, e sempre conseguia. Estávamos tocando bem desse jeito, processo ao qual passamos a chamar de "O Microscópio", e, dali em diante, passamos a aplicar esse nível de minúcia em tudo que fazíamos. Sim, soávamos pesados e agressivos, mas os detalhes realmente importavam.

TERRY DATE

> Durante a maior parte do tempo, o processo do *Vulgar* foi similar ao do *Cowboys* – com a exceção de que este estava um pouco mais adiantado quando eu cheguei. No *Vulgar*, eles estavam voltando de uma turnê bem-sucedida e já tinham definido os riffs, sabiam que queriam algo mais pesado e intenso, mas o processo de composição era exatamente o mesmo: eram ótimos trabalhando em um pequeno estúdio de garagem. Se você for ver como se gravam as coisas em quartos hoje em dia, não era muito diferente do que fazíamos naquela época, pois nos sentíamos confortáveis lá no Pantego, que, apesar de ser bem bacana, era modesto comparado com qualquer estúdio em Los Angeles. Não é o equipamento no estúdio ou a isolação acústica que importava, e sim o quão à vontade estivessem os músicos, e eles estavam bem à vontade.

Por mais que todas as músicas no *Vulgar* fossem bem pesadas, isso não se dava de forma gratuita; havia também uns ganchos animais. Escute "Fucking Hostile" e você perceberá que, mesmo sendo uma música muito rápida e pesada, ainda tem muito da boa e velha composição.

Nem todos compartilhavam da nossa empolgação. Eu sempre me lembro do velho, que não desempenhava papel nenhum a essa altura do campeonato além de ser o dono do estúdio, mas ele ainda se via como nosso agente não oficial, entrando lá e ouvindo os vocais distorcidos de Phil em "Fucking Hostile" e falando daquele seu jeito ultranegativo: "Rapazes, vocês não podem colocar isso no disco, ninguém vai ouvir!". Ele *odiava* distorção.

"Vocês não podem fazer isso assim", continuava, quando nós dizíamos "Cara, você já ouviu falar de Ministry? Vai se foder, deixa a gente em paz".

Ele tratava a maioria das coisas assim. Se Phil raspasse o cabelo ou qualquer babaquice dessas, ele achava que tínhamos que fazer alguma reunião para discutir o assunto. Ele era um desses caras que queria nos limitar com essas suas ideias de caipira, falando coisas como "Não era assim que a música country era feita e vocês não podem fazer isso". Como se country importasse pra gente!

Apenas falamos "Foda-se, é claro que pode". Foi assim que fizemos, e funcionou. Queríamos mudar o mundo com a música que produzíamos, e esse disco fez isso. Mudou tudo pra uma caralhada de gente.

ANTES DE O ÁLBUM ser lançado, fizemos uma turnê com o Skid Row em janeiro de 1992, em que arrasamos em todas as noites. Esses caras estavam com um disco bem pesado na época, *Slave to the Grind*, e tinham acabado de sair de uma turnê com o Guns N' Roses na Europa. Assim, essa tour com a gente foi a primeira vez em que eles saíam como *headliners*, com o palco mais louco que já vi em minha vida, digo, era um exagero, com todas aquelas rampas e tal.

Nada disso nos importava, porém. Só subíamos e tocávamos, noite após noite e, de repente, Phil mudou seu ponto de vista de "matar o mundo inteiro" para algo como "Olha, temos aqui uma oportunidade única na vida, podemos roubar *todos* esses malditos fãs". Ele estava muito mais simpático naquela tour, e estávamos nos divertindo e mandando bem mesmo. Também tivemos a oportunidade de mostrar às pessoas a versão masterizada do *Vulgar* enquanto ainda esperávamos sair a arte da capa antes do lançamento, um mês ou mais após o início da turnê.

Estávamos viajando em nosso primeiro ônibus de tour e pensamos "Pô, então é nisso aqui que vamos viajar?" – parecia tudo bem importante. Tínhamos nossas próprias camas, o que era uma grande evolução se comparado com os trailers em que estivemos no passado e tínhamos também um motorista, ou seja, ninguém precisava se preocupar em dirigir mais, porém, vez ou outra, o fazíamos, só pela diversão. Certa vez, quando viajávamos pelo Canadá, eu e Dime estávamos no banco da frente. Passamos pela fronteira, e os caras perguntaram ao Dime "Qual a sua cidadania, senhor?".

"Normal, senhor", disse Dime.

Ele não era um dos caras mais inteligentes, ao menos não em termos acadêmicos, apesar de que tinha diversas maneiras de tentar parecê-lo. Às vezes, eu o chamava de Sócrates[2], só para deixá-lo puto porque ele tinha bolado o que achava ser uma ideia brilhante, mas que, pra todo mundo, só parecia imbecil. Ele usava palavras grandes e complicadas, e tudo que eu dizia era "Beleza, Sócrates". Mas o que lhe faltava em termos acadêmicos compensava em conhecimento das ruas.

GUY SYKES

A turnê com o Skid Row fez o Pantera explodir nos EUA, e é isso – fim de papo. A música pesada como um todo estava rumando para diferentes direções: ou você estava ao lado do Nirvana e Soundgarden, ou ia além, em direção a Slayer e Metallica. O Skid Row estava tentando se afastar de suas raízes hair metal. Na turnê com o Judas Priest, os rapazes não sabiam o que esperar: cuspiram e jogaram coisas neles, e vendíamos umas duas ou três camisetas por noite; mas, na turnê com o Skid Row, tudo se encaixou. O Pantera chegava lá e destruía o Skid Row todas as noites, e foi isso que os levou a um nível acima.

Quando tocávamos o material do *Vulgar* na estrada, simplesmente impressionava todo mundo. Ninguém disse "Poxa, isso é legal" ou qualquer coisa evasiva dessas; queixos estavam caindo e, mesmo que não precisássemos dessa confirmação, sabíamos que estávamos indo rumo a algo grande.

WALTER O'BRIEN

Darrell tinha nos dado aquela foto antiga horrorosa de um cara levando um soco na cara – toda distorcida, como uma cópia ruim. A gravadora foi lá e conseguiu com que um modelo fosse socado durante uma sessão de fotos e a coisa toda ficou bem bacana, ainda seguindo o espírito do material que Dime havia trazido. Bem, ele ficou furioso porque queria usar aquela foto péssima na capa! Tentamos explicar a ele que não tinha como. Ele queria mesmo usar aquela foto original na capa!

---

2 N. de E.: Filósofo grego considerado *um dos pais da filosofia ocidental.*

Claro que estávamos certos sobre o *Vulgar* – o disco estreou em 44º lugar nas listas, o que era absolutamente incrível – e, dali em diante, todos os nossos amigos e colegas de outras bandas tentavam fazer algo igual ou melhor do que havíamos criado. Começava a competição.

Jerry Cantrell[3] já era um bom amigo meu a essa altura, e logo tudo virou uma corrida entre a gente pra saber quem conseguiria um Disco de Ouro primeiro. O Alice in Chains sempre esteve um passo à frente, porém: já tinham tirado a sorte grande com o lançamento de *Facelift* e se dariam ainda melhor com o próximo disco, em 1992. E lá estava eu, tipo, porra, estamos aqui com 300 mil discos vendidos – e isso não é nada ruim –, mas Jerry tinha um Disco de Ouro; eu estava puto!

Ainda que o *Vulgar* não tenha sido nosso disco mais vendido, foi o mais significativo por conta da época em que foi lançado. O heavy metal estava mudando em virtude do movimento grunge, então a maioria das bandas modificava seu som para se encaixar nessa tendência ou corria o risco de ser forçada a voltar para o underground e a tocar em clubes e casas noturnas menores.

O Pantera era a exceção no sentido de que prosperamos nesses tempos aparentemente negros para o metal, tocando música mais pesada do que boa parte das pessoas já tinha ouvido.

Apesar de nossa posição privilegiada e todas as oportunidades, a fama e a fortuna ainda levariam um tempo para chegar. O *Vulgar* definitivamente nos colocou no caminho para o estrelato e nos deu a chance de tocar em locais maiores. Então, para retribuir o favor que as bandas grandes haviam feito pra gente, escolhemos bandas emergentes para abrirem nossas turnês – como o Sepultura e o Fear Factory, que estavam tentando fazer seu próprio nome. Sim, nós sabíamos que tínhamos como lotar anfiteatros, mas sempre respeitamos nossas raízes, uma das grandes qualidades da banda.

Quanto aos nossos amigos do Metallica, bem, mal os víamos depois disso tudo. Nas raras ocasiões em que nos encontramos, o Lars aparecia no backstage com uns caras tipo John McEnroe[4]. Era uma loucura. Eles pareciam estar seguindo seu próprio e esquisito caminho, de qualquer forma, e, quando

---

3 N. de E.: *Guitarrista da banda Alice in Chains.*
4 N. de E.: *Ex-tenista profissional norte-americano.*

lançaram o *Load*, em 1996, com os cabelos curtos e usando maquiagem, o Pantera era atração principal em arenas ao redor do mundo, nunca se misturando com pessoas supostamente bacanas – acho que nossa música nunca foi acessível o bastante para atrair celebridades, e eu nunca tive os telefones de famosos na minha agenda.

Ao contrário do Metallica, não tínhamos hits no rádio, que provavelmente era o que chamava a atenção dessas celebridades. Mas *sempre tivemos* fãs fiéis, loucos – adolescentes suados –, que poderiam lotar nossos shows em qualquer dia da semana.

Por sua vez, todos os outros músicos também apareciam porque sabiam que era provável rolar uma puta farra depois. Se tinha um show do Pantera em sua cidade, eles sabiam que tinham que aparecer e que, por Deus, seria foda. Aconteceriam umas paradas loucas e seria divertido.

Nossa ligação com o Metallica se manteve brevemente quando saímos em turnê, abrindo para o Megadeth, na tour do disco *Countdown to Extinction*. A única sensação que posso relacionar a essa experiência é que estar com esses caras era meio sem graça. Nossas bandas eram opostas. Estávamos no auge de se estragar todas as noites, enquanto eles estavam nessa pegada da sobriedade, ou seja, não combinava muito. Dave meio que contrabandeava umas garrafas de enxaguante bucal para beber, o que parecia bem bobo naquela época. Eu sentia vontade de falar "Bicho, vá à loja de bebidas e pegue uma garrafa de qualquer merda. Porra, não bebe isso não!".

A TURNÊ BEM-SUCEDIDA teve um gosto amargo para mim, pessoalmente. Minha mãe, Ann, já estava de cadeira de rodas há um bom tempo, já que seus músculos haviam deteriorado. Certo dia, ela tentou alcançar uma garrafa de Dewar's[5], com a ajuda de uma alça de segurança, e sofreu um aneurisma – caiu da cadeira e desmaiou imediatamente. Creio que eu estava em Ohio e minha irmã e eu sabíamos que algo assim aconteceria. Cancelamos cinco dias de shows e, em uma semana, estava em Dallas enterrando minha mãe. Descanse em paz, mamãe.

---

5   N. de T.: *Marca de uísque.*

Aos vinte e nove anos de idade, havia perdido pai e mãe. Mas, pra mim, a morte de mamãe veio com uma sensação de alívio. Seu corpo simplesmente não tinha mais condições de seguir adiante. Ela precisou de assistência particular por um ano e meio, o Medicaid[6] estava chegando ao fim e o tratamento todo estava começando a custar muito pra mim e pra minha irmã. Queria que ela ainda estivesse por aqui para ver seus netos, mas ela não está e, no fim das contas, seu falecimento resultou em emoções confusas. Por um lado, foi uma benção – ela pôde ficar em paz –, por outro, havia perdido minha mãe.

Ironicamente, um dia após enterrá-la, ela recebeu um Disco de Ouro por conta do *Cowboys from Hell* pelo correio. A mesma mulher que me disse que, se eu não estudasse, estaria cavando valas por aí. Definitivamente, teria muito orgulho de seu filho, porém, e, de qualquer forma, quando ficamos conhecidos, passou mesmo a respeitar o fato de que eu havia feito a escolha certa ao tentar uma carreira na música.

MESMO COM A TURNÊ BEM-SUCEDIDA do *Vulgar*, viajar a lugares como o Japão e ter todas essas experiências incríveis, eu ainda morava em um apartamento com John 'The Kat' Brooks, nosso técnico de bateria, no Norte de Arlington, a vinte minutos de carro do estúdio. Era a única parte da cidade de que eu gostava.

Foi mais ou menos nessa época que conheci minha futura esposa, Belinda, por meio de amigos em comum que nos apresentaram. Ela não estava por dentro da cena musical nem sabia quem eu era, exceto o fato de tocar em uma banda e ter que fazer shows. Então, para conquistá-la de vez, comprei um dachshund e disse a ela: "Ainda temos que fazer nossos shows e alguém vai ter que tomar conta desse cachorro enquanto eu viajo, então é melhor você ir morar comigo". E ela o fez. Ganhei a garota com um cão salsicha. Fomos morar em um apartamento bacana em um condomínio, um lugar bem legal de se estar.

---

6   N. de T.: *Espécie de plano de saúde destinado para famílias de baixa renda nos EUA.*

CAPÍTULO 10
CAOS CONTROLADO

Estávamos de folga entre o final da primavera e o verão de 1993. Deus sabe que merecíamos um descanso – antes de entrar em estúdio para gravar o *Far Beyond Driven* –, o que fizemos em algum ponto do outono daquele ano.

As coisas eram um pouco diferentes daquela vez porque o velho tinha mudado seu estúdio para o norte, em Nashville, construindo aquele lugar chamado Abtrax Sound, e os garotos não se cansavam de dar grana ao velho – então, lá fomos nós também.

O velho havia se mudado para lá com o objetivo de conseguir uma fatia do mercado de música country, o que não conseguia em Arlington. Além disso, como dono de parte dos direitos de *Cowboys* e *Vulgar*, *ele* recebia o mesmo que a gente. (Depois, volto a falar sobre o que fiz a respeito dessa situação.)

TERRY DATE
Antes, havia partes das músicas em que todos trabalhavam juntos e se juntavam para ouvir, mas, com o *Far Beyond Driven*, todos estavam lá o tempo todo, o que apresentava algumas desvantagens. Essa é a melhor forma de dizê-lo. Foi um clima completamente diferente.

Então, íamos até lá e ficávamos umas duas semanas, três no máximo, hospedados no Holiday Inn. Aí, começavam os infames dias de Vinnie Paul em clubes de strip. Claro que nos divertíamos sempre que íamos lá, quando rolava um esquema daqueles do tipo "traga sua própria cerveja", mas Vinnie tinha um apreço nada saudável pela coisa e você verá no que isso dará mais à frente.

A rotina se repetia: trabalhávamos um tempo, tirávamos uma semana de folga, voltávamos ao Texas e compúnhamos todo o material, que, na época do *Vulgar*, estava praticamente vazando da gente. Dime e Phil estavam em chamas, criativamente falando, e as oportunidades não paravam de aparecer porque todos viam o quão grande o Pantera estava ficando. Convidaram-nos para participar com uma música de um tributo ao Black Sabbath chamado *Nativity in Black* – gravamos "Planet Caravan", em que toquei o baixo fretless e os teclados. Infelizmente, não conseguimos resolver a questão dos direitos autorais, o que só mostra o quão típico é dos selos essa coisa não querer liberar suas bandas, então a gravação acabou saindo como bônus no *Far Beyond Driven*. É bom saber que você está sendo protegido, eu acho, mas pode ser frustrante às vezes, quando quer sua música em um disco importante.

Certo dia, estávamos no estúdio, perplexos com o Vinnie, que estava trabalhando em uma batida esquisita. De repente, por algum motivo qualquer, Dime ligou um desses novos pedais whammy que a Digitech havia acabado de lançar, que permitiam mudar de oitavas sempre que se mexesse o pé. E foi assim que as músicas "Becoming" e "Good Friends and a Bottle of Pills" surgiram – por meio de experimentação descompromissada.

Até então, eu havia usado baixos Charvel na maioria das vezes, mas tinha acabado de fazer um contrato com a Music Man e estava tocando seu StingRay, tentando mesmo fazer algo diferente. Eu sabia o tipo de som que queria – um tom que saltasse no meio da mixagem –, mas não o havia encontrado ainda. Todas essas fabricantes de instrumentos me mandavam baixos com cara de mesinha de centro – alguns do tipo Warwick chegavam, eu os plugava e soavam como lixo. Por fim, acabei ligando pro meu amigo Rachel Bolan, do Skid Row, e disse "Ei, cara, posso emprestar uns Spectors seus? Queria mesmo dar uma sacada no som deles".

Testei-os, então, em umas músicas, como "5 Minutes Alone", passando a me tornar um fã dos baixos Spector. Tive que trocar os que usava por um desses, e só toco com eles desde então. Eles se saem bem melhor na mixagem. Sempre fui um grande fã de Eddie Jackson, do Queensrÿche, que também o usou nos primeiros discos da banda e você consegue sentir aquele *punch* do baixo. Eu curtia mesmo aquele tom, mas, ao mesmo tempo, queria um pouco da sonoridade do meu mentor, dUg Pinnick. A banda de dUg, o King's X, influenciou bastante alguns dos trabalhos mais melódicos do Pantera. Não é algo fácil de identificar, mas com certeza está ali. Ele também era um grande fã da gente, como banda, e sempre estava por perto torcendo.

Você tem que lembrar que nem sempre os discos de metal mostram o som do baixo em sua melhor forma. Claramente, eu era um grande admirador de caras como Geezer Butler e John Paul Jones. Falando de metal, especificamente, eu não gostava do som que, digamos, Jason Newsted tirava no Metallica. Pra mim, era meio "ugh". Não era meu tipo de som mesmo. Caras como Gene Simmons também sempre soaram sem graça pra mim, e ali, no outro extremo, há caras como o Lemmy. O Lemmy é simplesmente o *Lemmy*. Ele é único e, por mais que você possa se dizer influenciado por ele, nunca conseguirá aquele som.

No *Far Beyond Driven*, também decidi que queria experimentar um baixo de cinco cordas. Então, a Music Man me enviou um (o que abriu um precedente para equipamentos), o qual amei logo de cara. Não só soava bem, como me permitiu atingir as oitavas mais graves, coisa que não dá pra fazer com um baixo comum de quatro cordas. Isso adicionou dimensões completamente diferentes às músicas – era quase como tocar um instrumento novo, então talvez houvesse algo de motivador em tocar um.

Tudo que estávamos fazendo era experimental em alguma escala, mas também tínhamos esses riffs absurdamente contagiantes para acompanhar – como os que se tornaram as músicas "I'm Broken" e "5 Minutes Alone" –, que voltavam e renovavam tudo que havíamos vivido com eles durante algumas semanas dirigindo por Nashville em um carro alugado.

A primeira música que compusemos para o disco na verdade foi "25 Years", coisa de que me lembro, especificamente, porque Phil tinha escrito essas letras bem escrotas nas quais trabalhava na época, sobre seu pai. Quando ouvi pela primeira vez aqueles sentimentos terríveis contidos ali, disse pra ele "Cara, você não pode escrever isso, é do seu pai que você tá falando". Pra mim, só não era algo legal, mas não dava pra dizer o que o cara deveria fazer ou não, nunca.

Com uns três quartos do processo todos adiantados, pegamos todo o material do Abtrax e levamos para o Dallas Sound Lab, uma festa em todas as noites. A essa altura, Vinnie usava ecstasy sempre. Era bruto demais vê-lo assim. Eu já tinha experimentado um tempo atrás, quando ainda era legalizado e bom, não misturado com metanfetamina e tal, mas a parada que rolava em 1993 fazia você acordar com as costas em espasmos.

Além disso, quando Dime e eu tomávamos ecstasy antes, éramos mais espertos. Quebrávamos só uns *pedacinhos* da pílula, em vez de engolir uma inteira e ficar loucões, porque aí fica mais fácil controlar a onda. Vinnie tomava as pílulas inteiras, e o resultado não era dos melhores.

Todas as minhas partes de baixo já estavam praticamente prontas em Nashville, mas o resto dos caras estava gravando vários *overdubs* quando Phil chegava pra terminar algumas de suas melhorias nos vocais, apesar de que ele também já tinha praticamente terminado também, pelo que eu lembro. Então, nas vezes em que apareci no estúdio, basicamente sempre tinha uma festa rolando.

Eu dizia: "Que bacana isso: um retiro de 1.500 dólares por dia, e vocês jogando sinuca, sem fazer porra nenhuma". Eu estava irritado com a demora de tudo.

TERRY DATE

Havia amigos no estúdio, eu me lembro disso. Também me recordo de que era difícil deixar o pessoal focado e fazê-los entrar na sala de gravação porque parecia haver distrações demais. Mas *sempre* teve muita gente em torno desses caras, e talvez porque eu mantivesse a cabeça abaixada e me concentrasse no trabalho, acabei perdendo muito do que estava acontecendo. Muitas das guitarras de Dime foram gravadas nessa época, o que foi, claro, memorável. Havia algumas conversas sobre problemas com a gravadora às vezes, mas eu tinha que eliminar esse tipo de situação e me certificar de que nada disso afetasse a gravação do disco. Eu estava lá para sair do ponto A e chegar ao ponto B.

Gastamos em torno de 750 mil dólares naquele disco – renegociamos os contratos com a East West – e Deus sabe que gastamos cada centavo, muito em merdas, incluindo bancar um monte de parasitas para festejar às nossas custas. Parecia que esse povo saía do nada quando voltávamos à Dallas, e a maioria parecia ter se esquecido de que tínhamos um disco pra terminar, o que acontecia com o Vinnie Paul também. Com as coisas indo devagar, eu estava frustrado com todos os atrasos e Terry Date se descabelava durante boa parte do tempo.

Não tínhamos um cara do setor de Artistas e Repertório, mas tínhamos esse cara afiliado à gravadora chamado Derek Oliver, e ele nem dava as caras. Ele tinha noção. Todo mundo mandaria ele à merda de qualquer jeito.

Em resumo, os agentes nos deixaram sozinhos porque sabiam que estávamos lançando sucessos – vendendo dez mil discos por semana –, assim tinham certeza de que não deveriam cagar nessa fórmula ao se meter no estúdio.

CHEGANDO AO FINAL DE 1993, durante o processo de finalização do *Far Beyond Driven*, fomos até a América do Sul pela primeira vez – uma puta viagem. Chegamos a Buenos Aires e a nossa primeira impressão foi de que era o lugar com as mulheres mais bonitas do planeta, apesar de que, literalmente, não podíamos sair do hotel porque sempre parecia haver uns cinco mil moleques do lado de fora, dia e noite, no meio de um esquema de segurança bem rígido.

Eu queria sair e ver a cidade. Nos dias livres, eu e Vinnie sempre íamos jogar golfe, então precisávamos de seguranças para nos levar aonde precisássemos ir. Desenvolvemos um esquema para distrair as pessoas. Tínhamos dois micro-ônibus à disposição: cada um iria para um lado e geralmente seguiam o primeiro sem saber que estávamos a bordo do segundo pra jogar nesse campo de golfe. Esse lugar era único porque tinha *caddies* – nenhum deles falava inglês

– e tínhamos que andar pelo percurso, algo que nunca havíamos feito em casa.

Dizíamos "Dê-me um taco sete de ferro!", e o carinha vinha até a gente correndo com uma porra de um taco dois ou o que fosse. "Não, señor! Eu disse sete de ferro", respondíamos – um dois de ferro é foda de usar, de qualquer forma – mas eles, ainda assim, tentavam sempre nos falar o que fazer, esses *caddies*. Era assim que tentávamos fugir de toda a chateação, que consistia, naquela época, em basicamente eu, Vinnie e Sykes jogando golfe e apostando toneladas de dinheiro.

Phil e Dime não curtiam esse tipo de coisa. Enquanto dávamos umas tacadas, eles provavelmente enchiam a cara em algum bar, apesar de que Phil sempre gostou de malhar. É, era esse o lance dele. Dime, por sua vez, tinha uma rotina toda própria. Ele levantava por volta das cinco da manhã, comia alguma coisa, quando, então, a farra começava de novo, todo santo dia – assim que voltássemos do golfe, ele já tinha preparado nossas doses.

Os shows na América do Sul eram uma loucura porque eles superlotavam os locais mesmo. Não havia regulamentação de segurança, códigos dos bombeiros, nada. Ao terminarmos um show daquela tour, fomos ao camarim, como de costume, enquanto a equipe terminava de guardar os equipamentos, e vimos um pessoal varrendo a área onde o público estava.

Havia umas pilhas esquisitas se formando, de cerca de 1,5 m, e perguntamos "Que porra é essa?". Tinha tanta gente lá que acabou que essas pilhas eram cabelos que as pessoas tinham arrancado umas das outras durante o show. Era tanta gente em um espaço tão pequeno que eles estavam simplesmente arrancando os cabelos uns dos outros! Loucura.

CAPÍTULO 11
SEU GORDO DESGRAÇADO!

Não muito antes do lançamento do *Far Beyond Driven*, houve um problema com a capa, já que, é claro, não podíamos usar a foto de uma garota qualquer com uma broca de aço enfiada no rabo, sabe? Essa era a ideia original. Por mais que o departamento de arte a tenha apresentado pra gente e tivéssemos curtido, por razões comerciais precisamos nos vender de leve e suavizar o tom de alguma forma. Então, mudamos a foto de forma que a broca perfurava a cabeça de um cara. Isso parecia não ter problema. Desde o início, Dime meio que tinha tomado conta das estampas das camisetas, pôsteres e todos esses materiais promocionais, então fazíamos nosso melhor para não se meter nisso.

Eles – a gravadora – nos mandavam todo tipo de ideias; víamos alguma e falávamos "beleza", mas, pra mim, o que importava era a música. Eu estava cagando se o disco teria o Papa na capa. Tudo que pensava era que, enquanto a capa tivesse o nome da banda estampado na maior fonte possível, não importava o que mais iria ali, com exceção de ter alguma foto de uma mina na porra duma barra de strip – o que os irmãos provavelmente queriam. Aí não.

WALTER O'BRIEN

Não é que Dime não tivesse boas ideias, artisticamente falando – até tinha, mas sem o conhecimento técnico para executá-las. Eu não tenho certeza se a imagem que eles queriam era mesmo a de uma garota! Mas, sim, de uma broca enorme entrando no rabo de alguém. Tive que explicar à banda, porém, que nenhuma grande rede das que venderiam o disco deixaria essa passar. Poderíamos ter lucrado bem mais com essa banda se eles fossem eficientes ao invés de tentar reinventar a roda sempre que faziam algo. Eu sempre quis que tivessem total controle criativo sobre tudo ou, ao menos, até o ponto em que seria classificado como material para adultos e não poderia ser lançado. O Walmart e outras redes disseram que não comercializariam o álbum sem que houvesse um adesivo de "Explícito" na frente, então fizemos uma versão alternativa, que a banda simplesmente odiou. Eu disse a eles: "Se vocês querem vender 300 mil cópias e ter letras explícitas, tudo bem. Mas têm que aceitar as consequências de que estão cortando as vendas dos discos pela metade".

Quando *Far Beyond Driven* saiu, em março de 1994, pulou direto pro primeiro lugar da *Billboard*, o que era completamente inédito ao se tratar de um álbum tão pesado e de uma banda como nós, que não tocava no rádio ou na TV. Ironicamente, o programa *Headbanger's Ball*, da MTV, documentou a viagem em que a Warner Brothers nos deu um jatinho pra visitarmos doze capitais e fazermos sessões de autógrafos com os fãs.

WALTER O'BRIEN

Parte de nosso trabalho era atuar junto às lojas e aos selos para determinar o marketing em relação ao ranking da *Billboard*, e todos sabíamos que as discussões daquela semana eram do tipo "Que disco ficará em primeiro? Seria Bonnie Raitt, Ace of Base ou a trilha de algum filme de rap?". Ninguém imaginava que o disco do Pantera chegaria lá, então fui à gravadora e sugeri aquilo do jatinho pra fazer as sessões de autógrafos porque sabíamos que, para chegar ao topo, teríamos que vender o máximo de discos logo nos primeiros dias. É dessa forma que funciona. Assim, quando estávamos vendo os índices de vendas na terça-feira, logo após as sessões de autógrafos, dissemos "Talvez consigamos mesmo" e, então, com a chegada dos indicadores, parecia que o Papa havia morrido. Eu recebia ligações de todo mundo me dizendo "O Pantera entrou nas paradas em primeiro lugar?!". E todos surtaram. Esses caras já se achavam uma banda digna de platina como o Van Halen enquanto ainda tocavam nos clubes do Texas, então eles acreditavam em si mesmos, e você precisa disso. Mas, quando a fama veio, com jatinhos e todo o resto, afetou mais ainda Phil e Rex. Phil não queria entrar em um jato e não queria ser visto andando em uma limusine, porém, depois de ter experimentado isso, as coisas mudaram.

GUY SYKES

Nossas sessões de autógrafos não eram essas coisas de meia hora na loja de discos local – algumas duravam entre cinco e seis horas, certificando-nos de que cada garoto tivesse conseguido seu autógrafo. Nesse ponto da carreira, o Pantera era um rolo compressor, rodando no máximo, em todos os sentidos.

Fazer a turnê do *Far Beyond Driven* seria um grande empreendimento, o que estava claro logo de cara. Quando você tem um disco que chega ao topo, tudo muda de tal forma que gente que nem era sua amiga gostaria de se tornar agora.

A essa altura, tocávamos em anfiteatros, e tocar nesses lugares é só um jogo de números, contanto que a lotação estivesse esgotada, e sempre estava. A chave de tudo são as concessões, porque é aí em que você ganha dinheiro, até mesmo em coisas aparentemente simples, como estacionamento.

Queríamos que cada um dos fãs que viesse ao show também gastasse uns dez paus em uma camiseta porque, quando isso acontece, os cheques altos começam a entrar. Todos se dão bem. Ninguém sai perdendo. Tudo já estava pago e a coisa só ia crescendo ao ponto de que nada podia nos parar. Sentíamo-nos indestrutíveis e quebramos um monte de merda pelo caminho. Descobrimos novas maneiras de quebrar e foder com as coisas só por diversão.

Fomos convidados para participar do festival Monsters of Rock e tocar em junho no Reino Unido. Veja bem, o senso de humor lá é bem diferente, e você ouve o público entoando "Seu gordo desgraçado, seu gordo acelerado! Seu gordo desgraçado!" geralmente a alguém que tem sobrepeso. Bem, acho que a KERRANG! – possivelmente a maior revista de metal da Europa naquela época – colocou uma caricatura do Vinnie Paul na capa com essa chamada.

Como esperado, Vinnie não deu a mínima e disse que não queria mais trabalhar com a revista. Eu falei: "Olha, você tem que lidar com isso. Não ligo se seu ego está ferido ou não; esse é o jeito de eles dizerem que amam você". Mas Vinnie não conseguia lidar com as coisas dessa forma. Ele queria brigar com um dos jornalistas da revista, o que era esquisito porque, historicamente, Vinnie não era um cara que gostava de confrontos. De qualquer forma, na minha cabeça, se tinha alguém que precisava ser confrontado era o seu pai, Jerry; mas, naquela época, nem ele nem Dime falavam com o pai.

A questão dos direitos estava rolando desde os dias do *Cowboys*, mas os irmãos eram muito covardes pra ligar para o próprio pai, então ficou na minha mão e na do suposto advogado a tarefa de ser os intermediários. Foi bem complicado e levou um ano para a coisa se resolver.

Eu me lembro de estar em uma turnê na Alemanha, tentando lidar com essa merda toda, o que acabou estragando uns dias do que deveria ter sido só diversão. David Codikow e Rosemary Carroll eram nossos advogados – eles meio que colocaram o Nirvana no mapa. Em todo Natal, tinha uma TV enorme na nossa porta, um presente deles. Era o mínimo que podiam fazer pela gente. David e eu estávamos envolvidos no grosso das negociações sobre os direitos com o Jerry. Eu desligava o telefone após falar com o pai de Vinnie e Dime, ligava pro David e dizia "Isso não está dando em nada" ou "Ok, agora temos algum progresso", mas a coisa toda seguiu de forma frustrante e exigiu muito esforço de ambas as partes.

O argumento que usava com Jerry era "Se você não compôs essas músicas, por que diabos recebe por elas?".

"Err, porque eu assinei o contrato", ele dizia. Jerry era assim; sempre seguia a abordagem psicológica.

"Bem, você não é mais nosso agente e não compõe as músicas", disse a ele.

Tentei elaborar ainda mais, "É como se Barry Bonds Pai jogasse uma bola pro seu filho no quintal e quisesse então metade da renda dele[1]".

Ele havia assinado um contrato e agora queria que durasse pra sempre, e eu só disse "Não, cara, isso não acontecerá. Dois filhos seus podem estar tocando na banda, mas têm outros dois caras que brigarão com você até a morte". Também senti vontade de falar "Sabe, seus filhos não querem nem falar com você, cara, como isso faz você se sentir?".

Sim, como eu havia dito, tinha algum conhecimento sobre a indústria musical, mas como era o único, acabei sendo pego no meio disso tudo porque os irmãos não queriam falar com seu pai e Phil não tinha noção nenhuma a respeito dessas coisas. Depois de tudo finalmente ter se resolvido, os irmãos continuaram sem falar com o pai por muitos anos. Dime por fim disse algo como "Cara, melhor eu falar com velho"; provavelmente na época em que a mãe deles adoeceu.

WALTER O'BRIEN

O lucro do *Cowboys* começou a aparecer por volta de 1994, o que serviu de estímulo para Rex lidar com os direitos do disco. Sempre tem um intervalo de um ano ou dois antes de o dinheiro começar a entrar, mas, quando o contrato com Jerry Abbott entrou no jogo, demos uma olhada e vimos que nenhuma assinatura nele era da banda. Os irmãos não queriam processar seu próprio pai, então acabamos fazendo um acordo por uma boa grana, mas eu não sabia o que mais fazer a essa altura. Como você fala pros caras processarem seu próprio pai? Eu só achei que era uma tremenda bobagem, das mais diversas formas. Rex sabia mesmo o que estava fazendo, sempre conversávamos sobre publicações da indústria musical e ele sempre estava por dentro de tudo.

---

1 N. de T.: *Referência ao jogador de beisebol Barry Bonds Jr.*

NOSSO ESQUEMA DE TURNÊS já estava bem configurado naquela época – ao menos da perspectiva do dia a dia. Viajávamos durante a noite, raramente ficávamos em hotéis, o que fazia sentido, já que assim que estivesse confortável no seu beliche, pra que descer e pagar 4 mil dólares por noite em um hotel?

No começo, podíamos usar os chuveiros em algumas das casas de show, de forma que, quando tivéssemos um dia de folga, poderíamos ficar em um hotel barato, porém, quando tínhamos o orçamento certo para fazer as coisas rolarem, claro que acabávamos ficando em hotéis cinco estrelas, ainda que não nesses do tipo Four Seasons – gostávamos de lugares que tivessem mais cara de casa.

Tínhamos uma agente de viagens, Shelby Glick, que nos conseguia essas acomodações com cozinha; então, se quiséssemos ir ao mercado e cozinhar um bife naquela noite, poderíamos. Eu geralmente cozinhava. Inclusive, levávamos algumas grelhas no ônibus e costumávamos fazer churrascos improvisados. Convidávamos outras bandas e tudo mais. Eu fazia peças *enormes* de carne, então tinha o suficiente pra todo mundo.

Assim, na manhã do show – bem, não era exatamente manhã pra nós, acho –, começávamos a sair do ônibus umas duas ou três da tarde. Dime e eu quase sempre éramos os últimos. Muitas vezes, íamos ao lugar do show uns dois dias antes, quando eu passava um tempo com os caras da iluminação, certificando-me de que tudo estava certo. Rolava, então, uma passagem de som de pré-produção no outro dia para ter certeza de que tudo estava saindo como queríamos no P.A.

Dali em diante, tudo que precisávamos fazer era falar pro nosso técnico "Olha, eu preciso mais disso e menos daquilo", mas é claro que isso mudava de uma casa de show para outra. Ocasionalmente, fazíamos umas passagens de som, mas só umas duas vezes por semana, no máximo, porque sempre sabíamos o que rolaria em termos de som.

Eu não ensaiava muito antes dos shows, especialmente nos últimos dias, e a única preparação que fazia concentrava-se em me acostumar com o peso do instrumento e fazer tudo que é tipo de alongamento. Bebia um monte de água e, como disse antes, um monte de álcool em seguida.

Então, após a apresentação, começava a festa mesmo. Em algumas vezes, eu só queria fumar maconha, mas o problema dela é que atrapalha muito quando se bebe uísque. A qualidade e a força da maconha se intensificaram bastante com o passar dos anos, desde que começamos. Hoje, eu nem consigo fumar aquela porra hidropônica. Raramente fumo. Mas, se eu quisesse fumar naqueles tempos, ia para o fundo do ônibus porque odiava ter gente por perto quando ficava, basicamente, paralisado.

Também jantávamos no ônibus, o que, pra mim, consistia geralmente em uma bandeja cheia de vegetais, desses que você compra no mercado, porque sempre quis manter minha silhueta magra. Comida sempre foi um problema pra todos nós. Sabíamos do que gostávamos e nos prendíamos naquilo, e não importava o quão viajados estávamos nos tornando e quantas oportunidades de jantar como reis tínhamos, sempre caíamos pro lado das coisas que conhecíamos, independentemente do custo.

WALTER O'BRIEN

Eles nunca foram exatamente o que você chamaria de pessoas do mundo. Chegavam à França e diziam "Por que vocês não têm molho de pimenta aqui?". Iam para a Alemanha e queriam macarrão, ficando putos quando não o conseguiam. Em algum momento, Vinnie insistiu que eles queriam *lemon pepper*[2] pra usar na comida na Europa, e a empresa de *catering* só tinha *citrus pepper* – é o mesmo tempero, tudo igual, com a diferença de que não estava escrito "Lemon Pepper" no rótulo. Então, acabaram pedindo pra uma das namoradas enviar uma caixa com 140 frascos de *lemon pepper* direto do Texas, pelas minhas costas. E, por sinal, tivemos que despachar na volta uma caixa com ao menos dois frascos no final da turnê. Eles não sabiam como economizar. De acordo com os meus cálculos, uma turnê europeia poderia render cerca de 400 mil dólares, mas, quando voltamos, por conta dos gastos, havíamos perdido 200 mil. Eles reclamaram comigo, é lógico, que estavam no buraco. "Como pudemos perder 200 mil?", ao que respondi: "Vocês perderam 600 mil, na verdade". E eles não entendiam nada.

---

2 N. de T.: *Tempero à base de pimenta-do-reino e limão siciliano.*

Cair na estrada era um desgaste, em todos os sentidos, em que o tédio se tornava um inimigo. Não tem nada pra fazer quando você está em um ônibus por quinze horas, então, inevitavelmente, sempre parecia uma boa ideia abrir uma gelada.

Também inventamos alguns jogos, e, como passamos a faturar bem, as apostas eram cada vez mais altas. Os caras do Biohazard nos ensinaram um jogo de dados chamado C-Lo – em que havia um banqueiro que determinava um limite de, digamos, duzentos dólares.

O jogo consistia em jogar três dados de uma vez até conseguir um "número" – quando dois dos dados davam o mesmo resultado –, que deveria ser superado. Então, se conseguisse um cinco, a probabilidade é de que eu ganhasse os 200 paus de todo mundo que estava ali. Havia momentos em que tínhamos até oito pessoas jogando, isto é, o dinheiro circulava de mão em mão. Por conta do tédio na estrada, jogávamos sempre. Era divertido, todo mundo ficava lá tomando umas e rolava todo aquele lance de camaradagem da estrada. Vinham motoristas de ônibus, caminhoneiros – todo mundo jogava. Algumas vezes, a coisa ficava feia. Quando um punhado de bêbados se mete em apostas, é preciso ter regras, e tudo tinha que ser resolvido com dinheiro na hora, como os caras das ruas faziam antigamente.

Em uma parte da nossa turnê norte-americana, o Type O Negative era a banda de apoio, quando farreávamos com Peter Steele toda noite. Ele era um gigante gentil. Subia ao palco e cantava "Walk" sempre com a gente, levantando-me de lado e levando-me ao microfone para que eu pudesse cantar. O cara era hilário. Naquela turnê, começamos a fazer umas loucuras do tipo mandar um mensageiro buscar o maior bolo de chocolate duplo com cobertura que pudesse encontrar e, então, apostávamos quem conseguia comê-lo mais rápido, enquanto Dime e eu desembolsávamos a grana. Nenhum desses grandalhões, especialmente Big Val, chefe da nossa segurança, resistia ao bolo – ele sempre tentava. Sempre o víamos chegar até a metade – o bicho ficava verde.

Mesmo quando saíamos para jantar e ele já tinha comido algo, eu lhe pagava uma refeição e dizia "Ok, cara, veja se você consegue comer tudo isso por essa quantia de dinheiro". Ele sempre topava um desafio, achando que era a porra do Super-Homem.

Fazíamos o mesmo com molho de pimenta, apostando pra ver quem conseguia tomar uma garrafa em quinze segundos sem vomitar. Eram só formas amáveis de tentar passar o tempo na estrada.

OS PALCOS EM QUE ESTÁVAMOS TOCANDO provavelmente tinham uns 12 m de largura por 6 de profundidade e Phil tinha um cabo de microfone de uns 15 m que permitia que corresse de um lado para o outro. A rotina de segurança de nossos shows era: às cinco da manhã, Big Val sentaria com a sua equipe e diria "Olha, é assim que será. Se algum dos garotos estiver fora de controle, não o agrida, só tire-o do caminho. Mas certifique-se de que ele esteja seguro". Alguns desses jovens eram rebeldes pra caralho e não tem nada que alguém possa fazer a respeito; Val sabia disso, mas ele queria que os seguranças nos locais dos shows também soubessem. Parecia que boa parte do público ia aos shows nos anos 1990 pra liberar essa agressividade. Olhando pra trás agora, era divertido pra cacete instigar esse tipo de reação. Preferia que eles o fizessem ali do que na rua, com certeza.

> **WALTER O'BRIEN**
> Phil tinha o péssimo hábito de falar, onde quer que tocássemos, que "Nosso palco é o seu palco" – meio como Jim Morrison nos anos 1960: um caos controlado. Então, acontecia um quase tumulto. Ele não entendia que, caso alguém se machucasse, iriam processá-lo, o que custaria mais dinheiro do que ele ganha, e a coisa chegou ao ponto de não termos como controlar. Então, consequentemente, sempre que eu estava no *backstage* e percebia o silêncio no palco, meu primeiro pensamento era "Ah, não, aí vem um processo".

Certa noite, quando tocávamos em um campo aberto em Buffalo, Nova York, um cara enorme, bombadaço, um dos seguranças, acabou maltratando um pobre garoto que estava tentando escalar uma barreira a uns três metros do palco. Ele jogou o garoto no chão, de cara no concreto, com as mãos nas costas. Então, puxou o carinha pelo cabelo e saiu arrastando-o, quando Phil viu o que estava acontecendo e acabou ficando muito puto. Foi aí que Phil – que consegue arremessar uma bola como Drew Brees[3] – jogou seu microfone na cabeça do segurança, que caiu no chão. Subitamente, o organizador cancela o show, e toda a área do *backstage* foi fechada pra que não pudéssemos sair. Phil foi pra cadeia e tudo mais.

---

3   N. de T.: *Jogador de futebol americano, quarterback do New Orleans Saints.*

Todos dissemos à polícia "Ei, vocês não estão perdendo o foco aqui?", mas é claro que Phil levou a culpa, o que lhe custou cinco mil dólares de fiança – tudo por defender um fã que estava apanhando feio. Foi uma loucura. Isso nem era novidade também. Já havia visto alguns incidentes do palco e tudo que queria era arremessar meu baixo também. Eu tinha vontade de gritar pra esses palhaços coisas como "Esses moleques vieram ver a gente, não você, seu chupa-rola". Não que aqueles caras de segurança fossem donos dos lugares – ganhavam uma merreca de seis dólares por hora pra trabalhar dessa forma e achavam certo jogar um dos meus fãs na lama porque ele estava tentando pular a barricada. Era tão babaca e algo que nós não tolerávamos.

Phil geralmente controlava bem a multidão, mas tínhamos que parar nossos shows algumas vezes *por causa* dos seguranças, não pelos fãs. O resultado daquele episódio foi Phil ir a julgamento um ano depois, após este ter sido adiado três vezes, em que se desculpou (e se declarou culpado pela acusação de agressão), foi multado e condenado a fazer algumas horas de serviço comunitário.

WALTER O'BRIEN

A administração da banda estava pisando em cascas de ovos boa parte do tempo quando se tratava do que Phil poderia fazer. Já havia ocorrido um incidente durante a turnê do *Vulgar* em que tivemos que pagar um cara que queria tirar uma grana afirmando que Phil o havia agredido durante um show em San Diego. No fim das contas, eu lhe dei os quinhentos dólares que havia pedido, mas estávamos prontos para pagar *cinquenta* mil se precisasse.

Ele, então, me disse que só queria mesmo passar cinco minutos sozinho com o Sr. Anselmo, ao que respondi "Acredite, você não *sobreviveria* cinco minutos". Então, ele nos acusou de racismo – mesmo depois, fazendo comentários racistas a meu respeito – assim, quando ele foi pago por mim pessoalmente com um cheque, não resisti em falar "Não só você é um racista, como é um puta de um otário. Eu estava pronto pra pagar cinquenta mil para *não* irmos ao tribunal".

Se o incidente em Buffalo foi de alguma forma sintomático da estrutura mental de estar em queda é difícil de dizer. Àquela altura de nossa ascensão – aproximando-se do pico de popularidade como a maior banda de metal de década –, Phil aos poucos se afastava do resto do pessoal. Nada drástico – ainda não –, mas havia uma distância palpável no ar. Ele não viajava conosco, mas em outro ônibus com seu assistente e seu *personal trainer* (que fazia questão de levar nas turnês), o que acabou diluindo um pouco da unidade que tínhamos anteriormente. Não só isso, mas ele também passava cada vez mais tempo em Nova Orleans quando não estava em turnê ou no estúdio.

TERRY GLAZE
Estava em Los Angeles, quando Darrell me ligou, perguntando se queria ver a banda tocar em um anfiteatro ao ar livre. Lembro-me de ficar chocado com o quão poderosos eles eram. Digo, mandávamos muito bem quando eu estava na banda, mas aquilo era diferente. Era quase assustador. Eu nunca tinha visto um público daquele jeito: todo mundo tinha comprado uma camiseta e cantava junto cada música. Não conheço nenhuma banda que tenha fãs tão dedicados. Nunca vou esquecer que Dime cagou em um balde enquanto tocava no palco. Ele realmente se agachou, abaixou a bermuda e cagou. Tentaram fazer com que limpasse, mas ele insistiu que, se fosse assim, tinha que ficar com o balde. A seu ver, o balde era *dele*.
Depois do show, convidaram-me pra subir ao ônibus e ir até Reno, Nevada, lugar onde fui apresentado ao Phil. Ele chegou com um sorriso enorme e sussurrou no meu ouvido "Eu entendo mesmo a razão pela qual você largou esses caras". Isso me surpreendeu, mas, ao mesmo tempo, parecia que éramos os únicos na boate. Nós *sabíamos* o que era estar no Pantera, mas ele se sentia confiante em falar comigo porque sabia que estava no controle. Ele havia encontrado o seu lugar.

Nada indica que o afastamento de Phil era algo mais que uma reação à fama ou a necessidade de privacidade, mas, agora, suspeito que aquele pode ter sido o começo de seus problemas com as drogas. Todos sabíamos que ele tinha fortes dores nas costas, e, por mais que sempre disséssemos para ir a um especialista, demorou muito até que fosse mesmo.

Até que finalmente disse a ele: "Cansei de ouvir sobre essa merda nas suas costas, cara, por que você não vai ao médico? Temos um aqui na cidade, por que você não vai lá e faz uma ressonância pra descobrir o que tá acontecendo?". Mas, por um tempo, ele não fez nada. "Se tivesse um resfriado todos os dias durante seis meses, não acharia que há algo errado?", perguntei.

Quando Phil finalmente buscou tratamento, disseram-lhe que o tempo de recuperação de uma cirurgia nas costas levaria mais de um ano – um tempo parado que ele não teria como aguentar –, então, ele seguiu no caminho do álcool e outras formas de aliviar a dor pra aguentar os shows na última parte da turnê norte-americana, que fizemos ao lado do Prong.

Mas, naquele tempo todo, Phil estava sempre falando "Ah, minhas costas isso, minhas costas aquilo". Por conta da cultura excessiva de analgésicos de onde ele vinha (Nova Orleans), costumava tomar Somas – relaxantes musculares – para aliviar a dor. Mas todos nós sabemos que a tendência era de tomar drogas mais pesadas se a atual não fazia muito efeito – no caso de Phil, dez dessas Somas simplesmente não estavam dando certo.

QUANDO SAÍAMOS para as turnês, não fazíamos viagens curtas de quatro semanas; era coisa de um ano ou mais. Então, quando finalmente terminamos a turnê de *Far Beyond Driven*, no final de 1995, tivemos alguns meses de folga no Texas, época em que Dime e Rita compraram uma casa em Dalworthington Gardens. Era uma casa tradicional, de família, daquelas que você veria em lugares como Savannah, Geórgia, mas no pior lugar em que você poderia comprar um imóvel, em minha opinião.

Primeiro, era afastado demais, nos subúrbios ao sul de Arlington, o que era péssimo pra mim, e havia mais policiais *per capita* do que civis. Até onde sei, não era um lugar muito seguro para um roqueiro.

Mas a casa tinha esse tipo de garagem enorme para trailers, tão grande que provavelmente daria para estacionar dois ônibus lá. Então, Dime decidiu usar o espaço para construir um estúdio lá dentro, levantando paredes para que o lugar fosse completamente à prova de som e não perturbasse os vizinhos ou violasse as leis locais. Claro que ele não fez a obra por conta própria – isso foi com o pessoal da construção –, mas a maior parte da organização foi feita pelos irmãos, já que, afinal, era a casa de Dime.

> **RITA HANEY**
> Eu tinha minha própria casa na cidade – havia comprado uns dois anos antes. Quando Darrell voltava da estrada e ia direto pra lá, onde fazíamos churrascos e ficávamos na piscina, isso o fez pensar em ter sua própria casa. Ele queria ter um lugar em que pudesse compor, mas só havia aquele quartinho na casa de sua mãe e já era hora de sair de lá. A casa em Dalworthington Gardens foi a terceira que visitamos, e me lembro de Dime olhar pra ela e dizer "Nossa, essa casa é tão grande; acho que nunca conseguiria enchê-la de coisas". Claro que bastou uma turnê dele voltando pra casa com um monte de tralhas pra resolver essa situação; então, ele comprou a casa, eu me mudei e vendi meu antigo imóvel.

Mas o que a nova casa de Darrell significava para a banda como um todo é que não teríamos que agendar em lugar nenhum pra gravar: pegamos a grana que nos deram pro próximo disco – cerca de 800 mil, se não me engano – e gastamos naquele estúdio, do qual espero ter alguma merda de retorno, diga-se de passagem. Era uma casa enorme, de uns 550 m² no mínimo e um lugar em que podíamos nos reunir, mas demorou um bom tempo para deixar o lugar adequado para gravar um disco do Pantera.

> **TERRY DATE**
> Aaron Barnes, Vinnie e eu passamos um bom tempo trabalhando no cabeamento e montando o estúdio. A banda tinha uma versão inicial de equipamento digital para gravação na época e queriam usá-lo para gravar o disco. Eu odiei. Convenci-os a comprar um *tape deck* analógico, que levamos para a sala de controle, montamos e

a coisa chiava loucamente. Não conseguimos descobrir o porquê, fizemos tudo que podíamos, até que finalmente descobrimos que havia cabos de 50.000 watts debaixo do estúdio. Então, levamos o *deck* pra sala de gravação onde ficava a banda, mas, durante as gravações, rolava muita cerveja, e sempre que as latas esvaziavam, eram atiradas por aí. Muitas caíam em cima do *deck*, então eu tive que construir uma barreira pra protegê-lo!

Como disse, ir até lá, pra mim, era uma viagem, porque eu ainda morava ao norte de Arlington. Vinnie ainda morava com a mãe. Na verdade, nenhum dos rapazes tinha deixado a casa de sua mãe até os trinta anos, mas Darrell finalmente deixou o ninho.

Tinha acabado de me casar – em maio de 1995 –, assim eu meio que estava me concentrando em outras coisas, mas eu ainda precisava trabalhar, e minha esposa, Belinda, sabia disso. Meu foco era "Ok, vamos terminar logo isso pra que eu possa voltar pra casa. Não vamos ficar enchendo a cara a noite toda e não terminar nada", como havíamos feito no último disco, quando esses caras demoraram seis meses para mixar a porra toda. Então, ao passo que minha cabeça estava em outro lugar, até certo ponto, eu ainda estava totalmente dedicado à jornada musical e aonde o próximo disco, *The Great Southern Trendkill*, nos levaria.

RITA HANEY
Quando Rex se casou, todos ficamos surpresos. Foi muito rápido. Quando Rex voltava da estrada, costumava fazer um monte de coisas com as quais eu e Darrell não tínhamos nada em comum: não éramos golfistas, não curtíamos esse lance de *country club*; ainda éramos fãs e gostávamos de ir a bares de rock e gastar, o tipo de coisa que Rex nunca curtiu. Estávamos no Havaí quando ele fez o pedido a Belinda. Aconteceu na praia, uma noite bem divertida. Estar em uma banda e ter uma esposa ou namorada é algo difícil de equilibrar, com certeza. Eu achei um calendário um dia desses, do tipo que você deixa na sua mesa e risca os quadradinhos – em 1990, por exemplo, eles estiveram em casa somente por 38 dias. Eu não os via

muito, mas, depois do *Vulgar*, quando conseguiram seu próprio ônibus de turnê, isso dava mais opções em termos de namoradas e esposas pegarem a estrada. Os caras estavam mesmo nessa de "irmandade" e não deixariam relacionamentos ou garotas ficarem no caminho disso, então havia muito cuidado em como estruturar essa parte de suas vidas. Boa parte era designada no que chamavam de "Dia das minas", quando todas as esposas e namoradas apareciam em um final de semana específico pra que todo mundo se comportasse em sua melhor forma. Eu nunca tive que me preocupar com esse tipo de coisa com Darrell porque ele era exatamente o mesmo na minha frente ou longe de mim; era assim que ele era. Possivelmente, saía mais que as outras e nem sempre tinha que ir no dia definido. Todo mundo – incluindo a equipe técnica – teve muitas mulheres no decorrer do tempo.

Ainda lembro em que situação mental eu estava no começo do processo de composição, e era uma sensação muito bacana. Sempre que voltava da estrada, pensava "Eu quero me afastar ao máximo de vocês desgraçados". Não era nada pessoal. Esses caras eram meus irmãos, mas eu tinha uma necessidade absurda de separar meu trabalho da minha vida pessoal o máximo possível.

Diabos, eu preferia ir para casa ouvir a merda do Frank Sinatra que sair à noite e gastar mil dólares só pra tentar ser notado em uma cidade como os outros o faziam. Isso não fazia parte de mim e nunca fará. Sempre precisei mais da sensação de estar com os pés no chão do que a de ser notado. Eu tinha um monte de amigos diferentes, de qualquer forma; caso saíssemos, já tinha tocado nos clubes no começo da carreira, então a última coisa que eu queria era ficar ali. Eu já tinha feito essa porra toda, então pra que fazer tudo de novo?

Buscava estabilidade porque eu nunca a tinha tido. Havia me mudado tanto quando criança e passado tantas noites da adolescência no sofá de outra pessoa que, algumas vezes, parecia que minha vida havia sido construída sobre areia movediça e sem uma base firme. Agora que eu tinha os meios e um relacionamento sólido, estava desesperado para resolver essa sensação de insegurança.

Eu tinha criado um conceito sobre fazer turnês com a banda e chamava-o de "O Interruptor". Quando estava na estrada ou no estúdio, estava trabalhando – o interruptor estava "ligado". Então, quando estava em casa, e não trabalhando, estava "desligado", ou, ao menos, *deveria* estar desligado. Desligar o interruptor era um desafio.

> **RITA HANEY**
> Quando Darrell não estava com a banda, nunca se encontrava com os rapazes. Tínhamos amigos muito diferentes. Darrell chegava em casa e desintoxicava-se totalmente – dava entrada na Clínica Rita Ford, como ele gostava de chamar. Ele nem sempre queria sair. Gostava de sentar e assistir a programas sobre investigação forense na TV e comer. A gente só engordava – ou, "se embanhava", como ele dizia.

Eu estava de saco cheio de gastar tanto com aluguel, então Belinda e eu compramos uma casa ao norte de Arlington, bem no norte, descendo a rua onde ficava nosso antigo apartamento, passando as ruas Brown e Green Oaks.

Era uma vizinhança boa e segura, em um morro cheio de casas bonitas, mas relativamente modestas, e comprei a casa a preço de banana. Ouvimos dizer que toda a área era de um proprietário chinês, também dono de um monte de lojas pela cidade, que tinha tocado fogo na casa com sua família dentro – então, diziam que o lugar era amaldiçoado.

Reformei a casa por conta própria e curti, era o tipo de coisa que eu *queria* fazer quando estava em casa. Aquele lance de interruptor "desligado", saca? Tirei todos os carpetes e coloquei pisos de madeira. Então, coloquei azulejo de Saltillo em tudo que é lugar e transformei aquilo no meu lar. Quando você saía pro quintal, tinha um monte de pequenas palmeiras com paisagismo impecável, gazebos e tudo mais. Construí um bar nos fundos com milhares de dólares de madeira, e era o máximo em felicidade doméstica. Aquele lugar era demais!

Então, um ano depois, Vinnie foi morar na esquina...

Havia um terreno no topo do morro, do qual Vinnie havia gostado. Como ele estava morando com sua mãe, eu tinha certeza de que escolheria um lugar próximo a ela, no sul de Arlington. Mas, ao invés disso, ele comprou esse pedaço gigantesco de terra que não servia pra construir uma casa por conta da inclinação. Mas ele gostava da vizinhança. *Minha* vizinhança.

Lembre-se de que Vinnie não tinha nenhum estilo ou senso de classe, nada mesmo, então é claro que ele construiu uma casa que ficaria bem em Malibu, não em Arlington. Tinha uma aparência imbecil e, pra piorar, passaram a perna nele durante a construção. O gerente de projetos o deixou na mão no meio da construção, e o empreiteiro também o fodeu legal. Pior ainda, Vinnie teve que gastar trinta ou quarenta mil dólares em paredes de retenção porque se tratava literalmente de um ângulo de 90 graus para chegar a sua casa, ou seja, os carros das pessoas costumavam rolar das laterais do morro só tentando chegar lá. Quando eu estava entediado, costumava jogar bolas de golfe com um taco sete de madeira na direção da sua casa, quebrar umas janelas e tal, e, se ele dava tacadas de volta, era com um taco nove de ferro – isso deve dar uma boa noção das diferenças de elevação entre nossas casas.

Dali em diante, eu passei a ver mais o Vinnie. Tê-lo por perto era como se um pessoal do manicômio se mudasse pra minha vizinhança. Ele ficava todo empolgadão com isso, queria uma casa gigante para festas, então sempre tinha gente na casa dele, todas as noites.

Houve um incidente na casa do Vinnie quando os Dallas Stars trouxeram pra casa a taça da Stanley Cup de 1999. Uma de nossas músicas tinha se tornado a introdução de todos os jogos dos Stars quando jogavam em casa, e, como Vinnie era fã deles, tinha feito amizade com alguns jogadores. Eu não estava lá, mas me disseram que eles beberam champanhe dentro do troféu. Depois, Crown Royal, vodca, quando, então, o troféu foi parar na piscina. Era uma piscina diferenciada, já que Vinnie tinha o logo do Crown Royal em azulejos no fundo.

Claro que todo mundo sabia onde ficava a *minha* casa, então jogavam garrafas de cerveja quando passavam na frente, gritando "Huh huh, é ali que o Rex mora". Se tivessem acertado um dos meus carros, eu teria subido lá e feito Vinnie pagar por tudo, com certeza. Meu erro foi tê-lo deixado pilotar um carrinho de golfe em um Natal, pintado tipo camuflagem com uma bandeira confederada e a porra toda. Ele passava gritando pelo meu quintal e arrancava os *sprinklers*, e foi aí que eu disse "Acho que é hora de ir embora".

CAPÍTULO 12
MERGULHANDO FUNDO E DE CABEÇA

The Great Southern Trendkill, em termos musicais, proporcionou novas experiências para nós, e tornou-se o disco favorito de muitos fãs. Mas era um disco que não funcionava para mim. Não é nada comercial – eu entendo isso – e, da perspectiva da *banda*, tinha uma música animalesca, contudo não combina com meu gosto pessoal.

Quando começamos a compô-lo, tínhamos uma importante decisão coletiva a ser tomada: aonde iríamos? Aqui, estava uma banda que sempre disse que ficaria cada vez mais pesada, mas o quão pesada pode soar uma banda sem estragar o som? A resposta? Ainda mais pesada.

Trendkill foi um pouco mais improvisado do que as outras coisas que tentamos antes. Criamos no estúdio, geralmente a partir de um *riff* que Dime criava, e, em vez de ter, digamos, quarenta músicas para escolher, concentramo-nos em fazer dez músicas matadoras. Por que perder tempo em outras trinta canções que não seriam usadas?

WALTER O'BRIEN

Phil queria fazer um som cada vez mais pesado, o que era estranho porque ele era tão capaz de colocar um disco do Journey pra rolar no ônibus quanto um do Cannibal Corpse. O que ele gostava de fazer era subir ao palco e falar sobre como o Metallica tinha se vendido, sem ligar pra nada, falando que a banda não prestava e que os caras eram umas bichinhas. E isso era um problema quando os outros três caras da banda estavam me pedindo para colocá-los em uma turnê com o Metallica!

Como antes, Phil estava no Texas durante boa parte do processo de composição e ficávamos no estúdio umas duas semanas, ficando de saco cheio um do outro até chegar ao ponto de dizermos "Quer saber, foda-se". Nesse momento, Phil pegava um avião de volta pra Nova Orleans. Tirávamos uma folga, de talvez um mês, e aí nos juntávamos novamente pra começar o processo mais uma vez, ao contrário do que fazíamos antigamente, quando ficávamos 30 dias direto em estúdio até finalizar tudo.

A rotina diária era mais ou menos assim: levantar, almoçar e, então, começar a juntar as coisas. Quando criávamos algo de que gostávamos, chamávamos o Phil pra ouvir. Sempre pela noite, ele vinha, dava suas opiniões e mudávamos o material até que ficasse num ponto em que todos gostassem. Como sempre, éramos extremamente precisos em relação a como as coisas soavam. Algumas vezes, eu mantinha minha primeira trilha de baixo, caso gostasse dela, mas em oito de cada dez vezes acabava regravando depois, o que é complicado porque você não tem aquela noção de "ao vivo", de todo mundo tocando junto.

Lembro-me de quando estávamos fazendo umas demos de algumas faixas do *Trendkill* e tinha um lance de baixo que Vinnie não ouvia nas trilhas finais. Isso o deixou louco. Acabei refazendo o baixo porque ele ouvia algo que não conseguia entender bem – era só uma improvisação que eu coloquei ali no último minuto, mas Vinnie disse: "Não, você tem que fazer do jeito que fizemos nas demos" – demonstrando o quão rígido ele era em estúdio.

Apesar de quaisquer problemas pessoais que Vinnie e eu tínhamos ou viríamos a ter, sempre nos demos bem no estúdio. Quando compúnhamos, sempre partíamos da primeira ideia que surgia. Em todo momento, confiávamos nessa abordagem instintiva, então seria um erro pensar muito porque, até então, a coisa sempre funcionava. Seja lá o que Vinnie fazia na bateria, eu fazia um *riff* no baixo pra acompanhar.

Não é nenhuma surpresa que Terry Date afirme ter 600 horas de fita das sessões do *Trendkill*, por mais que eu nunca tenha ouvido nada disso.

Mesmo do jeito que estava, era um disco difícil de tocar porque estávamos indo rápido demais a maior parte do tempo. Era thrash ao máximo. O Metallica já tinha se arriscado muito com o lançamento do *Load*; enquanto fazíamos *Trendkill*, admirávamos isso, mas acho que esse disco nos fez continuar seguindo na direção oposta.

Eu gostava das melodias mesmo por cima do peso. Isso é importante. Você não pode afirmar que o *Vulgar* e o *Far Beyond Driven* não tenham melodias – ambos tinham. Mas é como se Phil tivesse surtado durante o *Trendkill*, com a drástica mudança em seus vocais e letras. Ele também havia acabado de gravar o primeiro disco do Down, como um projeto paralelo mesmo, e eu havia tocado em alguns shows com eles também – sempre aceitamos que aquilo seria secundário ao que o Pantera estivesse fazendo. Dito isso, assim que ouvi alguns dos *riffs* de *Nola*, eu disse "Meu deus, Phil, cara, guarda uns desses". Eram muito bons mesmo.

WALTER O'BRIEN

A partir do primeiro disco do Down, aceitou-se que era algo temporário. Phil tinha as fitas e botava-as no estúdio; elas soavam ótimas, então, lançaríamos isso, faríamos uma turnê pequena e voltaríamos ao Pantera.

Mas era óbvio durante a composição que, liricamente, aquele disco seguiria por caminhos muito mais obscuros – e, se você me perguntar se isso tinha alguma ligação com o estado mental de Phil na época, teria que dizer que provavelmente sim. Só pra começar, o cara tinha raspado toda a porra do cabelo. Eu o segui porque meu cabelo já chegava na bunda e eu estava cansado dele, mas imagino que as razões de Phil foram diferentes. Além disso, ele também começou a usar munhequeiras e meias nos pulsos (possivelmente escondendo algo), então talvez as suas letras não fossem o único sinal de coisas ruins por vir.

Eu não conseguia ver nos seus olhos se era algum problema com drogas, porque eu nunca tinha andado com alguém que usasse heroína. Mas ele fazia uns gestos óbvios pra mim às vezes – batia no braço e tal, e eu só dizia "Sério? Você quer que eu entre nessa? Não tenho interesse, cara, e nunca terei". Eu sabia bem o que ele estava fazendo, mas acho que os outros caras não tinham sequer alguma ideia disso. Que fique registrado: nunca achei que bebida e heroína cairiam bem no meu estilo de vida. Sempre pensei que era um ou outro, e eu escolhi a bebida.

> **RITA HANEY**
> Eu não acho que ninguém tenha percebido a seriedade do problema de Phil, e acredito até hoje que suas dores nas costas eram uma espécie de desculpa, apesar de reconhecer o fato de que ele realmente fez uma cirurgia na região. Nenhum de nós queria ver o problema, mas, refletindo agora, penso "Meu deus, quão óbvio era isso?!". Contudo, assim como os outros, eu nunca tinha convivido com usuários de heroína; não sabia que sinais buscar, mas, sem dúvida, quando Phil voltou a Nova Orleans, seus amigos o usavam como fornecedor de drogas porque ele tinha dinheiro e estava isolado quando ia pra lá. Aquele não era o Phil que conhecíamos – "mais forte que todos", o cara "mais que motivado"[1] – e acho que todos queríamos ignorar o fato de que ele havia mudado.

Phil *queria* estar em casa, em Nova Orleans, sempre que possível – não há dúvidas disso. Parecia que o isolamento andava de mãos dadas com seu problema com as drogas, mas ele ainda estava suficientemente focado para gravar os vocais tão bem como sempre fez. O que ajudava muito era que ele tinha um lugar para fazer sua parte longe do resto da banda – Trent Reznor[2] tinha acaba-

---

1 N. de T.: Aqui, ela faz uma referência ao título do disco *Far Beyond Driven*.
2 N. de E.: Da banda Nine Inch Nails.

do de montar um estúdio em Nova Orleans. Toda vez que íamos lá, passávamos na casa de Trent. A gente se encontrava regularmente – nunca fizemos turnês juntos, porém – e Trent tinha ganhado tanta grana com o *Pretty Hate Machine* que agora ele tinha dois estúdios diferentes, ambos com consoles SSL, então, vez ou outra, um desses sobrava, se não estivesse usando os dois.

Assim, era sempre um caso de "Se vocês quiserem gravar algo aqui, é só chegar". Phil aceitou a oferta, e Terry foi até lá para gravar os vocais; nós recebíamos esses arquivos e então diríamos que não ou seguíamos Phil nesse novo direcionamento. Como estávamos distantes, era complicado ter algum diálogo a respeito dos vocais e, para não perder tempo, ocasionalmente falávamos que estava tudo bem e seguíamos em frente.

TERRY DATE

Phil estava ficando cada vez mais distante. Nas oportunidades em que fui até Nova Orleans para gravar as vozes com ele, meu assistente ficou no Texas com o Pantera, na primeira vez dele com a banda, gravando as guitarras. No meu primeiro dia fora, eles pegaram o cara, prenderam-no numa cadeira, passaram supercola no seu cabelo, mergulharam na tinta e tacaram fogo. Essa foi a sua iniciação.

Eu fazia mixagens preliminares de todas as músicas e, então, trabalhávamos cada uma por dia. Eu chegava no meio da tarde, e Phil aparecia na hora todos os dias, com as letras já todas prontas, tudo organizado e cada linha sublinhada com o que ele queria dobrado. O processo foi bem rápido. Fiz com que ele cantasse ao meu lado na sala de controle, a uns seis metros atrás dele com os monitores e caixas na sua frente. Então, mais ou menos uma semana depois, eu levava o material comigo de volta ao Texas, e tenho certeza de que havia alguma resistência porque a banda queria mais cantoria e menos gritaria. Sempre há diferenças criativas em uma banda.

Talvez fosse porque ele estava distante da gente e no começo do vício em heroína, mas os vocais de Phil soavam muito diferentes daqueles dos discos anteriores. Pra começar, ele fazia muitas vozes dobradas e narrações nas músicas

– fazia um *take* duplo de uma única faixa, retornava com outra faixa, logo por trás da primeira, falando rápido, algo quase impossível de se reproduzir ao vivo. Contudo, Phil também tinha uma música emotiva e cheia de texturas, como "Floods", que era simplesmente linda. Eu lembro quando Dime mostrou-a para mim pela primeira vez; eu amei, de cara. Então, tentei criar uma linha de baixo que combinasse, e aquela pegada suingada em sincronia com as batidas do Vinnie se tornou uma das minhas linhas de baixo favoritas entre todo o nosso catálogo.

RITA HANEY
O solo de guitarra em "Floods" era algo que Darrell costumava tocar antes de o Phil entrar na banda. Certa vez, ele me gravou uma fita com músicas pra dormir, que eu ainda tenho, com noventa minutos desse solo, com todos os harmônicos, de frente para trás e de trás para a frente, para que eu dormisse ouvindo. Mas, assim que entendi a letra que Phil escreveu e sobre o que ela falava, passei a odiá-la, estragou a música pra mim. Claro que superei isso e agora consigo interpretar as letras de outra forma, mas nenhum de nós havia percebido o quão negativo estava Phil e isso surgia em suas letras.

CAPÍTULO 13
CURTINDO COM O *TRENDKILL*

Começamos a turnê do *Trendkill* após seu lançamento, em maio de 1996, e estávamos todos curtindo pra cacete. Quando você cai nessa como caímos, não dá pra saber o que o outro fará, então não era como se estivéssemos prestando atenção no Phil e pensando no que ele estava se metendo, porque estávamos todos vivendo em depravação total, cada um a sua maneira.

Os caras tinham montado o "The Clubhouse", um clube de strip de nudez completa em Dallas com uma temática meio solta de golfe. O lugar tinha nossos discos pendurados na parede e virou uma parada para quase todas as bandas de passagem pela cidade. Para Vinnie, era o auge da sua obsessão – agora ele tinha sua própria boate de mulher pelada. Eu investi lá também, e fico feliz de tê-lo feito porque o retorno era de 300%. Mas fora lidar com os aspectos legais do processo de planejamento, provavelmente fui lá só umas cinco vezes. Esse era o esquema de Vinnie e Dime, e não o tipo de lugar em que eu gostaria de estar, apesar de ter ficado contente em lucrar com ele.

Parte do motivo pelo qual eles queriam aquele lugar era pra entreter *seus* amigos. Em casa, havia um grupo completamente diferente de pessoas que gostaria de andar com os irmãos o tempo inteiro. Não se pode criticá-los por isso. Não se pode questionar o que uma pessoa faz quando ela está fazendo o que quer fazer. Eles tinham essa outra família da qual eu não queria fazer parte, e isso foi uma escolha de ambos. Até certo ponto, eu deixaria que essas pessoas ficassem próximas de mim, até que me usassem, mas as coisas chegaram a um grau em que eu preferia nocautear alguém a ouvir as merdas que tinham pra dizer. E eu o fiz muitas vezes.

Tocaríamos em Dallas, um dos primeiros shows daquela turnê, em julho. Deveria ter sido um retorno dos mais caóticos, mas acabou se transformando em outra coisa completamente diferente. Eu me lembro bem daquela noite – não por conta de algum acontecimento em especial além de que havia algo esquisito rolando no camarim de Phil, que ficava ao lado. Eu me recordo de que surgiu um monte de gente esquisita, assim, do nada, e só pensei "Cara, que viagem". Sempre tinha erva sendo queimada no camarim do Phil, exageradamente em alguns momentos, tanta que você ficava chapado só de entrar no lugar, mas, naquela época, eu não estava bebendo ou fumando. A essa altura, já estava meio cansado disso, então minhas memórias dessa noite são tão vívidas quanto às de ontem.

Eu me lembro de um cara em específico – da época do Joe's Garage –, que voltou os olhos vermelhos, vidrados, pra mim falando "Ei cara, o que é que tá pegandooooooo....", mexendo a cabeça – me lembro de ter pensado "Ok, vamos ver o que tá pegando". Na minha cabeça, sabia que havia algo errado, então eu perguntei de cara: "Olha, que merda você usou?".

"Ah, não é nada, cara", respondeu, mas acabou que ele era o cara que tinha levado o lance – heroína – naquela noite.

Naqueles tempos, eu tinha um carro e um motorista à minha disposição, de minha irmã e do resto da família, levando qualquer pessoa aonde fosse. Estávamos ganhando dinheiro o bastante para bancar limusines aonde quer que fôssemos.

Então, depois do show, minha irmã estava indo pra casa quando, de repente, ouviu no rádio: "Philip Anselmo, vocalista da banda de rock Pantera, teve uma *overdose* de heroína" – tudo que pude pensar foi: "Quem tinha *esse* furo?". Parecia que alguém havia recebido essa informação mais rápido do que deveria. Algo sobre a noite toda parecia muito estranho pra mim.

Quando cheguei ao camarim, era uma cena de caos completo: Phil estava azul por ter injetado após o show. Os paramédicos foram chamados, e não havia nada que eu pudesse fazer (na verdade, o que eu queria fazer mesmo era dar um pau no Phil). Acabei descontando minha raiva no camarim. Comecei a jogar as tigelas de batatinhas e chili para liberar minha raiva. Era revoltante, eu estava furioso. Como ele podia ter feito isso? Como ele podia arriscar nosso sustento daquela forma?

> **WALTER O'BRIEN**
> Eu sabia que Phil talvez estivesse fumando maconha e bebendo demais, mas nem em um milhão de anos imaginava que estaria usando heroína. De fato, eu me demiti naquela noite em Dallas porque tive a experiência em primeira mão – não a de usar a droga, mas a de ver alguém próximo morrer como resultado disso. Desde então, prometi a mim mesmo que nunca seria um facilitador pros problemas com drogas de qualquer banda ou lidaria com qualquer viciado. Eu havia recusado algumas bandas excelentes porque sabia que seus integrantes eram drogados, não queria fazer parte disso. Tivemos uma reunião naquela noite em que disse "Eu não vou a *lugar nenhum*. Não vou vê-lo, eu não ligo e, no que me diz respeito, estou aqui para ajudar vocês três pelos próximos dias, quando, então, me demitirei". Eu acreditava sinceramente que não existia Pantera sem Phil, assim como não havia Pantera sem Vinnie, Dime ou Rex, mas eu não queria fazer parte disso. Felizmente, eles me convenceram do contrário.

Nós três nos reunimos naquela noite enquanto Phil se recuperava no hospital. Então, pela manhã, os irmãos me buscaram no Cadillac de Dime, e todos fomos ao hospital confrontar o cara. Ele já tinha recebido alta, e uma garota junto dele acabaria morrendo de *overdose* pouco tempo depois. Parecia que estava acontecendo um tipo de praga de drogas por aí.

"Que porra é essa? O que acontecerá agora? Isso pode ser muito bem a porra do fim de tudo", dissemos a ele.

Walter estava lá com o outro agente, Andy Gould, mas nenhum deles fez ou disse qualquer coisa construtiva. Como Walter já havia lidado com *overdoses* antes, só dizia "Foda-se". Era esse o jeito de ele lidar. Não ajudaram em nada. O melhor que poderiam ter feito seria ter colocado Phil imediatamente na reabilitação, cancelar a turnê até que ele estivesse sóbrio, quando, então, poderíamos continuar o que estávamos fazendo.

Mas isso não aconteceu.

Claro que, quando estava de frente com a gente, Phil apenas disse "Sinto muito, caras. Eu caguei tudo mesmo". O que mais ele poderia falar? Mas a sua reação ao fato de que a *overdose* agora era de conhecimento público foi meio que um problema.

Por algum motivo, Phil escreveu uma carta de tom confessional sobre sua experiência de quase morte, uma declaração pública dizendo "Não vi nenhuma luz brilhante" ou sei lá que merda falou – está tudo bem documentado por aí –, e foi a coisa mais burra que ele poderia ter feito, porque, depois disso, foi rotulado como um viciado. Por que você faria uma coisa dessas? E por que os agentes o deixaram fazer isso? Eles deveriam ter encoberto a porra toda e pronto.

"Cara, por quê? Estamos *voando*", falei. "Tem grana pra cacete entrando. O que você está fazendo?".

Claro que Phil disse que isso nunca se repetiria e nós demos a ele o benefício da dúvida porque, analisando a situação friamente, não é como se ele entrasse em coma todo santo dia. Até nós teríamos percebido isso. Suspeito que ele não estava usando heroína há muito tempo, só brincando com aquilo, deu azar e teve uma *overdose*. Ninguém é perfeito. E, certamente, não existem santos nesse negócio que é o rock 'n' roll, então, é claro que eventualmente as pessoas terão problemas.

MESMO QUE estivéssemos dispostos a seguir em frente após o fiasco daquela noite em Dallas, estaria mentindo se dissesse que o pensamento de nos livrarmos de Phil não havia passado pelas nossas cabeças. Mas foi algo breve e, provavelmente, apenas uma reação instintiva ao ocorrido, motivada por nossa falta de compreensão e experiência com o que estava acontecendo.

No fundo, sabíamos que tirar Phil da banda seria como arrancar o coração do peito ou tirar toda a gasolina do carro para salvar a porra do automóvel. Não tem gasolina para o bicho andar, então pra que você desejará mantê-lo? Não faz sentido.

Sabíamos que seguir sem o Phil não faria sentido também. Mesmo naquela época, e até hoje, ele é um dos maiores *frontman* do metal. Ninguém consegue liderar um público como ele. Assim, seguimos em frente: depois de um único dia de folga e de quase termos um vocalista morto, o Pantera estava de volta e pronto para tocar em Oklahoma.

A MAIOR PARTE da turnê do *Trendkill* consistiu em três meses na estrada com o White Zombie. Por mais que um pouco de confiança houvesse se perdido após a *overdose* de Phil, esse sentimento diminuiu com o tempo, porque, quando se está viajando, você tem que fazer o serviço não importa o que aconteça. E, em defesa de Phil, ele, no geral, segurou a onda depois disso. Se ainda usava heroína, isso não afetou a banda.

JEFF JUDD, um dos meus melhores amigos desde os anos 1990 (quando trabalhava como profissional do golfe em alguns campos em Ft. Worth), sempre foi um bom guitarrista. Ele era fã da banda desde o início e havia chegado a um ponto na vida em que queria fazer algo diferente – precisava mudar de carreira –, então lhe ofereci a chance de cair na estrada como meu técnico de baixo.

> **JEFF JUDD (Amigo de Rex e técnico de baixo temporário)**
> Rex e eu nos conhecemos por conta de alguns amigos em comum. Eu tocava guitarra desde moleque. O técnico dele tinha se demitido depois do lançamento de *Far Beyond Driven*, então ele me convidou para cair na estrada. Eu ainda não tinha filhos na época, então tudo deu bem certo. De início, as coisas foram bem reveladoras, mas o que mais pude perceber é que parecia que todo mundo *queria* mesmo trabalhar para o Pantera. Nós fazíamos tudo juntos como

uma grande família, e eles tomavam conta de todos. *Ficávamos nos mesmos hotéis que a banda*, enquanto as equipes das outras bandas com as quais excursionávamos ficavam no Holiday Inn. Rex precisava de um amigo lá, sem sombra de dúvidas. Havia mesmo uma tensão no ar, em particular entre os irmãos e Phil, e me parecia que Rex estava no meio disso tudo. Conheci Dime e o resto da banda no final das gravações do *The Great Southern Trendkill*, e, quando souberam que eu iria pra estrada com o Rex, disseram "Puxa, isso vai ser o fim da amizade de vocês". Mas, se aconteceu algo, fortaleceu nossos laços ainda mais.

Fazer a turnê do *Trendkill* nos levou de volta à América do Sul em 1997, dessa vez ao lado do KISS, heróis pra mim e pro Dime, e estávamos tocando como nunca. O KISS sempre foi uma banda enorme lá e, em uma posição em que se quer fazer a coisa valer a pena, do ponto de vista financeiro, eles buscaram a banda mais popular pra abrir seus shows, que calhou de sermos nós. Não víamos muito os caras por aí, com exceção de algumas noites em que todos fomos ao Hard Rock Café, em Buenos Aires.

Aquela era uma *tour* sem álcool pra eles porque era o retorno de Ace[1], então não saíam muito – nem nós –, mas, enquanto as razões deles eram motivadas por abstinência, as nossas eram o estrago e a carnificina que poderiam ser causados entre as quatro paredes de um hotel. Então, íamos ao bar no hotel mesmo ou ficávamos no quarto de um de nós que tivesse bar.

Nunca esquecerei meu quarto em Santiago, no Chile, no Intercontinental. Quando abri a porta pela primeira vez, havia um cara vestido com uma porra de um smoking, que pegou minha mala e começou a guardar minhas roupas no armário enquanto eu pensava: "Quem é esse?".

Ali estava em Santiago, com um puta quarto dividido em diferentes cômodos – sala do café da manhã, sala de estar, aposentos, uma área com uma cesta de frutas e um monte de garrafas de vinho que ganhei da Warner Brothers Chile – e aquele cara. Que viagem! Depois de guardar as minhas coisas, o cara ainda ficou lá.

---

1 N. de E.: *Frehley, guitarrista da banda.*

Então, liguei pro Jeff e disse "Cara, vem aqui no meu quarto. Tem um cara aqui", ao que ele me respondeu: "Como assim?".

"Eu não sei, ele só está parado ali como se quisesse uma gorjeta ou algo assim", respondi. Quando Jeff chegou, nós dois ficamos de olho no cara e perguntamos "Então, cara, o que você *faz* exatamente?".

"Ah, sou seu mordomo pessoal", ele disse. Respondi: "Porra! Então pegue uma garrafa de Jack Daniels e comece a servir. Derrama tudo, cara!" – e foi o que ele fez. Na verdade, ele fazia tudo que quiséssemos. Se quiséssemos comida, ele buscaria. Ele até lavava nossas roupas e tal. Era uma loucura. A gente se divertiu com esse cara. No fim das contas, os caras tinham um mordomo também.

JEFF JUDD

O quarto do Rex tinha uma bandeja enorme de frutas, cheia de mamões e mais um monte de coisa. Aí, Dime apareceu com um pau-de-chuva, um pedaço de madeira de um metro de comprimento preenchido com contas que fazem um barulho parecido com o de chuva caindo. Ao ver as frutas, disse "Arremessa uma dessas!" – deu-lhe uma tacada e esmagou a coisa por todo o quarto. E aí *começava* o jogo de beisebol. O quarto ficou parecendo uma salada de frutas. As paredes, o teto, tudo sujo, e aquele cara, o mordomo, já tinha ido embora, mas tínhamos o telefone dele, e ligamos quando precisamos do quarto limpo. Todos os porta-retratos estavam quebrados, então tiramos todo vidro pra que ficassem com cara de fotos novamente. Ele lavou todas as paredes, levou tudo que estava quebrado, nós o pagamos 100 pratas e seguimos viagem. Não levamos nem sequer uma chamada por isso.

Estávamos chamando muita atenção nessa turnê com o KISS, tanta que, entre os shows, os fãs deles começavam a entoar nosso nome entre as músicas do próprio KISS – "Pan-te-ra, Pan-te-ra!", esse tipo de coisa. Isso deixou a banda bem puta. Subíamos nos andaimes para vê-los tocar pelas laterais e, na segunda vez que rolou de chamarem nossos nomes, olhei pros caras e disse "Já era, temos que ir embora". E fomos.

NÃO ERA SURPRESA que os caras na América do Sul curtiam a gente. Estávamos no auge das *performances* ao vivo. *Mesmo*. Ferozes, algumas vezes. Eu me orgulho do fato de ter errado poucas notas. E quando digo "errado", digo ter *tocado errado* as notas certas, e não tocado as notas erradas; algo sobre como meus dedos tocavam esse som, coisas mínimas que ninguém mais poderia perceber. Mas *eu* percebia.

Havia noites em que eu errava uma nota ou duas também, mas nada demais, é o rock 'n' roll. Em outras, eu queria tocar meio punk rock – não tão preciso quanto o de costume –, coisa que dá pra fazer em algumas músicas e em outras não. Nem sempre quis ser o Sr. Precisão e ter tudo soando igual uma noite após a outra. Talvez seja minha mentalidade de banda-laboratório, a coisa do improviso falando mais alto.

Em todas as noites, eu buscava um desafio diferente também. Vinnie era como um metrônomo, quase ao ponto de não haver variação. Assim, eu tinha de criar minhas partes pra deixar tudo divertido, porque, se você toca a mesma coisa duzentas e tantas noites por ano, fica chato pra cacete.

Os *sets* que tocávamos dependiam da voz de Phil – aonde ele queria chegar e o que ele achava que poderia fazer com ela –, uma coisa com a qual tínhamos que lidar um dia por vez. Então, três horas antes de um show, sabíamos mais ou menos qual seria o *setlist*. Eu ia até lá no finalzinho da tarde e passava pela lista com Phil pra ver o que ele achava; daí chamava os rapazes e dizia "Como que isso funcionará?".

Nos outros dias, eu e Vinnie montávamos nosso *set* baseados em como achávamos que estaria a voz do Phil, mas tudo ficava nas costas dele mesmo, normalmente. Em algumas noites, Phil tinha problemas com a voz, o que é compreensível, já que qualquer vocalista terá que lidar com isso, não importa quem seja, e isso acontece especialmente com os melhores. Mas como ele era muito bom, tinha seus truques pra lidar com quaisquer problemas de voz que tivesse. Talvez não cantasse as notas mais altas ou uma em especial, mas de qualquer forma, considerando o número de shows que fazíamos, no geral, ele não tinha muitos problemas.

O *setlist* do Pantera também dependia do que tínhamos ensaiado. No começo da pré-produção, tínhamos uma lista de possíveis vinte e cinco músicas que formavam o grosso dos nossos *sets*, mas ocasionalmente alguém diria "Amanhã vamos tocar *essa*. Pensem a respeito hoje, escutem e cheguem amanhã pra fazermos rolar".

Se tocássemos em um lugar por duas noites seguidas, o que às vezes acontecia, tínhamos que mudar o set porque não queríamos tocar a mesma coisa para os garotos que vieram ver os dois shows. Isso seria enganá-los. Dependendo de como as coisas estivessem com determinado público, tomávamos outro rumo, fazíamos essas coisinhas pra não ficarmos sem graça.

TODOS NÓS IMPROVISÁVAMOS individualmente quando podíamos; em algumas ocasiões, Dime se empolgava – algo foda de se ver do outro lado do palco. Eu? Só acompanhava com o baixo, e ele podia tocar o que quisesse, não importasse o que eu estivesse fazendo. Algumas vezes, eu sentia arrepios com algumas coisas que ele fazia. A forma de Dime tocar nunca deixou de me impressionar, tanto que eventualmente eu ia lá e lhe dava um beijo!

A gente se avaliava quase sempre após os shows, perguntando-nos coisas como "O que poderia ter sido melhor?", "O tempo dessa ou daquela música estava certo?" ou "Essa música se encaixa?". Com tanta adrenalina, podíamos passar horas no camarim depois do show, bebendo e ficando chapados. Nos últimos anos, quando tínhamos mais espaço, Phil geralmente ficava em outro camarim, mas nós três analisávamos cada detalhe mil vezes, e por isso éramos uma banda tão boa ao vivo.

Com o passar dos anos, refinamos nossa rotina pré-show também. Tínhamos uma sala para as visitas, uma de jogos, tudo que é tipo de coisa feita pra nós. Mas, além de jogar *videogames*, ler uma revista ou assistir a futebol americano na TV, não tinha muito pra se fazer em dias de show assim que você tivesse chegado ao lugar da apresentação. Seria fácil ficar chapado, mas, na maioria das vezes, só começávamos a beber uma hora antes do show. Tomávamos umas doses e tal.

Então, essa hora virava uma hora e meia antes do show, então duas, e por aí vai.

Em algumas vezes, eu e Dime acordávamos de manhã e dizíamos "foda-se", e começávamos a beber. Quando chegava a hora de tocar, em alguns *desses* dias, de alguma forma nós nos superávamos. Como? Eu não faço ideia, mas fizemos alguns dos nossos melhores shows nesse estado. Eu nunca fiquei tão bêbado a ponto de não saber onde estava ou algo assim, ou a ponto de cambalear por aí, tropeçando e resmungando, como eu gosto de dizer, mas em algumas noites eu ficava sóbrio depois e pensava "Porra, como eu fiz isso?". Mas não foram muitas as vezes e nunca faltei a um show. Estatísticas incríveis se você levar em conta quantas vezes nós tocamos. Eu não digo que cada noite era a melhor, isso não é nada realista, mas o Pantera com 80% de esforço era o mesmo que uma banda a 150%.

LEMBRO-ME DE DIVERSAS OCASIÕES em que Dime e eu costumávamos saltar do ônibus pela manhã quando chegávamos a uma cidade nova. *Verdes* de tanta bebida da noite anterior, mas sem nunca ter pensado em deixar de tocar. Naqueles dias, tudo que eu costumava dizer era "Lá vamos nós, amigo", enquanto andávamos pelo estacionamento até o local do show, de braços dados. Sabíamos o que tinha de ser feito.

> **WALTER O'BRIEN**
> Quando Rex bebia muito, talvez ficasse um pouco ranzinza, mas também ficava bem falante. Na verdade, ele sempre queria falar comigo às quatro da manhã, quando eu estava exausto e desmaiado de sono. Ele queria passar três horas falando sobre negócios e eu sentia vontade de falar "Meu Deus, me deixe em paz, por favor!", mas ao menos ele se importava com sua carreira. Ninguém mais queria falar sobre isso.

Eu fiquei bem doente numa noite em Atlanta, durante a turnê do *Far Beyond Driven*, mas não tinha nada a ver com álcool – tive uma infecção na garganta e estava com uma febre de uns 40 graus, e íamos tocar em um lugar que devia estar por volta dos 50 graus. Eu mal ficava em pé. Estava no hospital antes do show, levantei, toquei e fui direto pra ambulância rumo ao hospital novamente; eu estava doente pra cacete e, ainda assim, só reduzimos o show em quinze minutos. Foi a única vez em que saí do palco antes do final.

MINHAS BEBIDAS FAVORITAS eram cerveja e uísque – apesar de que, nos últimos tempos, passei a gostar de vinho tinto – e havia noites em que meu técnico deixava um cesto de lixo do meu lado, no palco, só por precaução. Eu pensava "Porra, preciso acompanhar o ritmo" e virava uma cerveja bem rápido antes de começarmos a tocar, e o cesto ficava lá caso eu precisasse. Aí, eu tomava mais uma dose e ficava tudo bem.

Esse era o trabalho de Jeff, bem como trocar as cordas dos baixos, assegurando-se de que estava tudo certo com meus amplificadores, cabos e tudo mais. E claro, ele mantinha meu minibar estocado. Geralmente, eu levava seis baixos para o palco – e tudo que tinha de fazer era tirar o que eu estava tocando do meu ombro, quando Jeff me passava outro, mudava os sinalizadores sem fio e tudo certo. Dependendo de onde você estiver tocando, os instrumentos podem desafinar bastante. Se você vai tocar em um rinque de gelo – e tocamos em muitos – onde somente o gelo era coberto, pode ficar muito frio a noite inteira; e lá estaria Jeff afinando meus baixos. E, se o local fosse úmido, os braços dos instrumentos pareciam entortar.

FOMOS À AUSTRÁLIA no final de 1996, e o processo para chegar lá foi um pesadelo total. Vinnie, Dime e o resto do pessoal já tinham ido antes da gente, então marcaram pra que eu viajasse com o Phil e seu assistente, Big Val. Então cheguei ao LAX[2] – e, naqueles dias tínhamos fãs por todos os lugares –, alguém no aeroporto me reconheceu, me colocou num carrinho e disse "Diga, Sr. Brown, aonde o senhor gostaria de ir?".

Daquela vez, nos colocaram (eu e Big Val) num desses carrinhos e nos levaram pra uma dessas salas de espera VIP. Quando entramos, lá estava Phil com o comediante Don Rickles. Então, pelas próximas duas horas antes do voo, ele ficou ali enchendo a cara de uísque com Don, nosso entretenimento pré-viagem. Você nem consegue imaginar as merdas que ele falava. Eu não estava bebendo na época, mas Big Val tinha uma quantidade absurda de Valium com ele.

Previsivelmente, ao chegarmos aos nossos assentos de primeira classe da Qantas Airlines, Phil já estava acabado. Era tudo muito requintado – champa-

---

2 N. de T.: Aeroporto de Los Angeles.

nhe e caviar durante toda a viagem. Eu pedi para um cara mudar de lugar, mas ele precisava ficar na janela ou sei lá que porra, então eu disse "Beleza, eu sento onde fui marcado então". Eu estava tentando ser educado, mas esse cara estava sendo um cuzão sabe Deus a razão.

Foi então que Phil virou pra ele e disse "Quer saber, você é um cuzão", o que só piorou as coisas. Phil começou a ficar paranoico, achando que todos estavam olhando pra ele. "Vão se foder, não fiquem me olhando, vão se foder, não fiquem me olhando!", dizia pra todos. Aí, ele quis pegar seu *walkman* ou sei lá o que pra usar durante o voo, mas o pessoal da companhia aérea não o deixava pegar sua bagagem. "Calma, cara", eu disse a Phil, "Não é tão importante assim".

Phil tinha um histórico problemático com viagens. Durante os voos, ele meio que apagava, caía de cara na comida. Isso rolava sempre. Então, eu pegava sua cabeça, ao que ele reagia "Cara, que porra você está fazendo?", e eu respondia "Cara, só cansei de ver você com a cara no prato".

Enquanto isso, na classe econômica, Big Val fazia uma escândalo por algum motivo – não encontrava seus fones de ouvido ou seu assento não era grande o suficiente, algo babaca assim –, então, acabaram nos expulsando do avião. Chamaram os policiais do LAX para nos levar e tal.

De volta ao terminal, tínhamos que passar pela segurança mais uma vez. Precisei ligar para alguém que pudesse pensar em algo rápido para nos tirar dessa encrenca, mas Sykes e o resto dos caras já estavam na Austrália. Eu não sabia para quem ligar. Então, ao voltarmos pra segurança, encontram Valium com Big Val – o detiveram e nos levaram pra longe. Mas Phil e eu ainda tínhamos que dar um jeito de pegar outro voo.

Tínhamos que atravessar o LAX inteiro – e é um puta de um aeroporto enorme. Podíamos ver o terminal da United Airlines lá de onde haviam nos deixado, mas demorariam uns mil anos até chegarmos lá em um carrinho.

Então, começamos a correr pelo meio do LAX – provavelmente era parte da maldita pista de decolagem, vai saber, e Phil não tinha uma mala. Ele levava tudo em umas merdas de *caixas*. Por algum motivo, era assim que ele gostava de fazer as coisas e, vale mencionar, era bem excêntrico quanto a isso. E ele sempre tinha problemas com a bagagem. Em geral, as malas de todos passavam, menos a dele. Então, ele surtava. Eu costumo ser meio filosófico com esses lances, assim costumava dizer "Vamos lá, cara, você ainda está respirando. Não é o fim do mundo". Dali em diante, ele passou a levar caixas e bagagens de mão.

Eu não o questionava quanto a isso, só pensava "Quer levar caixas, leve caixas. Foda-se".

Então, lá estava eu tentando levar minhas coisas e as porcarias do Phil. Assim que chegamos ao balcão da United, estávamos cobertos de suor. Como se não bastasse, quebrei uma unha ao meio carregando a bagagem do Phil, mas, como foi na minha mão direita, podia só fazer um curativo e não atrapalharia na hora de tocar.

Finalmente, conseguimos um voo na classe econômica, mas o problema é que ia pra porra da Nova Zelândia, e não para a Austrália. Quando chegamos lá, depois de muitas horas de voo, descobrimos que a Alfândega dos EUA havia ligado pra da Nova Zelândia, possivelmente pra ver se estávamos levando drogas.

Àquela altura, eu já estava *puto*. Havia voado mais de dez horas para o país errado, na classe econômica, enquanto eu poderia ter tido 17 horas de luxo em um sonho molhado de caviar e champanhe de pura embriaguez.

Isso era fantasia.

A realidade era diferente. Levaram-nos a uma sala do aeroporto e nos deixaram pelados. Foi uma busca completa, com luvas de borracha no rabo e tudo mais. Phil e eu não tínhamos nada, então não tivemos nenhum problema. Já Big Val ainda devia estar preso no LAX!

Após um curto voo saindo da Nova Zelândia, finalmente chegamos ao hotel na Austrália. Liguei para o Vince e disse "Foda-se o Val, ele está demitido, cara".

Acho que ele deveria ter lidado melhor com a situação – era para isso que o pagávamos –, mas Vinnie o queria por perto porque a) odiava qualquer tipo de confronto e b) precisava de um segurança. Ele estava certo sobre a segunda parte, provavelmente. *Todos nós* precisávamos de um segurança na hora de controlar o público nos shows, e Val realmente era bom nisso. Val chegou alguns dias depois, mas ninguém falou com ele, aquele foi o começo do fim para o cara. Ele estava começando a achar que era um astro maior do que nós.

APESAR DESSES PROBLEMAS, gostei da Austrália. Era um bom lugar para se visitar, mas parecia que a economia deles sempre estava na merda, quase ao ponto de o fato de ir até lá e tocar representar um prejuízo, mesmo sabendo que seria provável reverter a situação com vendas futuras de discos. Mas sentíamos apenas que, se fôssemos até aquele lado do mundo, poderíamos tocar em qualquer outro lugar, o que incluía Nova Zelândia, Austrália, Japão e também locais mais loucos, como Seul, na Coreia do Sul.

HOUVE UM QUASE TUMULTO em um dos shows que fizemos na Austrália. Estávamos saindo de um show em Sidney, e os fãs estavam no estacionamento, do lado de fora. Havia milhares de pessoas. Era uma loucura. Tão foda que eu deveria ter filmado. Aparentemente, eles tinham derrubado uma cerca e ido ao estacionamento só pra ficar mais perto da gente.

JEFF JUDD

Estávamos no Japão durante a turnê do *Trendkill* e encontramos uma loja de brinquedos de seis andares. Bobby (um dos assistentes da banda) e eu entramos lá e compramos armas de brinquedo, dessas que atiram bolinhas plásticas. Voltamos até onde Rex e os caras estavam, e eles disseram "Tem que rolar uma guerra com essas armas".
Estávamos hospedados em um andar inteiro do Hilton, então colocamos as armas para carregar e fomos jantar. Voltamos depois de alguns drinques, pegamos as armas e Rex deu o primeiro tiro em uma lata de cerveja que estava no balcão, partindo-a ao meio. Aí, pensamos: "Certo, isso não é mais um jogo". Dime começou a atirar em todas as taças de vinho do bar que atendia nosso andar, depois nos quadros e, finalmente, nas lâmpadas. Tinha vidro pra todo lado. Pela manhã, nossos quartos estavam todos marcados das "balas". Nunca me esquecerei de Dime ligando pra recepção, com um sotaque japonês, pedindo por novas lâmpadas. O cara da recepção perguntou de que tipo eram, ao que ele respondeu, com seu sotaque texano, "Malditas lâmpadas de 100 watts, filho, elas ficam mais bonitas quando estouram!". Então, mandaram alguém lá em cima e Dime não o deixava entrar no quarto por conta de

todo o estrago. O prejuízo total foi de mais ou menos 17 mil dólares, um problema sério e algo bastante desrespeitoso para os japoneses. O promotor do show – o mesmo cara que havia levado os Beatles ao Japão pela primeira vez – teve que escrever uma carta ao consulado, e fomos banidos de todos os hotéis Hilton do Japão.

A TURNÊ DO *TRENDKILL* passou como um borrão, cara, um borrão *completo*. Na volta de seja lá onde estávamos – talvez Japão –, paramos para descansar em Maui. Fazíamos esse tipo de coisa frequentemente na volta de viagens em que atravessamos o mar, e o Havaí era um dos meus lugares preferidos de ir porque foi lá em que pedi Belinda em casamento em 1994, e porque amava surfar.

Deveríamos ficar lá por sete dias, e nossas esposas também viriam, mas Dime e eu acabamos ficando duas semanas e meia. Tínhamos carros alugados à disposição, mas nunca os usamos; só ficamos no hotel. Eles tinham passeios para ilhas menores, nas quais Dime e eu arrumávamos nosso cantinho na praia e ficávamos lá relaxando. Acordávamos à uma hora da tarde, bebíamos algo e comíamos um sanduíche ou o que fosse. Era uma fuga perfeita.

EM ALGUM MOMENTO NO MEIO DE TUDO ISSO, Jerry Cantrell havia me enviado uma fita com cerca de onze músicas, um projeto em que ele gostaria que eu participasse – eu, ele e Sean Kinney[3]. Meu primeiro pensamento foi: "É exatamente disso que eu preciso".

Ali estava uma chance de expandir meus horizontes e também de fugir de todos os problemas do Pantera – claro que eu conhecia Jerry desde 1987 e era um grande fã de Alice in Chains também. Então, fui a Sausalito, na Califórnia, fiquei lá um mês, ensaiei, voltei pra casa, e então *voltei* lá pra gravar umas faixas que seriam produzidas por Toby Wright, que havia trabalhado em alguns discos do Alice in Chains.

---

3   N. de E.: Baterista do Alice in Chains.

Bem, não demorou muito até que eu brigasse com Toby.

Ele dizia coisas como "Ah, você não pode tocar assim", ao que respondia "Cara, o Jerry me convidou pra tocar, então vou tocar a merda que eu quiser, sacou?".

Scotty Olson era o técnico de som de Toby envolvido no projeto, e ele é simplesmente um amor de pessoa – ele tocou guitarra no Heart por anos – e me fazia sentir confortável porque havia trabalhado com nosso produtor, Terry Date, no passado. Como eu sentia que ele era um aliado, minha atitude com o Toby era bem do tipo "Se você não gosta, cai fora. Eu vou tocar o que quero e é assim que será".

Incrivelmente, Toby *ainda* me liga de tempos em tempos falando coisas como "Ei, cara, tô atrás de um trampo".

"Você é um merda", é tudo que eu ofereço em resposta.

Naquele momento, Jerry não tinha muitas condições de fazer algo por conta do seu uso excessivo de drogas. Sem dar muitos detalhes, digamos que eu passava na frente da casa dele de tempos em tempos e via o cachorro acorrentado sem comida na tigela por malditos três dias, o que pra mim indicava que algo bem errado estava rolando. Parecia que eu estava trocando um pelo outro. Uma loucura.

CAPÍTULO 14
A ATITUDE

O fiasco com Toby Wright era um exemplo do quão antissocial eu já era desde pequeno. Sim, conseguia sair de um problema se precisasse, mas havia desenvolvido uma personalidade forte que quase sempre era o bastante para fazer alguém se recolher. Foi algo que alimentei com o passar do tempo até chegar ao ponto em que, ao entrar em um cômodo, de certa forma era como se dissesse "Esse quarto é meu", ao que ninguém diria nada. Dime, Phil e eu éramos todos assim, cada um ao seu jeito. Sempre que entrávamos em um lugar, nossa presença era notada. *Devidamente* notada. Éramos unidos, e você não gostaria de mexer conosco.

Como princípio-geral, garanto que, quando eu entro em um lugar, consigo dar o tom do que acontecerá depois, só mudando a expressão no meu rosto. Quando chego a um lugar, certifico-me de que todos saibam de que é o meu lugar – você não mexe comigo e, então, após isso, começamos a conversar normalmente. Claro que serei educado e respeitoso, mas, no começo, entro ali como se fosse de alguma gangue. Queríamos que as pessoas pensassem: "Lá vêm aqueles doidões do Texas. Eles bebem pra caralho e vão te descer o cacete". Por mais que eu e Dime fôssemos pequenos, compensávamos na atitude.

Pode surpreender você saber que essa atitude é mais importante para mim do que subir ao palco e tocar certo. É sério. Isso mostra quem você é *mais do que tudo*. Se você sobe ali todo sorridente ou amedrontado, as pessoas não lhe levarão a sério e você perderá qualquer discussão ou negociação antes mesmo de começar. Consequentemente, nunca fiquei fascinado por nada durante toda a minha vida. Não posso fazer isso – me colocaria numa posição de fraqueza, e, desde a infância, nunca gostei de me sentir assim.

Por vezes, foi difícil não se deixar levar por certas situações, porque, durante toda a minha carreira, passei por momentos que até mesmo eu acho foda pra caralho, tipo curtir com o Ozzy, fumando um baseado e tal. Recebendo ligações de pessoas inesperadas, caras que eu tinha como ídolos, que idolatrava mesmo, desde criança. Tive a chance de encontrar com Jimmy Page em Londres certa vez, e eu nem *queria* encontrá-lo – e se ele fosse um completo idiota? Eu simplesmente não queria saber. Mas essa situação me fez pensar em como *eu* ajo quando as pessoas vêm até *mim*. Digamos que eu esteja de mau-humor – um pouco irritado talvez – e alguém venha falar comigo... talvez ele queira saber se *eu* sou um idiota completo. Isso realmente me fez pensar na percepção que os outros têm de mim porque percebi que eles provavelmente têm alguma expectativa sobre como sou. Infelizmente, muitas pessoas públicas acabam ganhando essa reputação de cuzões, então eu sempre tentava surpreender mostrando que não sou um babaca, em vez de confirmar a suspeita de que eu o fosse.

Mas nem sempre é fácil, afinal eu venho da velha escola do rock'n'roll, que envolve tentar viver como Keith Richards. Muitos caras da música tentam fazer isso. Slash, Nikki Sixx, todos lutaram muito para emular Keith, mas eles mesmos sabem que nunca chegarão lá. Eu ainda tenho isso na cabeça, mas preciso me livrar, porque, como você descobrirá depois, não posso mais beber, o que meio que faz tudo cair por terra. De qualquer forma, se você ler o livro de Keith, verá que não é como se ele saísse pra encher a cara em todas as noites durante toda a sua carreira. Ele não fazia isso – sabia como equilibrar sua vida, provavelmente o motivo pelo qual ainda toca com seus sessenta e tantos anos de idade.

A IMPRENSA QUERIA dar a Dime certa aura após sua morte, mas realmente era uma coisa meio de viúva. Ele era um cara carismático, com certeza, daqueles que fazia você se sentir a pessoa mais incrível do planeta, simplesmente por estar ao seu lado. Ele se divertia fazendo merda e te fazendo fazer a mesma coisa também, mas não havia como não amá-lo, mesmo ele me deixando puto tantas vezes a ponto de eu perder a conta.

Darrell sempre era o culpado por pregar todas as peças. Com ele, a câmera sempre estava ligada enquanto curtiam, então não é nenhum mistério termos três vídeos só de merda lançados e que os fãs os tenham comprado – muitas vezes, os próprios fãs estavam envolvidos.

Para aliviar o tédio na estrada, Darrell sempre inventava alguma coisa: cartas, dados ou atirar fogos de artifício debaixo do carro de alguém; nunca existia momento chato.

Até dirigíamos o ônibus algumas vezes pra dar um jeito no aborrecimento, ainda que nunca estivesse exatamente bem quando pegava naquele volante. O motorista ficava lá com Dime enchendo a cara nos fundos regularmente, quando alguém tinha que manobrar a coisa, e geralmente eu o fazia entre uma cidade e outra.

WALTER O'BRIEN

Quando se tratava de vídeos, Dime pensava que sabia dirigir. Eu sabia que não. Além disso, algumas das coisas que ele havia gravado eram ultrajantes – material que só existe porque deixava a câmera rolando, nos bastidores. Havia alguns atos envolvendo garrafas de Heineken em que você não acreditaria. Era basicamente pornografia. Eu costumava dizer a ele "Olha, eu sei que você acha isso tudo engraçado e essas coisas realmente acontecem, mas a Warner Brothers não está no ramo da pornografia explícita". Ele entendia? Claro que não.

Ficamos ainda mais conhecidos – se é que isso é possível – em 1997, quando fomos convidados pra tocar no Ozzfest, em seu primeiro ano oficial, quando começaria um grande relacionamento com Sharon e Ozzy Osbourne. Éramos a maior banda de metal da época, então o que eles fariam? Era óbvio: tinham que conseguir o Pantera pra tocar.

O Ozzfest *tinha* que dar certo. Se eles fariam isso, *tinha* que dar certo.

WALTER O'BRIEN

Ozzy sempre estava fazendo turnês e tinha uma tradição de colocar bandas menores abrindo pra ele, um marketing bem sensível de sua parte. Ficamos no pé deles, para que eles nos convidassem, assim como todo e qualquer agente de qualquer banda de metal do mundo. Tentamos e tentamos até que Sharon finalmente disse "Como há tantas bandas sempre tentando sair em turnês com a gente, vamos fazer o Ozzfest; assim, podemos levar um monte de uma vez e tratar tudo como um festival". Então, eles nos chamaram. Fiz questão depois de lhes mandar uma carta de agradecimento. Certo dia, eu estava ao telefone com Sharon, algumas semanas depois, quando ela me disse "Tenho que contar uma coisa: sua carta está pendurada na parede em cima do meu computador, no escritório". E eu indaguei "Isso é demais, fico muito honrado, mas por quê?". E ela falou: "Ozzy a viu e disse 'Em todos esses anos chamando bandas novas pra tocar, essa é a primeira vez que um agente pensou em nos enviar uma carta de agradecimento'". Não direi que os rapazes conseguiram a vaga no Ozzfest por conta daquela carta, mas com certeza ela não atrapalhou, digamos assim. Não acho que Ozzy conseguiria fazer turnês durante sete anos seguidos sem algo como o Ozzfest.

Por mais que ele tivesse vendido milhões de álbuns nos anos 1990, todos estavam cagando pra Ozzy àquela altura, ou seja, precisava muito de algum tipo de reinvenção. Sharon tentou colocá-lo no Lollapalooza e simplesmente não o aceitavam.

Eu imagino que os organizadores tenham dito algo como "Vá se foder, não queremos o Ozzy Osbourne, aquele velho bosta decadente do Black Sabbath".

Mas o Pantera sempre teve um bom relacionamento com ele – agentes, equipe técnica, todo mundo –, sentimento de harmonia que só cresceu, bem como o cachê que recebíamos pra tocar. Subíamos lá, tocávamos de 45 minutos a 1 hora e nos pagavam *muito bem* pra isso. Era tão fácil tocar porque era uma coisa de dia sim, dia não, e durante as folgas os promotores nos botavam pra jogar golfe de graça em alguns dos melhores campos de todo os Estados Unidos. Eu morava ao lado do Rolling Hills Country Club, em Arlington, nessa época, então minhas habilidades no jogo não iam nada mal. De fato, eu dava uma surra no Sykes e no resto dos caras naqueles tempos.

Guy Sykes era um dos meus melhores amigos, com certeza, mas também era o responsável pelas nossas turnês, tomando conta de quatro malditos psicopatas, e com certeza nós complicamos a vida dele em alguns momentos. Era seu dever fazer com que tudo na estrada fosse o mais confortável possível pra nós – com toda a sinceridade, ele levava tudo muito bem, se considerarmos o que o fazíamos passar. Era um guerreiro. E tinha que ser: Dime sempre aparecia com alguma loucura todas as noites, como saias havaianas, cartolas, a porra toda, e Sykes não tinha escolha além de ir atrás dessas coisas. Então, eu dizia a ele "Não subirei ao palco se você não conseguir um daqueles guarda-chuvinhas pras minhas bebidas todas as noites". Então, eles iam ao Party Hut e voltavam com uma caixa dessas porcarias pra que eu nunca mais pudesse encher o saco. Eu costumava zoar o Sykes o tempo inteiro com esse tipo de coisa.

Nos dias durante o Ozzfest, Sharon mostrou que podia beber como nós. Ela entrava no camarim só pra encher a cara, provavelmente porque Ozzy estava fora de si a maior parte do tempo. Isso tudo aconteceu na época em que ele entrava e saía da reabilitação. Mas, quando sóbrio, Ozzy era um dos caras mais afiados. Eu sempre o encontrei por aí, e ele não é nada como na TV. Na frente das câmeras, ele assume aquela personalidade confusa, mas ele tem as ideias no lugar, com certeza.

Em um show, Ozzy estava no seu trailer em algum lugar do *backstage* e disse pra alguém "Traga os meninos do Pantera".

Então, Dime e eu subimos em um carrinho de golfe e fomos até o trailer – e lá estava ele de roupão, com as bolas balançando.

A primeira coisa que ele disse foi "Rapazes, querem fumar um baseado?" – com aquele sotaque forte de Birmingham – e nós pensando "O que você disse?", mas você não tem como dizer não a Ozzy.

"Querem uma bebida?", foi sua próxima oferta.

"Não, Ozzy, valeu, espera... é *claro* que vamos beber com você." Lembre-se de que éramos tão populares quanto a porra do Mötley Crüe, mesmo não cheirando tanta cocaína e tal. Mas nós *bebíamos bastante*.

Bem, por mais que eu o admirasse e estivesse muito feliz de beber com ele, eu tenho um limite quanto a ver as bolas dele ou as de qualquer um, então acabei dizendo a Ozzy "Cara, dá pra guardar o seu saco, por favor? Não quero ver seu escroto a noite inteira". E ele me ignorou.

"Poderoso Chefão do Metal, você se importaria de cobrir os *huevos?*", perguntei novamente.

"Ah, vai se foder." Ozzy não dava a mínima.

ESSE FOI O COMEÇO de alguns bons anos com o pessoal do Ozzy. Uma das razões pelas quais tudo ia tão bem é porque éramos sempre muito respeitosos com as bandas que admirávamos, sempre muito cordiais, e nunca incomodávamos ninguém. Ao menos, espero que não. Eles certamente ajudaram nossas carreiras até certo ponto, mas a coisa também chegou ao ponto de ser prejudicial por conta da bebedeira de Sharon enquanto seu marido tentava ficar limpo. Com o tempo, também se tornou algo rotineiro e esperávamos fazer todos os anos, o que acabou nos entediando.

Fomos convidados para mais três ciclos do Ozzfest, o último em 2003, quando eu toquei com o Down, época em que eu tinha uma relação bem próxima de Ozzy. Sharon tinha acabado de ser diagnosticada com câncer e dava pra ver que ele não estava lidando muito bem com isso. Em determinado momento, ele me puxou pra perto e disse "Eu estou perdido, cara. Não sei que diabos vou fazer".

Como eu sentia que havia ganhado um pouco de seu respeito por conta de todas aquelas turnês juntos, senti-me confortável em oferecer meu apoio como pessoa mesmo, simplesmente dizendo "Se tem qualquer coisa que eu possa fazer ou falar pra ajudar, me avise. Meus pensamentos e orações estão com vocês".

CAPÍTULO 15
SABBATH E CAINDO NO JOGO

Nosso disco ao vivo, *Official Live,* também foi lançado em 1997, composto de um monte de gravações ao vivo de turnês anteriores, diretamente da mesa de som em máquinas DAT que levávamos conosco na estrada. Éramos conhecidos pelas *performances* ao vivo, então já era hora de termos um disco assim. Fizemos tantos shows que já tínhamos um bom material em fita; era só alguém dar uma fuçada e encontrar as melhores versões das músicas que queríamos ali. Também colocamos algumas músicas de estúdio novas que havíamos gravado sozinhos, sem a ajuda de um produtor, na casa de Dime.

Eu estava trabalhando no material com o Cantrell na maior parte do tempo, e só voltava para Dallas pra gravar o baixo nas músicas novas. Não me lembro de ter feito nenhum *overdub* no disco; eram somente questões de ajuste na mixagem. Talvez tenhamos aumentado o volume do público ou ajustado os vocais de Phil aqui e ali, mas todo mundo faz isso. Não existe nenhum disco ao vivo de verdade por aí, que eu saiba.

WALTER O'BRIEN

Estávamos tendo vários problemas do tipo "Phil disse isso ou aquilo no palco", que cheguei e disse "Quero todos os shows gravados", porque estava de saco cheio de gente falando o que bem entendesse, como "Phil disse 'suba no palco e bata em um segurança' etc.". O problema era que Phil realmente dizia esse tipo de coisa com frequência. De qualquer forma, instruí o cara do som: "Grave o show inteiro e, sempre que ele falar algo assim, queime a fita imediatamente". Assim, teríamos um monte de gravações ao vivo sem nada de incriminador nelas. Continuavam nos convidando pra tocar ao vivo no rádio, transmissões ao vivo, e os caras simplesmente nunca topavam nada. Eu dizia "Vocês são a melhor banda ao vivo que já vi. Temos que tirar proveito disso". As redes nos imploravam para tocar em rede nacional, mas os caras continuavam falando "Não, queremos mixar, queremos gravar", ao que eu respondia "Vocês não podem, é ao vivo, é esse o ponto". Mas eles não o fariam. Finalmente, os convencemos a usarem o DAT pra criar gravações de alta qualidade com várias trilhas ao custo de algumas fitas, e assim passamos a gravar os shows. Além disso, todos estavam começando a ficar sem dinheiro, então pensamos "Hora de lançar um disco ao vivo!", como todas as bandas do mundo.

Em algum momento de 1998, fui até Nova Orleans, só pra dar um tempo de Dallas. Eu precisava de um fim de semana de menino, mas acabou rolando uma coisa completamente diferente. Phil disse "Ei cara, quer vir aqui e compor umas músicas?", e é claro que respondi "Certo, beleza". Então, fui até a antiga casa de Phil bem no meio de Nova Orleans mesmo – Colbert Street, de fato –, uma casinha pequena que foi o primeiro lugar que ele comprou quando o Pantera começou a ganhar dinheiro.

Quando entrei, lá estavam Kirk Windstein[1], Jimmy Bower[2] e Pepper Kee-

---

1 N. de T.: Guitarrista e vocalista americano conhecido por seu trabalho no Crowbar e no Down.
2 N. de T.: Guitarrista e baterista americano. Tocou em diversas bandas, como Crowbar e Eyehategod.

nan[3] – só pude pensar: "Legal, cara! Isso está acontecendo mesmo!", e eles disseram "Quer descer aí pra gente fazer uma *jam*?". Eu estava alheio ao fato de que estava sento testado como baixista no Down. Phil tinha uma sala em que podíamos tocar na área da garagem e com uma decoração meio de casa assombrada. Tinham espuma, esqueletos, teias de aranha e tudo que é tipo de coisa espalhada pelo lugar. A casa foi construída sobre estacas, então a garagem ficava bem embaixo, e havia também uma porra de um pentagrama vermelho pintado no fundo da piscina.

Eu disse "Não trouxe o baixo", porque não planejava tocar no tempo que passasse na cidade. De qualquer forma, Phil tinha um que eu podia usar e um amplificador velho, meio acabado, então começamos a tocar e tudo aquilo fluiu da gente da forma mais orgânica possível. Foram tantos momentos memoráveis naquelas sessões, mas o que mais se destacou foi a música "Lies".

Pepper chegou com um lance meio jazz e instintivamente entrei com uma linha de baixo matadora, totalmente diferente do metal que estávamos acostumados a tocar. Senti que não havíamos apenas entrado em um novo terreno pra banda, mas também em um estilo de música que me tocava profundamente desde a minha infância em bandas de jazz. Era realmente inspirador.

O Down tinha suas raízes em Nova Orleans, um caldeirão de culturas diferentes. Logo, você tem jazz, rhythm and blues, rock, metal e sludge todos misturados em um enorme gumbo[4]. Sou do Texas e conheço esses caras quase há tanto tempo quanto conheço Phil, e, quando nos juntamos em um lugar, só sentamos lá e reunimos nossas influências individuais e gostos pra ver o que sai no final.

Assim, escrevemos boa parte do segundo disco do Down ali – ao menos umas seis ou sete músicas – e, pra mim, essa diversificação era a) do que eu precisava e b) algo que gostaria de levar adiante e gravar um disco, mas somente quando um intervalo adequado nos compromissos do Pantera permitisse.

Em 1998 ou 1999, após uma turnê curta para promover o *Official Live*, também participamos da turnê de reunião do Black Sabbath por nove meses. Foi demais e nos pagaram bem pra caralho pra tocar – quando esse tipo de dinheiro entra, você não recusa. Parecia também que estávamos participando

---

3   N. de T.: *Guitarrista americano. Conhecido por seu trabalho na banda Corrosion of Conformity.*
4   N. de T.: *Sopa ou guisado de caldo grosso típico da região.*

de um grande evento, porque era a primeira vez que o Sabbath tocava junto desde que Ozzy havia saído da banda em 1979. Os shows eram basicamente em grandes arenas – algo que conhecíamos e dominávamos – e mandávamos ver toda maldita noite.

Mesmo se você é o Black Sabbath, você não *toca depois* do Pantera. Seria estúpido até mesmo tentar. Mesmo com Phil bêbado, você não o fazia simplesmente porque nós três ainda tocávamos pra caralho. Essa turnê com o Sabbath provavelmente foi o melhor que já tocamos ao vivo. Sério. Havíamos diminuído consideravelmente nossa decoração no palco – só colocávamos um arame farpado ali pra fugir daquele visual de montanha de amplificadores Marshall: apenas subíamos lá e tocávamos. Nada de efeitos especiais.

WALTER O'BRIEN

A banda estava com tudo na turnê de reunião do Sabbath. Por mais que tocasse bem em lugares pequenos, eles eram o tipo de banda que chutava traseiros quando ficava na frente daquele tanto de gente.

Quando acabava o show, eu sentava ali e assistia ao Sabbath todas as noites, era inacreditável. Claro que conheci Geezer e ficamos bem próximos. Quase no fim da turnê, ele me convidou ao seu camarim, onde tomamos umas três garrafas de vinho tinto, quase uma degustação, enquanto ficamos falando merda. Geezer tem um senso de humor muito seco também, e, agora que estamos mais próximos, ele gosta de me chamar de "Rox". Engraçado.

Fizemos um monte de ações promocionais desde então. Eu já o entrevistei para revistas especializadas e é ótimo só estar no mesmo cômodo que ele e saber quem eu sou. Além de ser o que agora eu chamaria de amigo, Geezer também é um baixista extremamente influente. É a forma como ele ataca as cordas com seus dedos que o torna um grande baixista, eu acho. Ele meio que bate nas cordas com a mão direita em vez de tocá-las e manter sua mão parada; ele se mexe pra cima e pra baixo e faz um monte de coisas... tudo isso enquanto acerta todas as notas com sua mão esquerda. Não há ninguém como ele.

AO PASSO QUE HOUVE bons momentos naquela turnê com o Sabbath – muitos, inclusive –, rolavam também uns problemas sérios entre nós. A tensão entre os membros da banda estava mais alta do que nunca, e eu chegando ao ponto de não querer mais lidar com nada disso. Vinnie era o maior dos problemas.

Por incontáveis noites, Dime e eu ficávamos ali no ônibus da turnê tentando jantar decentemente enquanto Vinnie chamava garotas com aparência jovem pra parte de trás do ônibus, esperando traçar alguma. A equipe técnica já tinha tido sua cota disso, e era só esquisito ver as tentativas patéticas de Vinnie para trepar. Na metade das vezes, ele apagava, bêbado, quando sobrava para mim e para Dime limpar a bagunça toda dele.

Você tem que entender que Vinnie é um cara estranho – é isso –, e é do jeito dele ou nada feito. Eu acho que boa parte da chatice dele vinha do seu pai, porque, em algumas coisas, ambos eram muito parecidos. Vinnie sempre estava no clima de "farra, farra, farra!" e "come essa buceta!" e tal – ao ponto que ele achava ser a porra do David Lee Roth. Logo ele, um *baterista*, imagina? Mas a verdade é que ele só conseguia trepar em uma de cada dez vezes, isso se tivesse sorte. Tocar em uma banda com disco de platina significa meio que ter uma vantagem quando se tenta conseguir garotas, mas ele conseguia arruinar isso simplesmente não tendo a menor ideia de como abordar ou tratar uma mulher. Só chegava junto e começava a *apalpar* as moças – não era nenhuma surpresa que seus índices de sucesso eram tão ridículos. Vinnie tratava o ato de conhecer uma pessoa como se fosse uma espécie de teste sexual, o que afastava as mulheres logo de cara.

E, como se isso não fosse ruim o suficiente, quando ele não transava (99% do tempo, de acordo com minhas estimativas), tornava-se o cara mais miserável do planeta. Não conseguia conviver com ele. Vinnie aparecia pela manhã, e eu simplesmente *sabia*: ele estaria de péssimo humor e puto com todo mundo, e não havia nada que alguém poderia fazer pra melhorar isso. Isso foi ficando cada vez mais chato.

PHIL HAVIA SE MUDADO do ônibus principal em 1995 e viajava separado com o assistente, o treinador e tudo mais, então, por fim, eu me abri com ele.

"Eu tenho que sair daquele ônibus, cara, as merdas do Vinnie estão me enlouquecendo."

Ele disse: "Cara, você pode ficar com a parte da frente do meu ônibus, eu nunca a uso".

Puta merda, que bom que ele concordou com aquilo. Assim, tomei a decisão de me mudar pro ônibus com Phil, o que aparentemente causou um monte de reclamações e ressentimento. Dime, em especial, levou tudo para o lado pessoal, o que, naquela época, passou batido por mim. Eu estava muito preocupado em cair fora. Não dava a mínima também, e, se algo foi dito sobre isso, não foi dito a mim. Eu estava tão desgastado que tudo que me importava era ter um pouco de paz e, como o clima com Phil era mais sereno e adulto, era um mundo de distância das merdas do Vinnie. Dime provavelmente só estava com inveja porque agora ele teria que se virar sozinho.

RITA HANEY

Darrell ficou bastante infeliz com Rex indo para o ônibus de Phil. Ele também achou esquisito porque Phil e Rex nunca haviam sido muito próximos. Eles não tinham muito em comum. Quando Phil vinha pra cidade, ficava com a gente porque ele e Darrell tinham uma relação construída desde o primeiro dia. Então, pareceu muito esquisito Phil e Rex serem tão amigos de repente.

EU SEMPRE GOSTEI DE JOGAR. Apostei a minha vida inteira quando estava na estrada – e cassinos faziam parte do Pantera. Eu, Vinnie, Dime e alguém da equipe sempre íamos junto. Mas nunca Phil. Ele nunca jogou e odiava esses lugares. Mas, se tinha algum cassino próximo de onde estávamos, os ônibus de turnê desviavam pra lá. Eu gostava muito de jogar dados certa época e cheguei a ganhar 22 mil dólares em uma noite, sentado lá, jogando. Porém, como a maioria dos jogadores, eu não vencia sempre. E, ao contrário deles, contarei das vezes em que perdi.

Eu conhecia os irmãos Maloof – os donos dos cassinos em Vegas, de times de basquete e tudo o mais – porque estudaram com um cara que eu conhecia de um bar na esquina chamado Hetfield's. Acabei ficando bem próximo deles, ao ponto de que, a qualquer momento que fosse até Vegas, conseguiam para mim um quarto em algum lugar. E, quando falo um quarto, quero dizer uma bela e enorme suíte. Meu assistente e eu fomos a Las Vegas durante a turnê com o Sabbath em 1999. Fizemos nosso *check-in* no Alladin, que tinha uma pegada meio VIP, com a ideia de usar o crédito que eu tinha no cassino de lá.

Fomos até as mesas por volta das sete horas da noite e começamos a jogar com os cinco mil de crédito que eu tinha. Àquela altura, provavelmente já teria bebido um pouco, mas ainda dava para ler minha assinatura. Perdi os cinco paus de cara e pensei "Ok, eu *preciso* me recuperar dessa", então o que mais eu poderia fazer além de pegar mais cinco mil?

Essa caça ao dinheiro seguiu até às quatro ou cinco da manhã – quando acordei no outro dia, havia uma conta de 20 mil dólares, na qual percebi, ao vê-la, que lá pelos últimos pedidos de crédito já nem dava para decifrar minha assinatura. A razão para isso foi que durante a noite fizemos pausas, tomamos garrafas de Crown Royal, champanhe e tudo o mais, que acabaram inflando a conta. E agora? Eu estava devendo 20 mil após uma noite ruim. Claro que eu não tinha esse dinheiro comigo, mas também sabia que os cassinos geralmente davam trinta dias de tolerância antes de começarem a cobrar seu dinheiro de volta. Eu precisava de um plano e logo dei um jeito. Era arriscado, claro, e dependia da minha sorte se transformar de pura merda em ouro puro, mas parecia valer a tentativa.

Felizmente, nosso motorista também gostava de jogar. Phil não se importava porque ele sempre estava acabado lá nos fundos. Então, eu, o motorista e o assistente de Phil decidimos ir a todos os cassinos na nossa rota e tentar ganhar os vinte mil de volta. A turnê terminaria em Seattle, ou seja, teríamos toda a Costa Oeste, de San Diego em diante, pra tentar a sorte.

Assim, o motorista fez um mapa da rota, listou todos os lugares e, ao me reunir com todos que jogariam, eu disse "Seguinte, esse é o plano: todos entram com três mil cada. Se você quiser que eu te banque, ok, mas você terá que me pagar ao final de tudo". Adicionei ainda "Temos *uma hora* para jogar com esses três mil. Se você perder, está fora".

E foi assim: após todos os shows durante uma semana e meia, saíamos de qualquer cidade em que estivéssemos e íamos a um dos cassinos listados anteriormente pra colocar o plano em ação. Jogávamos vinte-e-um, seguindo as regras clássicas. Tínhamos conseguido um livro que dizia quando pedir mais cartas, de acordo com o que a mesa mostrava, e como reagir. Era basicamente uma "colinha" de como jogar estrategicamente.

Organizei a mesa como se fosse algo direto de *Onze Homens e Um Segredo*. Cada um tinha uma tarefa específica. Tinha um cara na primeira base, outro na quarta e eu jogava nas duas do meio. Desse jeito, imaginei que cobriríamos todas as possibilidades. Para me manter o mais esperto possível, diminuí a bebida – apenas um drinque por hora –, assim conseguiria me manter focado em fazer o sistema funcionar. Devo mencionar que talvez eu tenha até me divertido mais.

Em algumas noites, perdíamos, em outras, ganhávamos bem e, na rara ocasião em que havíamos ganhado o bastante em uma sessão, nos levantávamos e íamos embora antes de a hora terminar. Isso é o que pode se chamar de vinte-e-um disciplinado, científico. Ao final da viagem, depois de ir a todos aqueles cassinos, acabei ficando com 27.800 dólares. O bastante para cobrir a dívida em Vegas e ainda comprar uma moto Yamaha YZ250.

A TURNÊ COM O SABBATH representou o começo do fim do nosso chefe de segurança, Big Val. Apesar de ele sempre ter sido bom no que foi contratado para fazer, começou a achar que era um deus do rock, bem como boa parte da equipe naquela altura. Sempre fomos muito próximos do pessoal, como uma grande família, na maior parte do tempo, e quando isso acontece não é raro ter gente tirando vantagem de você e achando que tem direito ao que você tem.

Vinnie criou muitos desses problemas porque nunca fez nada a respeito. Ele só deixava as coisas acontecerem. Criar esse tipo de monstro e evitar confrontos como ele fazia representava uma péssima combinação, especialmente quando era óbvio que alguém tinha ido muito longe, caso de Big Val. A gota d'água veio quando soubemos que ele estava fazendo suas camisetas do Pantera com nosso logo e planejava vendê-las na frente dos shows. Ele não era uma celebridade, mas a porra de um segurança, porém acredito que é inevitável e quase aceitável você *pensar* ser uma estrela quando está numa posição como a dele. Mas um limite é quebrado quando o cara da segurança começa a usar nosso nome para seu próprio benefício financeiro.

"O que diabos faremos a respeito disso?", Darrell me perguntou.

"Que escolha nos resta?", perguntei a ele. "Decida-se e faça o que bem entender."

Então, Dime o demitiu. Ele finalmente teve bom senso e tomou a decisão certa.

CAPÍTULO 16
O CANTO DO CISNE

Quando voltamos ao estúdio do Dime para gravar o *Reinventing the Steel* após a turnê de reunião do Sabbath, todo mundo estava bem esgotado. O excesso estava cobrando a conta e todos nós sentíamos isso. Phil não estava feliz, nenhum de nós na verdade, e quando alguém entra no recinto com uma cara de merda, todos acabam se deprimindo. O que precisávamos mesmo era de um tempo distante uns dos outros. Não alguns dias ou semanas, mas um *bom* tempo. Só se consegue trabalhar e viver desse jeito por um tempo antes de sentir os efeitos, mas todos esperam que você lance um disco empolgado e divertido. Não é assim que funciona. Toda banda passa por essa situação, especialmente as grandes, mas, no fim das contas, éramos uns filhos da puta muito teimosos, cara.

TERRY DATE
Tentei mixar o *Trendkill* na casa de Dime, mas simplesmente não estava dando certo, quando tive que levá-lo até Los Angeles, para mixá-lo

em uma mesa maior. Eu estava muito estressado. Quatro discos com esses caras – quase dez anos – é dureza. É muita coisa acontecendo. Cheguei a um ponto em que pensava "Não sei se consigo mais fazer isso". Vinnie conhecia toda a parte técnica, então era mais uma questão de quem tomaria as decisões, como se fosse um juiz. Eu precisava, no mínimo, de uma folga, e era isso. Recebia ligações o tempo todo durante a gravação do último disco porque eles ainda eram amigos e eu queria que fizessem o melhor disco que pudessem.

Todos nós concordamos em um ponto, porém, que o melhor pra banda seria criar um misto de tudo que havíamos feito até então e gravar um disco que capturasse todos esses elementos. Em alguns aspectos, queríamos retroceder, em outros, não.

Queríamos redescobrir a energia criativa e a unidade que compartilhávamos, digamos, em 1993 ou 1994, mas não que o álbum *soasse* como se pertencesse àquela época. Queríamos que fosse algo fresco e com uma energia nova, por isso o produto final soa muito diferente dos outros, mas ainda assim é inconfundivelmente Pantera. Também estávamos cientes de que não se pode ter o mesmo público pra sempre. Estávamos todos ficando mais espertos e tínhamos ciência de que as pessoas amadurecem e deixam esse tipo de música de lado. Então, levamos em conta o fato de que nossos fãs estavam ficando um pouco mais velhos – e um pouco mais novos também – e mudamos nosso som para incluir isso. Algo que nunca fizemos foi seguir qualquer tendência que estivesse rolando na época, e eu acredito mesmo que tínhamos um público extremamente cativo. Sempre fomos verdadeiros conosco, e nossos fãs respeitavam isso – assim, ao invés de amaciarmos com a grana que entrava, continuamos fazendo um som pesado sempre. Não consigo pensar em nenhuma outra banda de metal que tenha obtido sucesso com esse tipo de atitude.

Quando chegou a hora de produzir o álbum, decidimos que faríamos por conta própria, sem Terry Date. Vinnie já tinha cuidado das duas novas faixas do disco ao vivo, então sabíamos que conseguiríamos fazer isso. Provavelmente, poderíamos tê-lo feito antes e seguido dessa forma por anos, mas sempre sentíamos que precisamos de uma pessoa de confiança como Terry pra nos gravar e nos manter com os pés no chão, focados em terminar todo o processo.

Assim, era o momento para uma mudança de pessoal. Além disso, o fato de não termos que pagar uma porcentagem das vendas e cem mil dólares para um produtor também era bem atraente. Acredite em mim, desde jovens sabíamos como fazer discos, então, depois do *Trendkill*, era hora de voar com as próprias asas porque sabíamos como capturar o som que fazíamos.

Conseguimos um adiantamento astronômico para fazer o *Reinventing the Steel*, nem lembro quanto era, mas basicamente não gastávamos nada com produção porque fazíamos tudo no nosso estúdio e no nosso tempo. Veja bem, as gravadoras são como bancos, com a diferença de que você não paga juros. Elas têm a obrigação contratual de repassar a você metade do valor adiantado e o restante quando o disco fosse entregue, então dividíamos tudo em quatro, fazendo o que bem entendíamos com a grana. Pegávamos o dinheiro e fugíamos.

Daquela vez, usamos um equipamento diferente e tal. Aumentamos bem mais o volume do baixo e seguimos um tom totalmente diferente. Sem Terry Date, só com Vinnie e Sterling Winfield (o técnico de som) cuidando da mesa, com uma sonoridade tão simplificada quanto o pagamento.

Então, tínhamos uma visão bem definida sobre como queríamos que o disco soasse e sei que conseguimos. Você poderia dizer que o *Reinventing the Steel* foi uma reinvenção literal de certa forma porque mantinha nossa marca, mas era também um retorno àquele gancho inicial da banda, mas demorou pra caralho até ser finalizado.

Fazíamos três músicas e, então, tirávamos uns dois meses de folga. Eu tinha acabado de ter filhos e, olhando pra trás agora, isso tornou as coisas um pouco mais difíceis por conta daquele lance todo de "interruptor" de que falei antes. Queria estar em dois lugares ao mesmo, o que, é claro, gera um conflito, por mais que naquele momento o trabalho não impactasse minha vida em família. Ainda não, mas essa hora chegaria.

WALTER O'BRIEN

O *Trendkill* tinha vendido bem sim, mas não tanto quanto os discos anteriores. No começo do *Reinventing*, eu também não estava muito feliz: eu estava chateado porque os caras vinham fazendo isso desde que tinham quinze anos de idade e agora estavam naquele estado de crise. Disse a eles milhões de vezes "Caras, eu posso ir atrás de outro emprego. Vocês são o Pantera. Vocês têm a faca e o queijo na mão, não joguem essa chance fora. Vocês são uma banda entre centenas de milhares que chegaram lá". Eu sentia que havia a chance de eles estarem desperdiçando tudo. *Reinventing the Steel* demorou muito pra ficar pronto porque Phil não ia até o Texas para gravar. E as coisas pioraram cada vez mais até que Phil já não queria falar com Dime, e Dime estava puto com ele; então, todos ficaram putos uns com os outros, enquanto Kim e eu desesperadamente tentávamos fazer eles se falarem. Ligávamos para Phil e dizíamos a ele o que Vinnie disse e ligávamos para Vinnie, dizendo-lhe o que Phil disse, e assim por diante, literalmente. Só queria que aquele disco ficasse *pronto*.

Aos poucos, fizemos o álbum, por mais que tenha se arrastado por meses em virtude da natureza desconjuntada das sessões de gravação. Darrell farreava como o de costume, curtindo com o máximo de gente que podia, sempre que podia, com todos os tipos de pessoas, sendo uma dessas o cantor country David Allan Coe.

Ele era de Nashville, Tennessee. E eles eram farinha do mesmo saco, mesmo tendo certeza de que ele não entendia bem esse negócio de garotos do Texas tocando heavy metal. Que seja. Ele provavelmente gostava de nós, porque nos chamou para tocar em um de seus discos[1], lançado em algum momento de 2006.

Darrell me ligou uma noite dizendo "Bicho, cê tem que vir aqui conhecer esse cara". Fui até onde estavam: ambos estavam sem camisa e seu fedor não era parecido com nada que já tinha sentido na vida. Fiquei com vontade de falar: "Cara, toma um banho. Passa um desodorante, *qualquer coisa*".

Ele também era coberto de tatuagens, dos pés à cabeça, então, estupidamente, eu lhe disse "Curti essas tatuagens, cara, são bem legais" – mal acabei de dizer isso, o cara abaixou as calças pra me mostrar a palavra *danger*[2] tatuada no seu pau, na vertical, acredito, não fiquei olhando por muito tempo.

---

1   N. de T.: Rex se refere ao disco *Rebel meets Rebel*, no qual tocaram ele, Dimebag e Vinnie Paul.
2   N. de T.: "Perigo", em português.

Puta merda...

Eu gosto de tatuagens, tenho um monte delas, mas quem diabos tatua o *pau*?

Pensei: "Não precisava ter visto isso. Aí já é demaaaaaais". Mas Dime achava que esse era o cara mais foda de todos os tempos. Eles eram feitos um para o outro, uns filhos da puta doidos e exagerados. Na verdade, acho que Dime teria ficado igual a David se ainda estivesse vivo. Eles eram muito parecidos mesmo.

Àquela altura, surgia um monte de gente do nada – a maioria uns cuzões que parasitavam em torno do Dime. Gente com tatuagem *dele* e a porra toda. Chegavam a mim e diziam "Você não se lembra de mim?". Às vezes, só respondia: "Deveria? Tivemos um filho juntos?".

"Bem, eu estive no ônibus com vocês em... (preencha com o lugar/época)."

"Você não acha que havia *outras pessoas* lá também?", perguntava de volta.

Dime e Vinnie pareciam amar ter esse tipo de lixo por perto depois dos shows, e eu cheguei ao ponto de não aguentar mais aquilo.

RITA HANEY

Com a carreira seguindo em frente e a banda cada vez mais bem-sucedida, eu não diria que eles mudaram como pessoas, mas as pessoas ao redor *definitivamente* mudaram. Alguns de seus melhores amigos tinham uma mentalidade do tipo "Ok, você chegou lá. Você é rico, então isso quer dizer que você paga o jantar em todas as noites e toda a bebida". Acho que eles nem percebiam que faziam isso. Mas, se alguém da banda se recusava a pagar, de repente ele era o babaca! No começo, todos estavam muito empolgados e cheios de planos, mas isso foi mudando conforme as pessoas ao redor deles também mudavam.

Em termos de lidar com fãs *nos* shows, eu sempre dava todos os autógrafos possíveis, e, dependendo do humor de Phil, convencia-o a fazer o mesmo. Pra mim, era muito importante estar disponível.

Eu ia buscá-lo em seu camarim, quando ele dizia "Cara, você já deu todos os autógrafos e tal?", esperando que eu dissesse que sim e ele não tivesse que ir.

"Cara, faz parte do show. Você sabe que tem que ir lá", eu respondia.

"Beleza, vamos lá", ele dizia por fim, e íamos lá dar os autógrafos para todos. Era um jeito que tínhamos de nos motivar. Mesmo que estivesse chovendo lá fora, haveria moleques esperando um tempão, um dia inteiro às vezes, para nos ver, então o mínimo que podíamos fazer era ir lá ver o que estavam fazendo. Observá-los de nossa perspectiva. Parecia o mínimo que eu podia fazer. Podia estar fazendo 6 graus negativos lá fora e, ainda assim, algum moleque estaria de camiseta esperando pra conseguir um autógrafo. "Por favor, cara, coloca um agasalho, você vai adoecer amanhã", eu dizia. "Encontrar com a gente não vale tudo isso."

Eu cobria a cabeça com uma toalha e ia lá mesmo com chuva forte. Claro que, em algumas vezes, Phil não tinha vontade de sair. Suas costas doíam muito ou ele não estava com a melhor das aparências – de ressaca ou drogado demais –, situação em que eu decidia por ele. Mas, no fim das contas, ao menos ele entendia o quão importante isso era para os fãs e nós dávamos autógrafos até não ter mais ninguém esperando. Levamos conosco nossa mentalidade da época em que tocávamos nas casas noturnas em Dallas no começo, e sempre tentamos passar um tempo com os fãs. Ficávamos no estacionamento dos lugares, tomando cerveja e fazendo merda com os moleques como se fôssemos um deles. Outra razão para estar lá com eles é que, com passar dos anos, vimos muitas bandas que *não* faziam isso.

Óbvio que foi ficando mais difícil quando tudo foi tomando uma escala maior, mas nosso recorde era de conseguir dar autógrafos para 2.500 pessoas em uma hora e meia, e era um dever ser amigável com cada uma delas: "E aí cara, beleza? Desculpa não poder sentar pra fazer um som com você, mas temos que seguir com a fila". Eu sempre senti que devia respeitar os fãs até certo ponto porque eram eles quem pagavam as merdas das minhas contas, mas não é só isso.

Pra mim, a música – ou melhor, sua apreciação – vinha antes de tudo. Dinheiro – fossem quinze ou vinte paus pra ver o show – era só um papel que dizia "Estou aqui pra ver a banda tocar. Pra viver a experiência". Era assim que eu via os fãs, ao invés de alguém que pagava minha conta de luz. Então, era minha prioridade fazer um putá show pra eles.

O CANTO DO CISNE

MAIS OU MENOS NAQUELA ÉPOCA, quando havíamos parado em casa pra tirar uma folga, minha esposa e eu nos mudamos da vizinhança de Vinnie para uma casa maior no campo de golfe do Rolling Hills Country Club. Eu usava o lugar para socializar com os caras com quem jogava golfe ao longo dos anos. Eu havia formado um grupo de amigos, caras que pertenciam a diferentes associações pela cidade, mas que curtiam golfe, para ficar ali pelo *country club*, beber um pouco e tudo mais. O que mais gostava é de que esse grupo de pessoas me via como alguém normal.

Ainda ganhava um bom dinheiro, então podia comprar coisas como aquela casa imensa e uma churrasqueira enorme da Barbecue Galore e deixá-la na área externa, uma desgraçada que tinha uns dois metros. Eu comprava carne aos montes e guardava no congelador. Quando sabia que receberia muita gente, descongelava a carne na manhã anterior. Sempre dávamos festas e eu era bem conhecido pela minha técnica secreta de assar alcatra, meio que uma variação do que fazia com a capa de filé.

Eu tinha uma rotina bem definida naqueles dias. Acordava por volta das dez e meia da manhã, tomava umas doses de uísque e ia jogar golfe. Subia no carrinho e ia embora. Seguia esse meu *hobby* religiosamente, pra deixar aquele meu interruptor na posição de desligado.

Golfe era meu refúgio, minha válvula de escape. Eu não queria lidar com nada da banda a menos que fosse obrigado a fazê-lo. Vinte pessoas jogando golfe o dia inteiro e, logo depois, *happy hour* na casa do Rex.

Conhecia uns caras que eram membros do Colonial Country Club, meio que o Augusta National[3] do Texas em termos de prestígio, e também o lugar que eu e meu pai costumávamos ver na TV, no sofá lá em De Leon. Meu pai nunca jogou lá, mas eu sim. É um campo inacreditável – um dos melhores do Sul –, e fui convidado talvez umas dez vezes para jogar na categoria *pro-am* durante o evento anual da PGA Tour[4].

---

3   N. de T.: *Clube de golfe extremamente elitista dos EUA cujas políticas de afiliação polêmicas incluíam até mesmo a não entrada de negros até 1990.*
4   N. de T.: *Organização de golfe profissional norte-americana.*

DURANTE UM DOS VÁRIOS DIAS jogando em Rolling Hills, cheguei ao 11º *green*, quando tive uma estranha sensação espiritual. Apenas senti algo. Já íamos parar de jogar mesmo, então virei pros rapazes e disse "Ei, tenho que ir". Fui até minha casa com o carrinho de golfe e disse pra minha esposa "Vou ao hospital rapidinho". Sabia que tinha acontecido algo. Nem mudei de roupa, corri para o carro e sabia aonde tinha que ir.

Carolyn, a mãe de Darrell e Vinnie, tinha sido diagnosticada com câncer de pulmão algumas semanas antes – o que por si só era um choque – e estava recebendo tratamento no hospital de Arlington. Ela tinha sido como uma segunda mãe pra mim durante a adolescência, e parecia estar bem mal. De fato, era pior do que parecia. Ela faleceu dez minutos após eu ter chegado lá. Alguém ou alguma coisa havia me dito pra sair do campo de golfe e ir até lá. Foi Deus? Quem sabe. Mas uma voz me disse mesmo: "Vá até lá e se despeça. Ela está indo".

É claro que os irmãos não lidaram nada bem com a situação – eram muito próximos da mãe. A sua morte afetou-os por um bom tempo, até mesmo depois do lançamento do *Reinventing the Steel*, que saiu finalmente em março de 2000, ficando em 4º lugar nas paradas. Gostamos do disco, é claro, e o dedicamos aos fãs, mas não tínhamos ideia de que representaria nosso "canto do cisne"[5].

---

[5] N. de T.: Expressão geralmente usada como metáfora para as últimas realizações de uma pessoa. Acreditava-se, antigamente, que o cisne emitia um melodioso canto nos momentos que antecediam a sua morte. Segundo Ari Riboldi, no seu livro *O Bode Expiatório*, por semelhança e sentido poético a expressão designa a derradeira e mais importante obra de um artista.

CAPÍTULO 17
A RUÍNA!

Você chegou a este ponto do livro provavelmente pensando que eu sou a porra de um anjo. Claro que quebrei algumas cabeças no colegial, passei a perna nos caras da Fotomat e bolei uns baseados aqui e ali, mas isso tudo se espera de um roqueiro, não é? É parte do percurso, eu diria. Mas, e como pessoas, como éramos?

É bem simples: Phil tinha seus problemas, Vinnie vez ou outra fazia suas merdas e Dime era simplesmente Dime. Lá para o final de 2000, quase 2001, a banda estava por um fio – a menor perturbação poderia arrebentar o fio. Era uma situação completamente disfuncional que tinha chegado por trás e mordido a nossa bunda.

No meu caso – e lembre-se de que este é meu livro e um comentário dos eventos a partir da minha perspectiva, única e exclusivamente –, não comecei a me preocupar com nenhum aspecto do meu estilo de vida até ter de lidar com as consequências de meus atos. As pessoas têm diferentes conceitos do que de fato é uma "consequência", é claro – diferentes níveis de tolerância e tal –, mas, pra mim, consequências são coisas que fazem você parar e prestar atenção porque passam a atingir mesmo o seu cotidiano.

Pode ser algo relacionado à sua saúde, sua família, a lei ou finanças, qualquer coisa que tenha um impacto e faça você mudar sua forma de agir.

Sempre tentei ficar longe de problemas com a lei na minha vida. Em linhas gerais, não gostava de me colocar em situações perigosas – quando você quebra a lei, é basicamente isso que você está fazendo. Nunca achei que estava acima da lei de qualquer forma, o que é bem fácil de acontecer quando você é uma pessoa pública.

Até então, eu não tinha que lidar com nenhuma consequência por conta da minha bebedeira além das ressacas. Estava na estrada, vivendo e nunca tinha tido nenhum problema com bebida até 2000 (o mesmo ano em que meus gêmeos nasceram), quando percebi que estava com alguns desconfortos estomacais, presumivelmente em função dos anos de alcoolismo. Eu acordava no meio da noite – aquelas noites em que não há um minibar por perto – com as tremedeiras, tremeliques, seja lá como você as chame. Esses sintomas, na minha cabeça, eram uma consequência.

Em termos mentais, o álcool sempre estava na minha cabeça, mas, novamente, não o suficiente pra me fazer tomar medidas extremas. Porém, a coisa estava se esgueirando atrás de mim. Veja bem, a bebida afeta seu sistema nervoso central gradativamente e, antes que perceba, você chega a um ponto em que *tem* que beber, mesmo em casa e fora do ambiente normal de quando beberia, e isso foi tornando todo aquele lance de desligar o interruptor cada vez mais difícil pra mim, dificultando estar ali para os meus filhos. Eu conseguia ficar cerca de um dia sem beber, e, em certos dias, assumia um tipo de compromisso de não beber até cinco da tarde. Mas, como dizem, sempre é cinco da tarde *em algum lugar*.

Meu estilo de vida era tal que estava acostumado a ficar acordado até quatro da manhã, e isso não dá certo quando você está em casa com crianças muito pequenas. Significava que Belinda e eu estávamos vivendo vidas separadas debaixo do mesmo teto quando eles ainda eram bebês, e foi aí em que comecei a me sentir *isolado* por conta disso – ser pai e ter os filhos por perto em casa deveria ser só alegria.

A verdade é que filhos mudam praticamente tudo, incluindo aí a percepção que seus amigos têm de você. Penso nisso há alguns anos, mas realmente acho que Dime estava com ciúmes do fato de eu ter tido filhos. Acho que pensava que eles eram meu principal foco agora, ao contrário dele, cujo objetivo era a banda ou o que seja, e acho que ele jamais tenha ficado bem com isso.

A abordagem de Phil em relação à vida foi relativamente consistente por meia década. Ele era extremo em qualquer merda que fizesse. Assim funcionava, e é assim que ele se libera. Se é esporte, é boxe. Se são filmes de terror, são filmes gore pesadíssimos. Discos? De black metal, death metal, sei lá. Ele só curtia o extremo de *qualquer coisa*. Com essa personalidade, Phil também tinha um lado bastante sensível que nunca surgia publicamente – além de suas letras –, porém, como vivíamos sempre juntos, eu havia percebido isso.

Dime, deixando de lado suas claras habilidades musicais, sempre foi uma figura e sempre deu trabalho. Era um cara muito esperto, carismático e sempre se expunha. Se, por um lado, geralmente escolhia as palavras certas pra falar, por outro, acabava fazendo comentários ridículos porque não fazia ideia *do que* estava falando – e fazia ambos em coletivas de imprensa. Claro que a luz vermelha piscando da câmera pode fazer você dizer coisas que não diria normalmente, então nós dois achávamos mais fácil agirmos feito zumbis e ficarmos calados ao invés de nos abrirmos. Algumas vezes, os jornalistas nos provocavam e só sentíamos vontade de nos fecharmos ainda mais. Felizmente, Vinnie sempre gostou de responder a entrevistas.

No começo, Vinnie era um bom líder porque não era louco como eu e Dime. Ele segurava a onda um pouco melhor que a gente. Tinha um senso de humor esquisito, se achava engraçado quando não era, mas não era o tipo de cara que ficava ali contando piadas. E, quando o fazia, geralmente era a coisa mais burra que você já tinha ouvido na vida. Vinnie cuidava de boa parte dos negócios enquanto nós farreávamos, mas, com o passar do tempo, começou a farrear também, e nossos agentes cuidavam do resto.

Então, todos nós tínhamos pontos fortes e fracos que se combinavam para tornar o Pantera a banda incrível que era. Nenhum de nós era uma pessoa horrível, mas o processo de viver, dormir e cagar juntos 200 dias por ano durante 15 anos cobrou seu preço na hora em que fomos fazer a turnê do *Reinventing the Steel*.

Algo que pode ter sido adicionado àquela tensão era o fato de todos sermos pessoas bastante intimidadoras por natureza, sempre competindo entre nós. Não escondíamos nossas emoções, o que não era ajudado pelo fato de Phil ter uma atitude do tipo "vamos implicar com isso e aquilo", e, se você fosse o escolhido, a insegurança poderia pegá-lo de jeito.

Daí, ao misturar toda a bebida e maconha e coisas assim, não é surpresa nenhuma que a paranoia só aumente – eu *não* sou paranoico por natureza. As coisas chegaram ao nível físico em algumas ocasiões. Muitas vezes, tive que tirar Phil de cima de Dime porque Dime estava bêbado, mas isso acontece em qualquer banda. Quatro diferentes personalidades compunham a dinâmica da banda – se fôssemos todos iguais, tudo seria chato pra caralho.

Então, a partir daí você pode entender porque precisávamos de uma pausa, mas aconteceu o oposto porque mais datas iam surgindo. Parecia não haver fim à vista. A turnê parecia durar pra sempre. O dinheiro era ótimo, mas como nos sentíamos em um casamento indo pro brejo, isso não importava mais. Alguma coisa tinha que acontecer, mais cedo ou mais tarde.

WALTER O'BRIEN

A situação havia chegado ao ponto em que ninguém mais queria ter Phil por perto. Ninguém. E isso começou a afetar todos: Rex, Dime e Vinnie estavam enchendo a cara porque não queriam lidar com a situação. Ao que tudo indica, teríamos três ônibus diferentes na estrada – algo que o orçamento não teria aguentado.

Já era de esperar algo de ruim desde a pré-produção da turnê. Phil estava fora de si durante boa parte do tempo. Havia momentos nos ensaios em que Dime e eu nos olhávamos e dizíamos "Cara, ele está cantando uma música diferente da que estamos tocando" – a coisa estava ruim desse jeito. Quando caímos na estrada de verdade, Phil botava pra foder todas as noites, o que é típico dele. Ele havia acordado para a ocasião.

Estávamos tocando com o Slayer, então tínhamos que tocar tudo direitinho. Phil sabia o que tinha que fazer. Você não sobe ao palco depois do Slayer sem ser *foda*. É uma banda que você não tem como tocar depois se não se garantir. Mas nós nos garantíamos, e era nosso show.

Havia diversas outras bandas também – Morbid Angel e Static-X eram duas delas –, mas o Slayer era uma constante. Dime era bem próximo de Kerry King, mas nunca tive a mesma proximidade que Phil e Dime com ele por algum motivo. Eu passava mais tempo com Tom Araya do que com qualquer outro. Sua mulher e os filhos estavam sempre com ele, mas, ao mesmo tempo, passávamos o tempo juntos de vez em quando, jantávamos e ficávamos falando merda. Conheci Tom por meio de Rocky George, do Suicidal Tendencies, um bom amigo seu e com quem havíamos feito a turnê do *Cowboys from Hell*.

Mesmo os shows sendo bons, o clima nos bastidores deixava a desejar. Dime estava por conta própria no ônibus com Vinnie, e ele passou a detestar ficar perto de seu próprio irmão. Tenho certeza de que ele ficou com inveja de mim porque eu caí fora e não tinha mais que aguentar aquilo. Eu andava com um humor de bosta a maior parte do tempo e me via atacando os outros ao menor sinal de provocação – quando não estava fazendo isso, estava bebendo mais e mais pra adormecer a sensação ruim. Bebia *mais*.

Ficou tudo tão péssimo que, em determinado momento, Dime veio até mim e disse algo como "Cara, quanto custaria pra comprar meu próprio ônibus de turnê?".

"Você tá doido, cara. Custará muito. Se você vai fazer algo a respeito, melhor alugar um para o resto dessa turnê", respondi.

Mas ele não fez isso – só passou a beber mais também, tentando esquecer todas as porcarias que aconteciam.

RITA HANEY

Darrell passou a beber mais, quase a ponto de se esconder dentro de uma garrafa. Os problemas com Phil provavelmente estavam na sua cabeça, mas ele não percebeu isso na época. Ele estava cansado e, caso a banda tirasse uma folga de seis meses, estaria tudo bem. Ninguém, incluindo ele, queria encarar o que estava acontecendo. Darrell ia de uma cidade a outra de ressaca, falando "Cara, preciso de um dia de folga pra me reidratar", mas, assim que via a molecada do lado de fora com uma garrafa de Seagram dizendo "Bicho, esperei o ano inteiro", não havia como decepcionar essas pessoas.

QUANDO FINALMENTE chegamos ao fim da primeira parte da turnê norte-americana de *Reinventing the Steel* em Orlando, Flórida, fizemos o que sempre fazíamos: demos uma puta festa pra banda e toda a equipe técnica. Sempre enchíamos a cara bonito antes de voltar pra casa. Era uma tradição do Pantera.

Bem, daquela vez bebemos a noite inteira, como sempre, e fomos ao aeroporto no outro dia pra pegar o voo pra casa. Nosso gerente de produção, Chris Reynolds, era o responsável pelas passagens e pela papelada enquanto ficávamos na fila. Ele estava tão acabado da noite anterior que caiu de cara na frente do balcão da companhia aérea. Caiu. De. Cara.

Estávamos todos lá na fila da primeira classe assistindo àquilo tudo – assim que o pessoal da companhia percebeu que todos viajariam juntos, disseram "Vocês não entrarão nesse avião. Na verdade, não entrarão em avião *nenhum* hoje".

Então, eu, Dime e Kat Brooks fizemos Sykes nos levar para o aeroporto privado mais próximo. Existiam umas bibocas próximas dos aeroportos em que você podia simplesmente fretar um jatinho pagando os olhos da cara. Não eram desses aviões enormes em que você podia até ficar em pé e andar e tal; essas coisas eram pequenas – tinham assentos, mas nada de banheiro. Então, mandamos Kat ir buscar umas bebidas pra termos algo pra tomar na volta pra Dallas – Dime e eu ficando completamente bêbados durante todo o voo. O único problema é que, obviamente, não dá pra mijar numa coisa dessas, então usamos copos, garrafas ou qualquer outra coisa que pudéssemos até chegar a hora de saltar do avião.

Do outro lado, limusines nos esperavam e elas podiam estacionar mesmo ao lado do avião, na pista. Era só pegar as malas e ir embora. Era uma vida completa de rockstar, mesmo com a banda implodindo ao nosso redor.

MAIS TARDE NAQUELE ANO, fizemos alguns shows no Japão, voltamos aos EUA, e viajamos em setembro pra Dublin, para o começo da parte europeia da turnê do *Reinventing*, com o Slayer como banda de apoio novamente.

Aí, aconteceu o 11 de setembro[1].

Estávamos isolados na Irlanda – levando em conta o que estava acontecendo no mundo, Dublin não parecia o melhor lugar para ser americanos conhe-

---

1 N. de T.: *Rex se refere ao atentado terrorista ocorrido nos EUA, em 11 de setembro de 2001.*

cidos. Nosso hotel ficava a duas quadras da Embaixada dos Estados Unidos, e a tensão de todos estava no máximo. Tudo que podíamos fazer era ficar assistindo à perspectiva britânica sobre o assunto na Sky News, dando a sua versão do que acontecia nos EUA, e era algo realmente assustador. Eu estava em uma suíte, com o dormitório de um lado e uma sala de TV do outro, então meu quarto se tornou o QG da equipe porque eu estava com a caixa cheia de bebidas, que levávamos pra tudo que é lado.

Tínhamos garrafas o suficiente para durar dias, mas o rumo de tudo ainda era incerto. Por um lado, os caras da banda pensavam que pegaríamos um voo de volta o mais rápido possível. Por outro, a equipe já tinha arrumado o backline no local do show, como se fôssemos começar a pré-produção da turnê, porque, assim que uma banda faz isso, é mais provável que receba do promotor. Nada estava ligado, nenhum dos amplificadores ou alto-falantes, mas, ao arrumá-los lá e mostrar a vontade de tocar, aparentemente o dinheiro estaria seguro.

Saí do hotel talvez uma vez só durante as duas semanas que ficamos presos lá porque um dos seguranças bateu no cara responsável pela nossa iluminação, quando tive que levar o coitado pra porra do hospital e tudo mais. Outra tremenda dor de cabeça com a qual tive que lidar.

Na minha cabeça, não existia lugar seguro. Quando pessoas jogam aviões em prédios, tudo parece possível. Hoje, tenho diferentes teorias sobre o que aconteceu, mas, naquela época, não conseguia acreditar no que estava vendo; assim, parecia mais seguro ficar no hotel mesmo. Claro que Vinnie Paul e Dime queriam sair toda noite, ao que reagia "Vocês são loucos", e mais uma vez nos dividíamos.

WALTER O'BRIEN

Eles tinham medo de viajar pela Europa naquela época e, sinceramente, não os culpo por isso. Se qualquer banda americana tinha um alvo gigante nas costas, era o Pantera. Num cenário ideal, eles teriam continuado a turnê – o que o Slayer fez – porque só não se podia voar pra dentro dos EUA, mas eles não seguiram e é isso. Se a reputação do Pantera na Europa foi prejudicada por deixar a turnê, nunca saberemos.

Por fim, voltamos pra casa após uma semana em Dublin. Tínhamos que sobrevoar pelo Circulo Ártico e, então, de Chicago até Dallas. O Pantera nunca mais fez shows.

Havia vontade da minha parte, de Darrell e Vinnie em começar a preparar o próximo disco. Mas, como disse antes, todos precisávamos de uma folga da banda. Eu preferi me manter ativo durante esse tempo, e Phil pensava parecido, mas Darrell e Vinnie não estavam fazendo nada depois de voltarmos da Irlanda, além de esperar por nós dois pra trabalhar de novo.

Vendo uma boa oportunidade, liguei pra Pepper Keenan em Nova Orleans e comecei a falar sobre fazer um segundo disco do Down, então, ao menos eu estava fazendo *algo*. Alguns dias depois, o equipamento estava num caminhão em Nashville a caminho de Nova Orleans. Falei com Kim Zide Davis, da Concrete Management, para nos conseguir um contrato com alguma gravadora e assegurar o lançamento do disco. Em outubro, começamos a gravar com Warren Riker, produtor/engenheiro de som vencedor do Grammy e conhecido de Pepper Keenan.

A casa de Phil ficava do outro lado do lago Pontchartrain, em uns 17 hectares de terra. Ele tinha um celeiro enorme e vazio lá, e Pepper era bom em consertar e arrumar coisas – um daqueles caras que acorda de amanhã e constrói uma casa de pássaros ou qualquer merda dessas. Ele é bem habilidoso em se tratando desse tipo de coisa. Então, ele pegou uma serra, comprou umas tábuas de madeira, um pouco de tinta e montou um lugar com um bar que chamávamos de "Covil de *Balançaferatu*[2]". Phil ficava balançando a cabeça o tempo inteiro, razão pela qual demos esse nome, e a placa continua lá até hoje.

Phil havia construído uma sala de ensaios do outro lado do terreno, e Pepper e eu montamos uma sala de controle assim que chegamos com o equipamento. Derrubamos uma parede inteira pra caber tudo. Havia um apartamento no andar de cima com beliches, cozinha completa, uma mesa de sinuca e sofás pra todos os lados. Era um lugar perfeito pra ficar. Era ali em que comíamos e dormíamos, basicamente – pedíamos pra alguém trazer comida quando não usávamos a churrasqueira do lado de fora. Eu fazia churrascos quatro ou cinco

---

2   N. de T.: No original, *Nodferatu's Lair*, um trocadilho com Nosferatu e o verbo *to nod*, que significa balançar a cabeça, assentir etc.

vezes por semana, curtia mesmo aquilo. Os caras nunca tinham comido frango na lata antes, um prato típico do Texas que aperfeiçoei ao longo dos anos. Fazia esse tipo de coisa antes de começar a ficar popular na TV.

Gravávamos em turnos e tínhamos um técnico de som que dormia em uma tenda do lado de fora num pequenino sofá de dois lugares. Quem acordasse de manhã mandava bala. Acabei tocando muita guitarra nesse disco também, assim como baixo, porque os outros caras ficavam acordados dois dias seguidos e eu dormia todas as noites.

Phil não gosta de gravar até o sol se pôr. Ele é tipo o Drácula, nesse sentido. Em algumas noites, ele mandava bem, em outras, estava completamente fodido. Apesar disso, levamos apenas 28 dias pra gravar o disco, mas foram difíceis, deixa eu falar. Tive até que ir ao hospital, quando as complicações no meu estômago começaram mesmo – estavam bem piores do que antes.

Tirei uma folga em determinado momento e voltei pra casa durante dois ou três dias pra visitar a família, e toquei tudo pra Dime na casa de Vinnie e ele amou. Eles estavam numa boa com tudo, mas não sabiam que sairíamos em uma turnê de um ano, coisa que nem eu sabia ainda, na verdade, mas, francamente, nem queria; só me interessava gravar um álbum. Então, chamaram o Down pro Ozzfest; você não tem como recusar uma dessas. Havia ainda outro fator que acabou mudando os planos: o disco simplesmente foi um estouro quando lançado. Uma daquelas coisas, sabe!? Havia atingido em cheio algo na comunidade do metal – e, se as pessoas querem vê-lo ao vivo, seria loucura não ir até lá e fazer o melhor possível, então, como você pode perceber, o lance com o Down foi só crescendo e crescendo.

Mais importante, talvez, é que finalmente eu estava feliz. O Down era novidade pra mim, pela primeira vez em quinze anos. Eu considerava a banda parte da minha vida, da minha jornada musical, se preferir. Estava bem empolgado com o que estava acontecendo.

RITA HANEY

Darrell era muito bom em gravar coisas, conversas ao telefone etc., assim como fazia com os vídeos ao levar a câmera pra cima e pra baixo. Então, havia aquelas chamadas em que Phil ligava em casa surtando por completo, ameaçando sair da banda se não pudesse lançar o disco do Down, dizendo que Darrell e Vince tinham que ligar pra Sylvia, da gravadora, pra dar um jeito. Darrell ligou pra ele de volta na hora e disse "Calma, cara, o que está acontecendo?", ao que Phil respondeu "Não quero fazer turnês, só quero que ouçam minha música". Darrell e Vince ligaram pra gravadora e disseram "Ok, deixem ele lançar. Não é nada demais".

Deixe-me dizer isso, porém: minha perspectiva não era "Não quero mais trabalhar com o Pantera". Era mais algo como "Quero gravar um disco do Down", já que falávamos disso desde 1998 e havia sido bem discutido entre nós que o Pantera precisava dar um tempo.

Mas, mais do que tudo, como sempre, eu só queria tocar.

Não tinha ideia de como tudo ocorreria – como acabaríamos fazendo a turnê do Down e tudo mais –, só sabia que tinha de me manter ocupado e pagar as contas da minha família. Era também renovador, algo que precisava na época. Uma coisa de que me lembro bem é uma conversa que tive com a presidente da gravadora East/West (a mesma gravadora do Pantera).

Disse a ela: "Temos mais uma música neste disco que precisa ser lançada como single e ficaríamos muito felizes se você nos desse o prazer de fazê-lo".

Claro que senti vontade de completar com "Vendemos só *quantos* discos mesmo pra vocês, filhos da puta?", em referência às cópias que o Pantera havia vendido pra gravadora. Mas ela disse "Meu querido, não vai rolar. Só quero um novo disco do Pantera".

Seu nome era Sylvia Rhone – foram nossas vendas que a fizeram famosa, então ela só ligava para o relatório quadrimestral de vendas.

Pra mim, ela disse *tudo*. Ela não podia me dizer as horas, mas queria um novo disco do Pantera? Essa mulher não ligava para o que estava acontecendo com a banda. Ela só queria que suas vendas atingissem boas marcas, e àquela altura pensei: "Beleza, essa merda não está dando certo".

WALTER O'BRIEN

Certamente, ter tocado com o Down não ajudou na situação de Rex com os irmãos. Eu não estava tão empolgado assim também, mas sentia que todos deveriam poder fazer o que quisessem, contanto que não se esquecessem de que o Pantera era o mais importante. Rex claramente sabia disso, mas Phil não. Era uma decisão de Rex, e eu certamente respeito o fato de ele sentir que precisava continuar trabalhando. Mas acho que Phil estava guardando seu melhor para o Down enquanto, para o Pantera, sobrava o material mais barulhento e desagradável. O Pantera era a banda das grandes arenas, então tive vontade de dizer a ele "Por que não deixar o Pantera ganhar o Disco de Platina e então você pode fazer esses projetos paralelos hardcore que você quer? Mas o Pantera deve sempre ser seu objetivo".

———————————————

Down II foi lançado no final de março de 2002, e acabamos fazendo uma turnê de divulgação durante seis ou oito meses daquele ano – como eu disse, não havia previsto isso mesmo. Nossa turnê começou em abril, levando-nos diretamente ao Ozzfest, como *headliners* do segundo palco. Era uma grande oportunidade de aumentar nosso público.

Eu também não esperava passar praticamente os dois anos seguintes fora de controle com a bebida e em vias de petrificar meu estômago. A festa parecia não ter hora pra acabar.

Paramos em Vegas alguns dias antes de seguir pra Costa Oeste, e Pepper e eu tínhamos conseguido uma suíte com um dos meus amigos, os irmãos Maloof. Estávamos bebendo muito e cheirando metade do Peru, então eu estava destruído quando chegamos a Los Angeles. Eu sofria de intoxicação por álcool, mas, ainda assim, tocamos. Sempre que você vai a Los Angeles, todo tipo de doido parece surgir do nada em busca de algo. É uma cidade conhecida por abrigar parasitas da indústria musical e eis algo de que eu não queria fazer parte. Assim, desmaiei, acordando no outro dia, em San Francisco.

Fomos ao Fillmore, onde tocaríamos naquela noite. Então, dei de cara com uma situação impossível. Não havia bebida no ônibus.

Nada. Eu tremia feito vara verde.

Zero.

E aí comecei a surtar de verdade. O desespero tomou conta. Eu sou desses que precisam tomar alguma coisa. Fiquei totalmente paranoico, possivelmente porque Pepper e eu tínhamos cheirado muito nos últimos dias. Eu tinha que dar um jeito em mim, mas não havia nada que me ajudasse a fazer isso. Então, quando subimos ao palco pra passagem de som, estava uma pilha de nervos.

Calhou de James Hetfield estar por lá. Todos ficamos numas de "E aí James, como vai?". Naquela época, ele acabara de passar por nove meses no inferno e estava completamente sóbrio. Previsivelmente, ele e Phil tinham um lance de "Quem tem o pau maior?" rolando – especialmente depois de Phil ter chamado os caras do Metallica de maricas no palco em algum momento do passado.

Então, Grady, nosso técnico de guitarra, disse-me: "Rex, tem uma garrafa minha lá embaixo" – graças ao bom Senhor, alguém tinha algo. Tentei tomar uma dose, mas eu tremia tanto que quase arranquei meu olho com a garrafa e acabei tomando um banho de uísque. Consegui retomar o controle por um tempo e fizemos um belo show.

Naquele momento, eu estava *realmente* começando a sentir as consequências dos excessos. E nem era surpresa. Cheiramos quase toda a América do Sul naquele verão. Some isso a toda a bebida – *acordando* pela manhã e bebendo em algumas vezes – e tudo parecia cristalizar no meu estômago. Foi o que aconteceu com Stevie Ray Vaughan aparentemente. Ele supostamente dissolvia a cocaína no uísque, destruindo o interior do estômago durante o processo.

O maior problema naquele momento é que eu parecia fora de controle *sem* a bebida. Cheguei a precisar de uma garrafa de 250 ml de bebida só pra ficar numa boa, senão continuaria surtando ao mesmo tempo em que teria que lidar com todas aquelas peças que a mente acaba pregando. Tenho certeza de que a cocaína não ajudava, mas o álcool era meu principal problema; também acho que muito da minha dependência pode remontar à época em que as relações no Pantera estavam bem estressantes. Claro que eu bebia antes, em um nível bem excessivo, mas a razão pela qual me tornei dependente daquilo pra viver quase certamente estava relacionada ao estresse. O meu trabalho também não ajudava, porque, se você não tivesse uma cerveja ou uma dose na mão, as pessoas pensavam que você estava doente. Ironicamente, eu *estava* doente.

O DIA 10 DE DEZEMBRO DE 2002 se destaca na minha memória. Eu estava deitado quando recebi uma ligação às cinco ou seis da manhã. Lá íamos nós para o Japão, e já estava com as malas feitas, pronto pra ir. Metade da banda vinha de Novas Orleans, supostamente, mas a ligação veio de Sykes: "Phil não vem".

Liguei pra Jimmy Bower, baterista do Down, e os caras estavam em um McDonald's em algum canto – o problema parecia ser que eles não tinham drogas. Eles encarariam um voo de vinte horas pro Japão e não sabiam o que fazer. Eu sei o que é não conseguir seja lá o que for de que você precisa, então eu entendia isso, mas o que piorava a situação (pra eles), era que, quando chegassem ao Japão, não havia garantia nenhuma de que encontrariam o que precisavam pelos próximos sete dias, então seria um inferno pra todo mundo.

Então, Phil cancelou tudo.

A viagem para o Japão, cancelada.

Ele nem atendia ao telefone, e, quando o fez, deu pra perceber que estava completamente perturbado.

"Cara, você tá deixando de lado uma puta grana. Vamos ganhar bem pra caralho só pra tocar nesse festival enorme", disse a ele.

Mas os caras estavam sofrendo de abstinência ou só não conseguiam encontrar drogas, o que fosse, mas Pepper Keenan disse "Foda-se, não vou lidar com vocês nunca mais". Tivemos que pagar o depósito de volta ao promotor do show e, provavelmente, nunca mais seríamos convidados pra tocar no Japão de novo.

Àquela altura, disse a Phil que nunca mais tocaria com ele até que largasse as drogas. E isso ainda levaria uns três anos ou mais.

CAPÍTULO 18
AMOR PERDIDO E TRINTA DIAS NO BURACO

É claro que toda a crise no Down foi um problema quando voltei para casa. Começaram a rolar algumas repercussões, porque, naquela época, eu nem conseguia encontrar meu interruptor mais, quanto mais desligá-lo. O bendito interruptor estava emperrado na posição "ligado" e parecia maior que tudo. Ainda assim, tentei manter algum controle sobre minha vida doméstica na maior parte do tempo. Quando minha esposa estava trabalhando, não era problema nenhum levar as crianças ao jardim de infância ou fazer o que fosse preciso para cuidar deles sem beber.

Meus filhos começaram a frequentar uma escola católica bem novos porque queríamos que soubessem desde cedo o que era certo e errado. Foi mais ou menos nesse período que fui ao médico pela primeira vez e disse: "Algo está errado. Estou acordando no meio da noite, tremendo pra caralho. Preciso de algo pra me ajudar". E foi assim que ele me receitou Xanax, para ajudar no controle da minha ansiedade.

Se eu fiquei viciado em Xanax, ouvi você perguntar? Muitos que o tomam parecem ficar viciados, mas, comigo, a resposta é: não. Belinda entendia minha situação, em termos de cuidar das crianças e tudo o mais que precisasse ser feito, o que me permitia relaxar e ser eu mesmo naquele momento.

Mas tudo foi piorando gradativamente, é claro.

O Xanax só aliviava a ansiedade que meu problema com a bebida criava, mas não cuidava da raiz de tudo aquilo de qualquer forma. Belinda e eu discutíamos o tempo inteiro, então decidi que meu próximo passo seria a reabilitação. Ela não estava me obrigando, não mesmo. Sendo bem honesto, fui pelo bem dela – para salvar meu casamento.

Fui à casa de Jeff Judd em alguma noite em 2003, desesperado para conversar com alguém sobre meus problemas com o álcool. "Eu não posso mais viver assim", acho que disse a ele. "Sinto como se estivesse me matando."

"Então, faça algo diferente", disse Jeff.

"Tipo o quê?", perguntei.

"Por que não vai pra reabilitação?", ele sugeriu. "O que você tem a perder? Você está se sentindo feito merda agora, então o quão pior pode ser?"

Ele estava certo. E, se eu não gostasse, ele e eu fizemos um pacto de que eu poderia cair fora de lá. Concordamos então que eu pelo menos veria como funcionava a coisa toda – mas, antes disso, secamos uma garrafa de Crown Royal. Daí, peguei a agenda telefônica e encontrei uma clínica próxima de minha casa. Na verdade, era um hospital psiquiátrico.

JEFF JUDD

> Ficamos sentados lá, completamente bêbados, e o cara da recepção veio e fez uma longa entrevista com Rex, que disse "Preciso fazer o teste do bafômetro". Então, Rex o fez. O cara olhou para o resultado e disse "Espere um minuto, já volto". "Cara, você quebrou o medidor do negócio!", disse a Rex. Então, o cara voltou com outro aparelho e Rex fez o teste novamente – o cara olhou pra ele e só balançou a cabeça.

Eles devem ter me dado algum sedativo naquela noite para que eu não convulsionasse. Quando acordei, na manhã seguinte, tive que entrar na linha com todos aqueles maricas. Eu estava tentando entender onde estava, quando uma garota veio em minha direção – ela parecia ter caído de cara em uma caixa de artigos pra pesca.

"Oi, eu me corto", ela disse, levantando a manga da roupa para me mostrar os cortes; ela tinha tipo uns 21 brincos no rosto.

"Onde diabos estou?", perguntei a alguém.

"Ah, você está no Hospital Psiquiátrico Millwood", disseram-me. Bem, aquele lugar era selvagem. "Isso não é uma clínica de reabilitação, é um hospital psiquiátrico, e eu não sou louco", pensei.

"Estou me dando alta agora mesmo. Estou no lugar errado." Fui pra casa e pesquisei mais, e descobri que havia algumas clínicas mesmo por perto, uma delas próxima de casa, então me internei lá no outro dia.

Eu queria ver do que se tratava esse conceito de vício. Estava genuinamente interessado no processo. Sou curioso assim – desde a infância lendo infindáveis livros –, então queria saber os motivos. Ou, ao menos, achava isso. O problema é que, assim que você aprende sobre o vício e suas *ondas*, a festa na sua cabeça começa a rolar.

De repente, você se vê armado com conhecimento *demais* e passa a usar essa informação para tentar burlar o problema. Claro que, ao fazer isso, só confirma seus problemas. Dá pra ficar doido pensando em ficar sóbrio. Por exemplo, se eu visse alguém deixando uma cerveja pela metade e indo embora, isso me deixava puto, provavelmente porque eles conseguiam, e eu sabia que nunca poderia.

Você também passa a mentir para si mesmo. Claro que sim. É parte do processo. Você se convence de que pode parar a qualquer momento, achando "Eu estou no controle disso e daquilo", esse tipo de babaquice, mas não consegue parar com nada, e, bem no fundo, você sabe. Chama-se negação. Olhando para o passado agora, eu queria nunca ter me informado sobre porque isso fodeu minha cabeça.

Mas a minha primeira passagem por uma clínica de reabilitação me deixou saudável, ao menos superficialmente. Eu fiquei lá uns trinta dias, e eles te alimentam direitinho. Você frequenta um monte de aulas o dia inteiro e aguenta um monte de imbecis, uns desgraçados – enquanto tenta se ajudar – que estão, tipo, na 60ª reabilitação. A forma como tudo funciona é apenas retardada, mas sua cabeça eventualmente vai aceitando e, ao final dos trinta dias, você se sente melhor. Foi o fim dos meus problemas? Não, mas um começo e também o começo de um longo processo.

> **JEFF JUDD**
> Ele encontrou um lugar em Grapevine que tinha uma boa reputação – foi até lá, internou-se por trinta dias e, quando saiu, estava ótimo, ficou sem beber por seis meses. Rex estava saudável física e mentalmente. Tudo em sua vida estava dando muito certo e tudo que ele bebia era café, coca e água. Eu achei que ele tinha tirado tudo de letra.

O lance todo da reabilitação é que, quando você sai, não bebe. Nem uma cervejinha de vez em quando ou uma taça de vinho no jantar. Nada. Então, o que serve de gatilho para o processo de voltar a beber, após trinta dias tentando ficar sem álcool? Bom, no meu caso, foi algo do tipo: se meus sapatos estavam desamarrados, eu beberia. Sério mesmo. Qualquer coisa me daria motivo para encher a cara. Durante os anos seguintes, seriam idas e vindas com esse negócio de beber e parar de beber, simplesmente porque eu ainda não havia tomado a decisão de parar – por *mim*. Eu o havia feito por qualquer outra razão, *menos* por mim. A culpa por si só é de matar.

Minha esposa e eu havíamos conversado sobre nos mudarmos do Texas em 2003, mas nada havia acontecido para fazermos isso. Talvez ambos precisássemos de uma mudança de ares, quem sabe, mas era mais complicado do que se imagina, porque eu tinha quatro propriedades para me livrar antes de mudarmos para qualquer canto.

2003 TAMBÉM FOI O ANO em que a comunicação dentro do Pantera ficou mais desgastada. Phil meio que havia sumido e não respondia às ligações de ninguém, fossem nossas, dos agentes ou de qualquer um. Não consegui falar com ele, mas fui pego nisso de *tentar* falar com ele. Ao invés de manter algum contato, Phil seguiu em frente e fez a parada do Superjoint Ritual, e mal comentou a respeito conosco, afastando-nos ainda mais, chegando ao nível de eu passar do seu lado em algum show qualquer e ele nem me reconhecer.

> **WALTER O'BRIEN**
> Depois do segundo disco do Down, parecia que o Pantera não era mais a prioridade de Phil, e em nada ajudou que, três anos depois do lançamento de *Reinventing the Steel*, ele não retornasse as ligações de ninguém. Nem nossas, nem as da banda, nem as de *ninguém*, e a coisa ficou tão feia que o único jeito de obter respostas de assuntos relacionados ao Pantera era passar um recado a algum de seus amigos de Nova Orleans, que teriam que ir até a casa dele no meio do mato pra passar a mensagem adiante. Ele não podia dar sua atenção porque entraria no estúdio com o Superjoint ou faria uma turnê com a banda, ou ia pra qualquer outro lugar com sei lá quem.

"Phil e eu estamos cansados de vocês serem tão cuzões. Vocês acham que estão sendo legais com as pessoas, mas não estão."

Isso foi só um exemplo do que eu disse. Sim, a ligação que fiz para Darrell em 2003 é algo que eu gostaria de ter feito de forma diferente. Foi uma daquelas coisas que você faz bêbado e tarde da noite, mas fui sincero em tudo que disse durante sua longa duração: como eu não aguentava mais Vinnie e como precisava de uma folga de tudo relacionado ao Pantera por um tempo. Eu estava cansado de clubes de *strip* e de tudo mais que eu tinha que aguentar por conta disso. Quando você fica no meio de tudo, como era o meu caso, mais cedo ou mais tarde a vaca vai pro brejo, então tive que falar o que falei.

Porém, na minha cabeça, ainda havia mais que isso. Eu tinha acabado de ter filhos e queria vê-los crescer, então a folga de que eu precisava também serviria a esse propósito. Mas, pensando bem, acho que me abri com a pessoa errada. Provavelmente, deveria ter falado só com minha esposa ou alguém e ir levando.

Na época, achei mesmo que Darrell tinha levado tudo que eu havia dito numa boa, porém, na outra vez em que nos falamos, ficou bem claro que não – ele disse ao ligar em outro dia: "Aquilo foi bem agressivo, bicho". E eu pedi desculpas – lembrei a ele que estava embriagado – e falei, mais uma vez, de que eu precisava de uma pausa. Mas agora havia uma distância entre nós que eu nunca tinha sentido antes.

RITA HANEY

Phil parou de atender a telefonemas, e Darrell sentia como se ele tivesse o apunhalado pelas costas porque não estava fazendo o que disse que faria. Então, marcaram uma reunião em Nova York, mas Phil não apareceu, e Rex foi pego no meio de tudo. Ele ligou certa noite, bastante embriagado e isso durou umas boas três horas. Ele foi bem grosseiro com Darrell, que estava completamente sóbrio na época – sei que era conversa de bêbado, mas parecia mesmo existir alguma tensão acumulada. Tenho certeza de que ele se arrepende de muito do que disse. Darrell estava tentando tirar algumas informações de Rex sobre o que estava acontecendo porque não conseguia descobrir nada com mais ninguém. Phil não atendia ao telefone e não dizia o que ele realmente estava tentando fazer; foi aí que Darrell percebeu que a banda estava em apuros. Talvez não existisse mais Pantera. Philip era cheio de barreiras. Não dá pra pegar o telefone e ligar pro cara; geralmente, você tem de passar por algumas pessoas e isso facilitava seu isolamento.

2003 seguiu com pouquíssimo contato direto entre a banda. Encontrei Darrell em um show do Motörhead em Dallas algumas semanas depois daquela ligação, e ele nem falou comigo. Nunca esquecerei seu olhar. Ainda lembro bem. Foi um olhar *horrível, terrível*, mas o que eu poderia fazer? Disse o que disse e não tinha como retirar.

Vinnie e Dime estavam muito magoados com o que estava acontecendo até que chegou a um ponto em que disseram "Foda-se, vamos começar outra banda", meio que mandando todo mundo ir se foder mesmo. Não entendi porque aquele sentimento foi direcionado a mim, mas quando o foi, um limite foi traçado. Eu era completamente a favor de eles fazerem esse lance todo com o Damageplan, então disse a Dime "Faça o que tem de fazer, cara". Como eu havia dito milhões de vezes: queria um tempo longe de tudo ligado ao Pantera.

PASSEI O RESTO de 2003 e o começo de 2004 fazendo coisas que não tinham absolutamente nada a ver com o Pantera.

Estava curtindo ver meus filhos crescerem e ficar na minha lancha de trinta pés. Comprei-a em 1998 – tinha uma cozinha completa, podiam dormir até seis pessoas nela e ficava no Lago Grapevine, também conhecido como "Lago da Farra". Íamos até lá – as crianças também –, e um dos meus melhores amigos trabalhava nas docas, então era só dizer "Vamos pro lago" e saíamos numa quinta-feira à noite, curtindo até domingo. A lancha tinha chamas pintadas na parte de trás. Chamava-a de "Hell Yeah". Vinnie, depois, roubou esse nome para sua banda.

PERIODICAMENTE TINHA DE estar em comunicação com os irmãos Abbott, Vinnie principalmente, mas tudo que ele fazia era reclamar sobre o que Phil fazia ou deixava de fazer, então não tinha muito que eu pudesse falar ou fazer sobre o assunto. Phil ainda não falava com a gente, mas ele estava bem feliz em contar sobre seus planos para a imprensa. Ficou óbvio enquanto 2003 se arrastava que suas intenções eram diferentes das que ele havia dito inicialmente.

Estávamos no limbo.

Por mais que eu estivesse contente em finalmente ter tempo para relaxar e ficar com a minha família, eu não tinha como prever exatamente quais eram os planos a longo prazo de Phil, especialmente quando ele gravou um *segundo* disco do Superjoint Ritual e começou a insinuar para a imprensa que este era seu foco principal. Gostaria que ele tivesse falado conosco sobre isso.

Naquela época, Phil já tinha outro agente, e, em algum momento daquele vácuo de comunicação, o cara *me* ligou para saber sobre Phil e sua nova banda. "Vai se foder, cara", eu respondi.

"Ei cara, posso agenciar você também", ele disse.

"Você vai agenciar o quê? Não há nada *pra* agenciar", expliquei.

"Talvez eu consiga fazer o Pantera voltar?"

"Quem diabos você pensa que é? Você é um bostinha." Seu nome é Dennis Rider.

Como estaria o estado de Phil se seu próprio agente vinha até mim em busca de informações?

> **KATE RICHARDSON (Namorada de Phil Anselmo)**
> O Superjoint Ritual estava participando do Ozzfest em 2004, e tínhamos um show em Dallas. Todo mundo estava cheio de drama, dizendo "Meu Deus, o que acontecerá se eles encontrarem os irmãos?". Mas Philip e eu pensávamos "Cara, espero mesmo que eles [os Abbott] apareçam". Philip disse a mim "Eu queria levá-los pra um quarto, dar um abraço nos dois e dizer 'Isso é tudo besteira, amo vocês, caras. Não importa no que estamos trabalhando, amo vocês'". Disseram-nos que eles não foram ao show, mas depois descobrimos que foram sim, ainda que as pessoas não tenham deixado que nos encontrássemos – o pessoal da coordenação de segurança ou sei lá o que tornaram impossível que Philip e os irmãos se vissem.

Estávamos no meio de um tiroteio danado na mídia: Vinnie e Phil trocavam insultos na imprensa musical. Darrell ficava de fora a maior parte do tempo, mas se referiu ao uso de drogas por parte de Phil em uma entrevista com a *Guitar World*, ainda que só depois de ter sido provocado.

Eu não me envolvi em nada disso. Nunca disse *absolutamente nada*.

Tudo parecia tão infantil, e eu sentia que a única forma de nos reconciliarmos *de verdade* era se todos nos sentássemos no mesmo cômodo ao mesmo tempo. Porém, Phil ainda estava usando drogas – até aí nós sabíamos –, ou seja, eu suspeitava que nada de construtivo aconteceria até que ele estivesse limpo, e, quando essa hora chegasse, seria eu quem teria de reunir os dois lados para ao menos *começarmos* a discutir o futuro. Até todos esses ingredientes se juntarem, eu decidi que ficaria o mais longe possível de todo aquele playground de xingamentos.

> **KIM ZIDE DAVIS (Equipe de gestão do Pantera)**
> Minha perspectiva era um pouco diferente porque eu realmente estava no centro de tudo, especialmente perto do fim. A interpretação de Phil e Rex sobre o que estava acontecendo era bem diferente da de Vinnie e Dime, disso eu sabia. No final das contas, era mesmo falta de comunicação. A separação aconteceu

gradualmente com o passar dos anos. Eles tinham diferentes interesses porque eram quatro pessoas distintas, e os interesses de Vinnie e Dime eram mais próximos, assim como os de Rex e Philip. E foi isso que criou o abismo entre eles. Rex era o pacificador entre Dime, Vinnie e Philip, porque ele conseguia falar com Philip e ele ouviria, então levaria a informação de volta a Vinnie e Dime. Rex, obviamente, não estava envolvido com heroína, e tampouco se metia nas farras de Vinnie e Dime, então esse distanciamento fazia dele o mediador óbvio, quase que de forma predefinida. Esse foi seu papel por um longo tempo porque eles sempre estavam na estrada. Ele era o intermediário cara a cara, enquanto meu contato se restringia ao telefone.

Das conversas que eu e Dime tivemos durante meu aniversário em 2004, e novamente em novembro daquele ano, parecia que havíamos nos entendido ao menos quanto ao que esperávamos do futuro. Darrell e eu éramos amigos desde moleques, no final das contas, e, apesar da tensão em nosso relacionamento naquele momento, nenhum de nós estava preparado para deixar pra trás o tempo que passamos juntos, o que significava algo. Sim, havia mágoa e muito de ruim foi dito, mas as razões pra isso foram mais por conta da situação geral do que problemas pessoais entre nós. Acredito nisso de coração.

RITA HANEY

Falei com Rex algumas vezes antes de Darrell ligar para ele em seu aniversário, e ele tentava descobrir por mim se Darrell se sentia do mesmo jeito, o que de fato acontecia. Então, quando Rex ligou, perguntei a Darrell se gostaria de falar com ele, ao que respondeu afirmativamente. Não só isso, mas acho que aquele pudesse ter sido um começo pra tentar consertar as coisas e chegar a Philip. Darrell ainda sentia muita raiva, porém, e não queria que a culpa ficasse com Phil. Ele queria que todos assumissem sua parte nisso. Que todos dessem um passo à frente. Ele disse a Rex: "Sabe, a única razão pela qual estou falando com você agora é porque temos uma história. Você é meu irmão e morou no meu sofá". Ele ainda amava Rex, não importava quanta raiva tivesse dele.

―――――――――――

Quando você leva as coisas ao nível mais básico, não havia culpa nenhuma a ser distribuída. Todos nós queríamos trabalhar com *algo*, fazer música, então era preciso que nos separássemos por um tempo, para que pudéssemos voltar renovados ao Pantera quando fosse a hora, o que parecia o caminho óbvio a seguir – e a única maneira de voltar a ser como fomos no passado.

CAPÍTULO 19
O PIOR DIA DA MINHA VIDA

Por mais delicada que estivesse nossa relação durante a maior parte do ano de 2004, os eventos da noite de 8 de dezembro garantiram que nunca saberíamos o resultado possível de todas as nossas conversas.

KATE RICHARDSON

Estava em casa. Não sei sobre o que Rex e eu conversávamos, mas estávamos ao telefone quando chegou a notícia sobre Darrell. Um de nossos amigos em comum (que trabalhava como técnico de som) me ligou em outra linha, então contei a Rex o que ele havia me dito. Surtamos, mas, na hora, não sabíamos que era algo fatal. Só tínhamos noção de que havia ocorrido um tiroteio e que Darrell fora atingido. Tivemos que desligar o telefone *pra ligar* para outras pessoas e descobrir o que estava acontecendo de fato. Eu havia sonhado com Darrell: no sonho, eu tinha de ser sua babá. Foi bizarro. Philip e eu sempre conversamos sobre os sonhos que temos e, quando falamos sobre isso na outra manhã durante duas horas, ele ficou lá se lembrando de Darrell e falando "Foda-se essa merda. Preciso ligar para o cara. Ligarei hoje". Então, chegaram umas pessoas em casa – ele não teve como falar com Darrell antes de recebermos a terrível ligação.

WALTER O'BRIEN
Meu contrato de aluguel do escritório de Manhattan venceu em 2003, e eu sabia que minha carreira como agente havia provavelmente chegado ao fim. Voltei à faculdade e me formei em Jornalismo na Rutgers. No final de 2004, estava quase no último semestre e teria provas importantes. Estava jantando com alguns amigos, meio que de luto pelo aniversário de morte de John Lennon, e então comecei a receber ligações de todo mundo me contando sobre o que havia acontecido com Darrell.

Já disse que o que aconteceu naquela noite não só me afetou profundamente, mas também deixou uma marca indelével em cada segundo da minha vida desde então. A tensão na banda criada por anos de convivência é uma coisa; a perda de uma vida, especialmente quando esta era de uma das pessoas de que mais gostava no mundo, é outra completamente diferente. Em um instante, todas as mesquinharias que nos atingiram nos anos anteriores pareciam completamente insignificantes.

KIM ZIDE DAVIS
Recebi um telefonema por volta das 22h16, mais ou menos uns dois minutos depois do ocorrido – disseram-me que havia acontecido um tiroteio durante um show do Damageplan, Dime estava mesmo morto, mas não tinham certeza do estado de Vinnie ou de qualquer outra coisa naquele momento. Eu estava em choque, então só posso confiar no que meu marido me diz: fiquei sentada no sofá e o telefone não parou de tocar até uma da manhã, quando ele tomou-o de mim, desligou-o e me

levou pra cama. Os detalhes são vagos. No dia do funeral, lembro-me de chegar ao Texas e ir ao hotel em que haviam organizado tudo. Foi surreal porque muitos amigos estavam lá, pessoas que costumávamos encontrar, outros músicos e pessoas da indústria musical que nunca víamos por ali, muito menos juntos no mesmo prédio. Todos estavam no mesmo estado de reflexão de "Como isso pode ter acontecido com Dime?".

Uma preocupação mais imediata era o fato de que o limite traçado entre os membros da banda significava que o funeral seria esquisito, especialmente ao se tratar de mim e Vinnie.

Pra mim, era o medo do desconhecido – eu não sabia como Vinnie se sentia porque simplesmente não estávamos nos falando. Acabou que as mensagens que eu recebia eram, na melhor das hipóteses, confusas. É claro que Vinnie estava desolado com o que havia acontecido – todos nós estávamos –, mas havia aquela contradição sobre como ele me via; e isso simplesmente não dava pra esconder, apesar de toda a tristeza.

Ele me queria por lá, mas sentia que a culpa pela morte de seu irmão também era minha de algum modo. Vai entender. Eu não sabia bem onde estava pisando, e, se *eu* não sabia, Phil não teria a menor ideia de onde ficava no quadro-geral. Sei que Phil estava embasbacado com as ameaças de Rita sobre o que ela faria caso ele fosse ao Texas, mas, ao mesmo tempo, respeitava seus desejos. Porém, todos nós sabíamos o momento pelo qual ele passava, em termos de hábitos, então, caso Phil aparecesse, seria péssimo.

Relembrando tudo, sinto-me mal porque ele não teve nenhum tipo de conclusão a respeito do que aconteceu. É uma bosta isso. Ser completamente excluído e ter de sentar ali e não poder falar com ninguém deve ter sido muito frustrante, e essa sensação só deve ter piorado quando suas cartas a Vinnie foram completamente ignoradas. Até hoje, que eu saiba não houve nenhuma tentativa da parte de Vinnie de entrar em contato com Phil.

A razão da amargura de Vinnie é uma entrevista que Philip deu pra *Metal Hammer* no fim de 2004. Ele comentou que Dime "merecia ser surrado severamente" e foi esse o comentário que levou o público a presumir que aquele havia sido o catalisador que levou Dime a ser alvejado. Phil disse que seus comentários foram inventados ou, no mínimo, tirados de seu contexto, mas ouvi as fitas da entrevista – sei bem o que foi dito.

Mas, se você me perguntar se acho que há uma ligação direta entre a declaração e a morte de Darrell, teria que dizer que não. Não se pode especular sobre a mente de um assassino. E Phil não tem como ser culpado pelo que aconteceu naquela noite. A imprensa apenas tomou suas palavras e as distorceu para atingir os objetivos de sua narrativa. Pra mim, foi só um caso de péssima escolha de palavras e um péssimo *timing*. Porém, isso não é consolo pra Darrell ou para aqueles próximos a ele. Conhecendo-o, o único consolo possível seria enterrá-lo com a guitarra de Eddie Van Halen ao seu lado em um caixão do KISS. Terry Glaze disse, durante o funeral, que se contássemos a Dime que ele seria enterrado com a guitarra Kramer listrada de Eddie que está na capa do [álbum] *Van Halen* de quando ele tinha 17 anos, Dime provavelmente diria "Ok, me matem agora".

RITA HANEY

Convenci Vinnie a deixar Rex vir ao funeral. Ele chegou à minha casa antes de Vinnie voltar de Columbus, e eu estava com raiva dele, mas bastou olhá-lo e começaram os soluços, abraços e choros. Aquelas coisinhas não importavam mais. Então me lembro de quando Vince chegou, e eu disse a ele que Rex tinha aparecido, o que o deixou bastante nervoso. Eu disse: "Darrell desejaria tê-lo aqui". E disse a ele que Rex e Darrell haviam se falado por telefone e convenci Vince de que queria Rex ajudando a carregar o caixão. Em um primeiro momento, ele resistiu, mas, então, completei "Quer saber, se é isso que você pensa, e pensa que isso está certo, tudo bem". Deixei claro que achava que todos deveriam ter direito a se despedir de Darrell, mesmo que em momentos diferentes, porque ninguém queria ver Philip, mas Vinnie era completamente contra isso. Ele me deixou decidir no caso de Rex, então não podia contrariá-lo quanto a Philip. Não concordava com tudo, mas o que me convenceu foi o fato de que seria muito desrespeitoso se ele aparecesse drogado, e já haviam me dito que ele estava em um quarto de hotel exatamente nesse estado.

KATE RICHARDSON

Não falamos ao telefone com Rita até o dia seguinte à morte de Darrell, momento em que ela estava dizendo a Philip para não vir. Pensávamos "Como não vamos?". Então, fomos até Dallas, que foi o máximo que pudemos. Não queríamos chatear a família, mas, ao mesmo tempo, sentíamos que aquela era a ocasião para todos tirarem uma conclusão disso. Na cabeça de Philip, essa situação transcendia todas as falhas na comunicação dos meses anteriores. Quando Rita falou com ele ao telefone, ela estava lhe dizendo pra não ir, ao passo que outras pessoas diziam "Por que caralhos você não está aqui? Você deveria estar aqui agora". E tudo que Philip podia dizer era "Bem, se a dona da casa não me quer aí, quem é você pra me dizer que deveria?".

O funeral em si e os dias que o seguiram foram alguns dos mais emocionantes de minha vida, e é difícil lembrar o que acontecia entre um momento e outro – era quase como se eu não estivesse mesmo ali, só observando tudo de algum outro lugar. Mas de uma coisa eu sabia: a dor que estava sentindo com a perda do meu melhor amigo era verdadeira. Eu estava muito mal, mas também sentia outras duas emoções. A primeira era um ódio sincero e crescente do cara que havia feito isso com meu irmão, e a segunda era a constante e não respondida pergunta de porque isso tinha acontecido. Eu queria muito saber o motivo, mas não existiam respostas claras.

KIM ZIDE DAVIS

Rex estava de um jeito que eu nunca havia visto antes. Fisicamente, ele estava ali, mas era isso. Era como se literalmente estivesse em outro planeta. Era como se ele não pudesse entender que o que estava acontecendo era real, e não tinha como culpá-lo por diversos motivos. Eu também estava mal pra caramba, e conhecia Dime há pouco tempo. Eu não estive em uma banda com ele por mais de vinte anos. Não notei nenhum comportamento inadequado no dia, provavelmente porque sempre rolavam umas loucuras em volta da banda, e Darrell era meio que o rei disso, mas muitas pessoas estavam bebendo muito e, quando por fim ajudaram Rex a sair do funeral, estava claro que ele também estava alcoolizado.

KATE RICHARDSON

Foi algo realmente insano. Pediram a mim e Philip que não fôssemos ao funeral, mas fomos até Dallas do mesmo jeito, esperando aprovação para ir ao funeral. Planejávamos ir, mas as pessoas começaram a nos ameaçar de morte, para que ficássemos longe. Porém, ficaríamos uma semana no hotel, tempo em que fomos até a casa de Rex e passamos algum tempo com ele antes da cerimônia. Não fomos até a casa de Darrell e Rita; fomos até lá de carro, mas não tivemos coragem de bater na porta. Rex estava muito confuso e com raiva ao ver Philip, assim como todos. Mandamos cartas pra Vinnie enquanto estávamos no hotel, e, até onde eu sei, ele não as abriu e, pelo que ouvimos, nem tinha intenção de fazê-lo.

BELINDA BROWN (ex-esposa de Rex)

Não acho que Rex estava controlado o suficiente para tomar qualquer decisão na época do funeral. Para alguns dos rapazes, o jeito de lidar com aquilo era se juntar e tomar umas doses pra celebrar a vida, então, pessoas como Eddie Van Halen e Zakk Wylde (que tinham que fazer sua parte na cerimônia) mal podiam falar porque estavam muito bêbados, e a coisa virou o show da dupla Zakk e Eddie.

WALTER O'BRIEN

Eu não estava no funeral. Implorei pra Guy Sykes me dizer quais seriam os planos porque tinha umas provas pra fazer. Não soube de nada e, no domingo, Kim me ligou e disse "Você vem?". "Quando?", perguntei a ela, ao que me respondeu: "Amanhã de manhã". Não tinha como me livrar da faculdade, então não pude ir e nunca deixei de me sentir mal por conta disso. Falei com Rex e até ele disse "Escuta, cara, nós adoraríamos que você estivesse aqui, com certeza seria bom pra você estar presente, mas você tem que pensar no futuro, e nós somos o seu passado", o que foi bem generoso da parte dele. Sempre me culpei, mas não tive escolha.

Na verdade, fiquei puto durante anos com Walter por não ter dado as caras no funeral, assim como um monte de gente. Ele era muito importante pra família Pantera, no fim das contas. Fizemos as pazes recentemente, mas isso ainda me deixa puto.

Seis 8x10, seis 4x10: a maior seleção de Ampegs de todos os tempos!
(Joe Giron Photography)

Samurai Rex! Em algum lugar do Japão.
(Joe Giron Photography)

Dime e eu antes de um show.
(Joe Giron Photography)

Da sessão de fotos para o *Power Metal*. Belo cabelo!
(Joe Giron Photography)

Outro dia de labuta, durante a turnê do *Reinventing the Steel*.
(Joe Giron Photography)

No começo da banda.
(Joe Giron Photography)

Ao lado de dois simpáticos policiais. Aeródromo de Tushino, 1991.
(Joe Giron Photography)

No palco durante o Monsters of Rock. Moscou, 1991.
(Joe Giron Photography)

Praça Vermelha.
Moscou, 1991.
(Joe Giron Photography)

No estúdio de Dime, gravando o *The Great Southern Trendkill*.
(Joe Giron Photography)

Dia de Natal na frente da
casa de Dime, em
Dalworthington Gardens.
(Joe Giron Photography)

Rio de Janeiro.
(Joe Giron Photography)

Descansando um pouquinho durante o show.
(Joe Giron Photography)

Primórdios da banda. Show no Bronco Bowl. Dallas, 1985.
(Joe Giron Photography)

Dime, dUg Pinnick e eu.
(Joe Giron Photography)

Saudando os fãs, em algum lugar dos EUA..
(Joe Giron Photography)

Turnê do *Vulgar Display of Power*.
(Joe Giron Photography)

Show no Arcadia Theater (em Dallas), na época do *Power Metal*.
(Joe Giron Photography)

Pegando umas ondas; Gold Coast, Austrália.
(Joe Giron Photography)

No estúdio, na época do *The Great Southern Trendkill*.
(Joe Giron Photography)

Com o meu ídolo Gene Simmons, na revista *RIP*.
(Joe Giron Photography)

Tocando até não poder mais... em algum lugar.
(Joe Giron Photography)

Diversão! Na casa de Dime.
(Joe Giron Photography)

Turnê do *Far Beyond Driven*.
(Joe Giron Photography)

No anfiteatro do Six Flags Over Texas, em 1985.
(Joe Giron Photography)

Os velhos e bons tempos. Esse foi um dos últimos bons dias.
(Joe Giron Photography)

Rex... Apenas Rex.
(Joe Giron Photography)

Turnê do *Vulgar Display of Power*.
(Joe Giron Photography)

Em algum lugar da Europa.
(Joe Giron Photography)

Para meu irmão e amigo, descanse em paz.
(Joe Giron Photography)

CAPÍTULO 20
AS CONSEQUÊNCIAS

A vida ficou mais difícil após a morte de Darrell, não há dúvidas quanto a isso. Eu pensava nele o tempo inteiro e ainda penso, todos os dias – e, mesmo que as minhas palavras aqui tenham sido em tom de crítica, sinto muita compaixão pelo seu irmão. Preciso dizer isso. O mundo é um lugar bem menos maravilhoso sem Dime por perto, e ele foi meu melhor amigo por anos, até nos afastarmos por conta das circunstâncias. Mas isso não mudará como me sinto em relação a ele como ser humano.

Como disse antes, minha esposa Belinda e eu conversamos muito sobre sair do Texas antes mesmo daquela noite horrível, então fizemos planos de nos mudarmos para Los Angeles, provavelmente o pior lugar pra fugir, pensando bem, mas eu sempre tive essa vontade ardente de continuar tocando. A atenção pública já estava em alta, mas, depois de dezembro de 2004, tudo cresceu muito – se você leu até aqui, sabe como me sinto sobre ser discreto sempre que possível.

Eu nem tinha como sair de casa, que havia sido, inclusive, invadida enquanto meus filhos e minha esposa estavam lá. Ela teve que gritar o mais alto que pôde, em espanhol, pra que um mexicano caísse fora. Acordei e vi esse cara com uma espingarda por baixo do sobretudo – bem na frente da minha TV, e, como era uma casa antiga e à prova de som, nem tínhamos o ouvido entrar. Foi assustador pra cacete.

Não podíamos nem ir ao mercado sem sermos lembrados de tudo que aconteceu, como se já não estivesse tudo em primeiro plano na minha cabeça.

Meu irmão havia partido, e as coisas nunca mais seriam as mesmas. Nem pra mim, nem pra nenhum de nós, mas, pessoalmente, sua morte trágica simplesmente sinalizaria o começo da incessante pergunta: por quê? *Por quê?*

Algum tempo depois, conversei com a polícia em Columbus e tive uma espécie de *insight*. Pelo que me disseram, os acontecimentos do dia 8 de dezembro de 2004 não estavam direcionados especificamente a Darrell. Ele só teve azar, já que foi a sua banda a estar lá no dia em que a raiva daquele cara atingiu seu ponto alto. A polícia inclusive chegou a falar que poderia ter sido *qualquer um* de nós – eu, Phil, Vinnie ou Darrell – a ter sido morto se estivéssemos ali. Essa raiva absurda era direcionada a *todos nós* do Pantera.

Agora, não quero dar mais nenhuma publicidade além da merecida (que, por sinal, é nula) para esse corno que atirou em Darrell, então deixarei pra lá quaisquer opiniões e pensamentos que possa ter. Mas o que tenho a dizer é que a imprensa do metal não ajudou em nada nos meses seguintes à morte de Darrell. Lidar com problemas na banda era da nossa conta e de ninguém mais, e, ao passo que os fãs provavelmente gostariam de ter alguma ideia de quais eram nossos planos, ter tudo sendo citado nessas merdas de revistas e sites como Blabbermouth não ajudava mesmo. Eles estavam falando de pessoas e vidas de verdade, não de um *reality show* de heavy metal para o entretenimento diário das pessoas. Vamos encerrando por aqui.

ÀQUELA ALTURA, eu estava pensando em montar uma banda com meu parceiro Snake, do Skid Row. Ele havia começado a trabalhar pra empresa de agenciamento de Doc McGhee, que eu conhecia há anos, desde nossa época na estrada com o KISS, ao qual ele também agenciava. Sempre que Gene Simmons estava em Dallas, ele me ligava e perguntava se podia arrumar as coisas na Clubhouse. Certa noite, ele me ligou em casa, deixando uma mensagem de voz quando Belinda estava lá. Então, ela me perguntou "Quem é Gene Simmons?", e eu respondi "É o Gene Simmons do KISS!". Ainda tenho a mensagem guardada, que dizia "Ei Rex, aqui é o Gene. Sei que você tem a melhor boate da cidade e quero curtir com suas garotas".

Apesar da opção de trabalhar em algo novo com o Snake, algo inesperado foi o fato de o Furacão Katrina ter me unido a Phil Anselmo novamente. O Katrina atingiu o país em 2005, e, quando aconteceu, praticamente varreu as drogas das cidades. Não havia nada. As pessoas saqueavam lojas e a porra toda, então, caso você fosse um viciado, a probabilidade era que seu traficante não tivesse nada pra vender, porque nada podia entrar ou sair da cidade por semanas. Logo, pode-se dizer que Phil largou as drogas por falta de opção, fato que, graças a Deus, aconteceu – quando digo que ele ficou limpo, é verdade, ainda que, principalmente, porque não existiam drogas disponíveis.

Eu não consegui entrar em contato com ninguém por um mês. Não sabia quem estava bem. Não acho que qualquer um que não tivesse alguma ligação com Nova Orleans saberia disso. Era outro mundo lá, uma situação verdadeiramente assustadora. Tentei falar com Phil por três ou quatro semanas e a única pessoa com quem consegui algum contato foi Kirk Windstein porque ele me mandou uma mensagem no celular (o único meio de comunicação que funcionava), dizendo que estava ficando na casa de sua avó nos limites da cidade. Acabou que a casa de Phil foi completamente arruinada – a água cobriu sua garagem, então ele acabou perdendo tudo que tinha ali porque aquela parte da casa era construída com estacas.

Vinnie me ligou alguns dias antes de Phil e me perguntou "O que você está fazendo?", ao que respondi: "Estou em LA tentando descolar um trampo", o que era 100% verdade naquele momento.

Ele não estava fazendo *nada* desde que seu irmão havia falecido, mas, a partir daquele momento, já estávamos nos falando. Como eu disse, uns dois dias depois recebi uma ligação de Phil, chorando e dizendo "Cara, eu fodi tudo. Sei que errei e quero esclarecer que não estou mais usando nada e quero você na minha vida de novo". No fundo, eu sabia que Phil provavelmente não tinha ideia do que tinha feito nos dez anos que se passaram, arruinando as vidas de muitas pessoas, mas, naquele momento, acreditei no que ele dizia e o aceitei de volta.

Ele não implorou nem nada. Isso não combina com ele; Phil supôs que eu o aceitaria, mas deixei bem claro que não toleraria mais suas merdas. Confortou-me ver que sua personalidade tinha mudado desde que ele havia ficado sóbrio. Demorou, mas ele voltou a fazer o que fazia, ou seja, se importar somente consigo. Tudo *sempre* girava em torno dele, e logo nem parecia que aqueles anos infernais tinham acontecido.

"Eu sou o Rei do Metal!", ele gostava de dizer.

"Bem, se não tivesse ninguém ao seu lado ajudando, você seria só um merda qualquer." Essa é a minha opinião; Kate Richardson esteve ao lado de Phil durante as brigas com as drogas, e não é exagero nenhum dizer que ela é a razão pela qual ele está vivo.

De qualquer forma, quando falei a respeito disso pra Vinnie – isso porque pensava em trabalhar com Phil de novo – sua primeira reação foi simplesmente "Eu não acredito que você está fazendo isso".

Assim, ele me ligou mais duas ou três vezes durante dois dias falando coisas como "Você ficou louco?".

"Cara, quais minhas escolhas aqui?", perguntei a ele. "Posso gravar todas essas trilhas e tentar colocar meu pé na porta desse jeito ou, então, voltar a tocar com Phil e lidar com a equação de 20% brilhantismo/80% loucura". Assim, disse a ele que havia optado pela última, o que incluía a decisão de começar a compor outro disco do Down, em que cuidei de toda a parte de administração, shows, contabilidade – a coisa toda.

RITA HANEY

Vinnie é uma pessoa muito teimosa e ele não mudou nada desde que o conheci. Darrell tinha um termo que gostava de usar para descrevê-lo, "Bola de Cristal": significa que ele acredita em olhar uma bola de cristal e prever o que acredita ser o futuro e, assim que você percebe isso, é assim que enxerga a coisa, sejam os fatos ou não. Vince era esse tipo de pessoa.

Vinnie simplesmente não entendia. Àquela altura, parecia que não havia a menor chance de ele e Phil se falarem novamente, então dá pra dizer que esse momento representava a verdadeira conclusão da época de minha vida que foi o Pantera. Não existia mais nada a ser dito para Vinnie porque o caminho de minha jornada musical parecia apontar pra uma reunião com Phil; minha vida sempre girou em torno da música. Não era uma questão de ser frio ou insensível em relação à situação de Vinnie, não mesmo. Eu apenas sabia que o Pantera não era mais uma possibilidade – precisava seguir minha vida. Também senti muita sorte por ter tido a oportunidade de estar em uma banda como o Pantera – muitos nem têm essa única chance –, e agora eu poderia viver o sonho de novo com o Down. Quem ganha *duas* chances dessas na vida?

CAPÍTULO 21
O EXPERIMENTO HOLLYWOOD

No contexto maior de minha vida, havia outra razão para sair do Texas e ver o que Los Angeles tinha a oferecer. Warren Riker e eu havíamos montado nossa própria produtora, a PopKnot Productions, e ele tinha um lugar bacana com estúdio próximo de Burbank, sempre recebendo bandas lá. Eu costumava ir até lá sempre, o que mantinha meu foco firmemente na música.

Produzíamos bandas, trilhas sonoras para filmes, a coisa toda, e era o lugar *ideal* para gravar. Não ganhava muita grana ainda, mas ao menos abríamos uma oportunidade com essa pequena parceria. O que queria mesmo era entrar de cabeça em outra coisa, e como Warren parecia ter obtido algum sucesso em Los Angeles, fez sentido pra mim ver se conseguiria o mesmo.

Antes de sairmos de Dallas, Kirk Windstein me falou que gostaria de gravar um novo disco do Crowbar, ao que reagi "Porra, deixa que eu produzo". Queria mesmo entrar nesse novo mundo de cuidar da produção de um projeto e que Warren Riker fosse o técnico responsável. No final, Warren quis que eu ficasse com os créditos de produção, mas, na verdade, aconteceu o contrário e acabei pagando uma parte dos custos.

Fomos até uma casa na área residencial de Nova Orleans, em um estúdio onde tínhamos todos os equipamentos, e até que gravamos tudo bem rápido. Escrevi mais ou menos metade das músicas e toquei muito do baixo também. Estávamos morando naquela casa enquanto gravávamos e também cheirávamos cocaína na época. Lembro-me de carreiras esticadas por cima do piano que usávamos para as partes acústicas – eu compunha bastante no piano naquela época. *Lifesblood for the Downtrodden* não foi apenas um dos melhores discos do Crowbar, mas também minha primeira tentativa de trabalhar na produção de um disco com Warren Riker.

Já me sentia isolado no Texas há algum tempo, então queria fazer algo diferente e, ainda assim, ficar com meus filhos, para compensar todos aqueles anos em que estive na estrada. Dessa forma, quando nos mudamos para Los Angeles, no verão de 2004, compramos uma casa bem grande em Porter Ranch. Era em uma área bem cara da cidade e um novo começo pra nós.

Não muito tempo depois de nossa mudança, eu e meu amigo Snake Sabo, do Skid Row, alugamos um jatinho para ir até Vegas pela noite, um voo de menos de uma hora rumo ao Leste. Veja bem, odeio ter que ir atrás de drogas. Pra mim, é a coisa mais vagabunda e patética que se pode fazer. É horrível. Nunca curti. Se ia à casa de alguém e rolava algo lá, eu usava, mas nunca *paguei* de fato por drogas em toda a minha vida.

Então, no dia seguinte, de volta a Los Angeles, depois de uma noite louca cheirando pó, acordei e percebi que ainda tinha um pouco de vodca comigo, logo sentei ali e provavelmente bebi meia garrafa. Eu estava descontrolado, e os efeitos da noite anterior estavam batendo forte, mas, ainda assim, consegui dirigir até a casa de Jerry Cantrell. Implorei a ele: "Cara, preciso fazer alguma coisa. Não posso fazer isso. É errado". Eu tinha um frasco pequeno de cocaína na minha bota – flocos finos peruanos, para ser mais exato – e, naquele momento, Jerry já estava sóbrio há mais ou menos um ano, ou seja, assim que puxei o frasco, seus olhos ficaram arregalados. Ele estava *muito* próximo de usar de novo, mas disse a ele "Vamos jogar isso na privada agora. Não vamos ficar segurando".

Ele me sugeriu ir a uma clínica de reabilitação em Pasadena, comandada por uma gangue de motoqueiros, os Mongols. São uns caras loucos e vivem em pé de guerra com os Hells Angels, mas, como clínica de reabilitação, era meio que uma piada completa. O chefão era uma figura proeminente nesse segmento, e o irmão de James Caan trabalhava lá como conselheiro, o que ajudava a atrair celebridades que precisavam de tratamento para álcool e drogas.

Na verdade, era mais um acampamento ou uma comuna do que qualquer outra coisa, com a maioria dos conselhos vindo de membros da gangue. Dormíamos em beliches, quatro caras em um quarto dividindo o banheiro, uma loucura, e durante metade do tempo me dopavam com Rohypnol mesmo.

Mas por que Rohypnol?

Bem, esqueci-me de mencionar que estava tomando Rivotril como alternativa ao Xanax por um tempo, já que era um ansiolítico mais suave. Mas o problema com o Rivotril é que, quando você para de tomá-lo, é bem assustador. Você pode se foder – com convulsões e tudo –, então me deram Rohypnol e aos poucos me "desmamaram" dele. No final, fui para uma casa de recuperação em que fiquei durante um mês. Acordava pela manhã e ia até a minha casa passar um tempo. Belinda estava trabalhando, então ia até lá, jogava um pouco no computador e ia embora, mas logo percebi que, mais uma vez, estava na reabilitação pelos motivos errados.

Daquela vez, estava fazendo tudo por minha família, porque achavam que eu precisava de ajuda. Isso não funciona. Você tem que querer por conta própria e, nesse ponto, aquela não era minha motivação primária, mas, ao menos, estava sóbrio. Contudo, o lance é que sóbrio e *limpo* são duas coisas diferentes.

Belinda e eu nos separamos. Suponho que a situação estava se acumulando há algum tempo.

Ela sentia muita falta de seus amigos do Texas e não gostava muito de Los Angeles, porque eu sempre estava tentando fazer as coisas acontecerem em termos de negócios. A reação dela em muitas situações era simplesmente de cair fora, e foi o que aconteceu. Claro que, quando ela se foi, tive que pagar uma pensão. Afinal, ela é a mãe dos meus filhos e, por mais que não pudéssemos mais existir de forma compatível sob o mesmo teto, sempre quis me certificar de que ela e as crianças ficariam bem. Enquanto isso, eu teria que achar um local pra ficar, ao menos a curto prazo.

Sabia que *não queria* mesmo mudar para Beverly Hills porque – ainda que parecesse óbvio para um rockstar – era caro demais e um mundo de loucura.

Assim, Warren e eu decidimos nos mudar para uma casa juntos em Sherman Oaks. O pai de Warren havia morrido por conta da bebida, então ele era a pessoa certa para vigiar meus passos, o que fazia muito sentido em diversos níveis. Apesar de que o fato de ele ser de Nova Jersey e eu do Texas inevitavelmente levou a algumas grandes brigas.

Morávamos em um condomínio bastante privado, e a casa tinha duas salas separadas: a minha era totalmente texana e a dele num estilo Nova Jersey, ambas decoradas de acordo. Coloquei até piso de madeira.

Agora, algo que vem com o vício é a necessidade de sair por aí e arrumar umas garotas – comigo recém-solteiro, nossa casa logo virou uma putaria. Mas uma putaria de alto nível. Essas mulheres tinham que ter certo calibre, e ficar com elas não era nada difícil.

Eu ainda via meus filhos nos fins de semana e conseguia ficar sem beber quando estavam comigo, mas, quando não estavam, bebia sozinho no quarto porque sabia que Warren não aprovaria. Beber escondido é um traço associado ao alcoolismo, é claro. Bebendo assim, escondendo garrafas, esse tipo de coisa. Claro que quem está fazendo não acha grandes coisas porque dá pra parar a qualquer momento.

Só que você não para.

Ou, se você para, é por um tempo curto: qualquer coisa é motivo para voltar a beber.

GRADUALMENTE ATRAVÉS DOS ANOS de 2006 e 2007, o Down passou a ser uma grande parte da minha vida e parecia que um novo disco seria possível. Lembre-se de que havíamos saído em turnê em 2005 sem nada – só com camisetas – e lotamos todos shows em uma turnê de 21 noites. Sabíamos como fazer da banda um sucesso.

Estávamos começando a nos reacostumar uns com os outros como pessoas também, e eu ia até Nova Orleans só pra ficar com os caras. Tudo era composto no celeiro de Phil novamente e, então, mudávamos o processo inteiro para Los Angeles – incluindo integrantes da banda e família – para gravar *Down III* em vários locais da cidade. Gravamos a bateria no Sunset Sound e recebemos uma ligação do Heaven & Hell para tocar com eles em alguns shows no Canadá. No meio do processo de gravação, tiramos uma folga de sexta a domingo, quando decidi que levaria Belinda para Malibu.

Não estávamos nos dando bem, e, por mais que tecnicamente estivéssemos separados, sempre adorei aquele lugar chamado Paradise Cove – vi isso como uma oportunidade de passar um tempo com ela pra ver se poderíamos consertar os danos feitos ao nosso relacionamento.

Consegui um hotel próximo de Zuma Beach, que não ficava tão longe do Paradise Cove.

No passado, havíamos levado as crianças até lá e nos divertido muito, mas, nessa ocasião, Belinda e eu bebemos demais e as coisas saíram de controle. Chamaram a polícia, e o resumo da história é que fui parar na cadeia, em Twin Towers, em Los Angeles, o pior lugar em que você pode parar ao ser preso. As celas podem acomodar milhares de pessoas; dá pra se perder lá dentro.

Lembro-me de sentar lá com meu moletom com o capuz cobrindo minha cabeça porque tinha tanta gente doida lá que não queria chamar a atenção de ninguém. Um cara teve seu nariz quebrado só porque não deu seu sanduíche pra outro. Foi uma das experiências mais assustadoras da minha vida. Não só isso, obviamente eu não tinha acesso nenhum a bebida ou aos analgésicos que me ajudavam a me recuperar dos danos que a bebida causava, ou seja, de todas as formas foi uma experiência próxima de um pesadelo.

Quando finalmente fui liberado, peguei um táxi do centro de Los Angeles até minha casa em Studio City. Ao chegar lá, toda a banda estava em graus variados de embriaguez. Eu tinha cerca de dois mil dólares em analgésicos pela casa porque meu estômago estava fora de controle, e Jimmy Bower andava tomando eles. Phil estava fora de si por algum motivo, e Pepper e Kirk estavam cheirando, mas todos decidiram que fariam uma espécie de intervenção *comigo* porque haviam encontrado minhas bebidas, que eu escondera debaixo da cama. Todos queriam que eu fosse pra reabilitação, mas estavam se esquecendo de duas coisas: só porque você tem uma recaída não significa que deveria ir pra uma clínica toda vez; e também não era como se esses caras pudessem *olhar pra si mesmos* no espelho de forma confiante e dizer que não tinham problemas no mínimo comparáveis com os meus. Pra mim, era algo completamente hipócrita. Esses caras chapando na minha casa, mas eu fui o único escolhido pra uma intervenção. Não é à toa que acabei saindo da banda em 2011, mas por outras razões também.

Meu maior problema era que estava prestes a ter convulsões pela abstinência do álcool enquanto estava na cadeia, e também não havia tomado minha medicação nas últimas 48 horas. Aqueles viciados ficavam lá e diziam "Você está fazendo isso errado, cara. Você tem que escalar as paredes e superar isso".

"Não, você está errado de novo", eu disse. Não dá pra simplesmente "superar isso". Há uma razão física pela qual você *não* faz isso porque é possível morrer de uma convulsão alcoólica, então tomei duas pílulas de cada analgésico que tinha comigo, junto com meia garrafa de vodca que os caras não haviam encontrado em minha casa. Se tivesse esperado mais três ou quatro horas, não sei se estaria vivo hoje.

Precisava dar um jeito em mim mesmo antes de sairmos em turnê por conta do novo disco, e daquela vez o fiz pela única razão possível: por mim, Rex Brown. Internei-me em uma clínica de desintoxicação em Tarzana. Sendo bem honesto, sabia melhor do que ninguém que precisava me tratar novamente, mas não ficava nada feliz com o processo de desintoxicação porque essa é sempre a pior parte. Foi meu amigo Steve Gibb quem sugeriu aquele lugar como a melhor opção possível pra mim.

Aliás, Steve é filho de Barry Gibbs (um dos Bee Gees), e trabalhou como técnico de guitarra de seu pai durante alguns anos antes de seguir sua própria carreira, tocando baixo no Black Label Society, de Zakk Wylde (por um tempinho em 2000), e, depois, guitarra no [disco] *Lifesblood for the Downtrodden*, do Crowbar. Eu havia internado Steve em uma clínica chamada Promises a pedido de seu próprio pai, e agora lhe pedia o favor de volta. O problema é que não havia vagas na Promises, então tive que buscar uma alternativa pra começar o processo de desintoxicação.

Assim, Steve me recomendou esse lugar em Tarzana, onde a desintoxicação era uma puta loucura: pra começo de conversa, eles me faziam tomar Metadona, o que não é nada divertido, acredite em mim. Você basicamente fica lá até acordar e, quando o faz, logo percebe que tem um problema: precisa ser desintoxicado duas vezes. Durante todo o tempo em que fiquei lá, eu ligava pra Steve e dizia "Cara, me tira daqui e me interna na Promises. Não há a menor chance de eu ficar aqui".

Essa clínica, Promises, é considerada um dos melhores centros de reabilitação dos Estados Unidos, e frequentada, geralmente com sucesso, por todos os músicos e atores que você possa imaginar – com espaços privativos e isolados em Malibu e Mar Vista, assim como um centro de reabilitação para pacientes não internados no centro de Los Angeles. É bem caro, como pode imaginar, mas com uma taxa de sucesso bem alta; então, eu pensava que eles poderiam me colocar nesse processo de desintoxicação, bem como em qualquer outra coisa que precisassem fazer.

Fiquei internado por 28 dias. A clínica foi a resposta para os meus problemas, já que foi o tratamento certo em um momento da minha vida em que estava disposto a me comprometer com o processo pelo meu futuro bem-estar e nada mais. Esse é o segredo do tratamento. Qualquer outro motivo resulta em desperdício de tempo e dinheiro, e você acaba como Ozzy, que passou por sabe Deus quantos outros tratamentos ao longo dos anos. Reza a lenda de que ele entrou em Betty Ford[1] pela primeira vez e lhe disseram "Vamos ensiná-lo a beber corretamente", ao que ele respondeu "Certo, onde fica o bar?".

"Não temos um, não faz parte do trato." Até você entender que a reabilitação tem que fazer você parar de beber, será uma longa estrada.

A estadia na Promises chacoalhou minha alma, o que não é exagero. O tratamento inteiro foi insano. Acompanhado de uma série de seminários estruturados, também nos levavam até a Self-Realization Fellowship[2], em Pacific Palisades – um lugar cheio de laguinhos e flores, um clima de serenidade completo que me ajudou muito. Então íamos a Topanga Canyon, próximo a Malibu, para fazer terapia e passar o dia com cavalos. Você senta ali no cavalo com um chicote na mão, mas não bate no animal; dependendo de sua linguagem corporal, é possível fazer o cavalo seguir em qualquer direção que quiser. O primeiro cara a tentar levou várias mordidas. Cavalos sentem as pessoas. No Texas, chamamos isso de "sentido equino".

Quando saí da reabilitação em 2007, Belinda e eu (ainda estávamos separados) conversamos seriamente sobre a vida em geral. Como havia dito antes, ela queria voltar pro Texas – não aguentava ficar no Oeste – e havia chegado a

---

1 N. de T.: Famosa clínica de reabilitação norte-americana.
2 N. de T.: "Aliança da Autorrenovação", em tradução livre, organização sem fins lucrativos criada para divulgar a obra do iogue Paramahansa Yogananda.

um ponto em que superara Los Angeles. Minha vida social não combinava mais comigo. Íamos a um monte de boates e isso não servia mais pra mim – havia o risco de me ver em uma situação parecida a que havia deixado para trás no Texas alguns anos antes. Só não me sentia bem em estar ali naquelas casas noturnas cercado de celebridades.

Após algumas discussões e um tempo depois, Belinda e eu começamos a retomar nosso relacionamento. Você sempre pensa que a grama do vizinho é mais verde, mas ela voltou – a verdade era que eu ainda estava apaixonado. Simples assim.

Então, nos mudamos de volta pro Texas em agosto de 2007. Os caras da empresa de mudança pegaram minhas coisas e guardaram tudo em um depósito enorme, e Belinda e eu nos mudamos para um apartamento pequeno, pois eu estava caindo na estrada com o Down pouco depois de termos voltado. Agora que estava sóbrio e tomando conta das coisas, a tensão da banda havia diminuído bastante, e eles sabiam que me tirar dela teria diminuído a venda de ingressos da turnê.

Logo, Belinda e eu decidimos nos mudar para um lugar maior; como o dinheiro que entrava ainda era dos bons, compramos uma casa grande em Colleyville. Havia fechado um ciclo. *Down III* saiu um mês após nossa mudança e recebeu críticas ótimas, começando a vender bem por conta disso. Era um bom disco, mas ainda prefiro o *Down II*, com o qual tinha uma ligação maior do que com o último porque havia feito toda a lição de casa nele e levado todo o equipamento até Nashville e tal – por isso tenho certo orgulho dele.

Ao passo que *Down II* era composto por boas músicas advindas de uma enorme gama de influências e um disco que eu considerava um investimento pessoal, o ponto forte de seu sucessor e sua profundidade residiam em sua mensagem. Para todos nós envolvidos, *Down III – Over the Under* era um disco sobre superar muitas coisas negativas que nos engoliam: tragédias pessoais, vícios e o Furacão Katrina sendo três das mais óbvias.

Por vezes, não é possível controlar essas situações e você é confrontado com um dilema: sentir raiva e amargura ou tomar as rédeas e superar tudo? Escolhemos a última opção. Quisemos mandar uma mensagem positiva e mostrar que tempos difíceis podem nos fazer mais fortes.

"On March the Saints" era a música fundamental do disco, uma daquelas que você gostaria de ter dez iguais em qualquer álbum que grave. Foi focada e direta a partir do momento em que Kirk apareceu com o *riff* e eu adicionei a linha de baixo. Então, Phil fez seus vocais em cima disso e tínhamos um hard rock monstruoso que celebrava a resiliência de Nova Orleans logo após um desastre natural.

Por mais que a descendência do Pantera seguisse intacta porque dois de seus membros tocavam no Down, Phil e eu víamos a banda como algo completamente separado, talvez ainda mais do que na época em que a começamos como um projeto paralelo em 1998. Entendíamos que os fãs esperassem algo do Pantera em nós, mas era algo do qual tentávamos ficar distantes. Passamos por muitas coisas após a morte de Darrell – de diferentes formas, também –, e eu sentia que minha jornada musical devia continuar seguindo em frente, mas ainda mantendo uma dose saudável de respeito pelo passado.

CAÍMOS NA ESTRADA em 2008, como banda de apoio do Metallica, em sua turnê World Magnetic. Toda aquela experiência foi significativa pra mim por alguns motivos. Eu acabara de sair da reabilitação e sabia que James Hetfield havia vivido um verdadeiro inferno enquanto tentava cuidar desses problemas. Pepper Keenan é um dos melhores amigos dele, então ele sabe exatamente o quanto James teve que ser forte pra lidar com a situação.

Existem dois James que eu conheço, que meio que coexistem em paralelo. Tem aquele que não fala muito e que, quando chega a algum lugar, faz você calar a boca. E há o outro que você só percebe quando fica cara a cara com ele, coisa que tive a oportunidade de fazer quando caímos na estrada juntos.

James e eu nos aproximamos porque fazemos parte da mesma fraternidade, se é que isso faz algum sentido. Eu sou alcoólatra e ele compartilhava alguns de meus problemas, então sentávamos e conversávamos, e foi assim que conheci um lado completamente diferente dele. Em todas as noites, falávamos sobre certas coisas – não tinha que ser necessariamente sobre a recuperação –, mas nos aproximávamos continuamente. Falávamos sobre o aspecto espiritual de lidar com o estilo de vida com o qual lidávamos, e ele se tornou peça essencial pra minha saúde. James estava em um jatinho em algum lugar enquanto nós rodávamos 18 horas em um ônibus pra chegar ao show, mas trocávamos mensagens para manter a nova amizade que havíamos criado. Eu assistia ao Metallica todas as noites, sempre do mesmo ponto do palco, e ele sempre vinha e batia na minha mão no mesmo momento de "For Whom the Bell Tolls" – eu pensava "Esse é o cara que conheci mais de 20 anos atrás em Dallas e agora eles venderam 100 milhões de discos". Não podia acreditar que esse ciclo havia se fechado assim.

Quando o Pantera estava no topo do mundo (entre o meio e o final dos anos 1990), o Metallica era a banda que todo mundo ignorava enquanto faziam todo o lance do *Load* e *Reload*, e o próprio James havia deixado de ser um cara distante e alguém que realmente não conhecia pra ser um cara aberto e que se importava comigo. Sempre fui respeitoso com ele, algo de que muitas pessoas se esquecem. Quando alguém está preparado pra subir ao palco e tocar na frente de 20 mil pessoas, é preciso ter respeito para que se possa ir lá e fazer seu trabalho. Não pode ser farra o tempo inteiro.

Mesmo sendo um maníaco controlador, James é um cara muito, muito inteligente, que sabe manter os pés no chão. Ele esteve à frente de tudo desde o início, apesar de Lars ser o porta-voz da banda. Você chegou a assistir ao *Some Kind of Monster*[3]? Bem, o que aconteceu com eles não foi muito diferente do ocorrido com o Pantera, em relação às tensões causadas por anos de convívio, respirando e cagando juntos. Pode-se dizer que James tinha seus problemas quando o documentário foi filmado, mas *todos eles* tinham problemas pelas mesmas razões que nós. E, como finalmente aprendi, a coisa não melhora até você chegar a um ponto em que atrela sua saúde e sua felicidade. Se você cuida de sua mente, corpo e alma, todo o resto que vem é uma benção.

Após passar por todas as merdas que o rock 'n' roll traz e ficar limpo, sóbrio, começando a se recuperar da doença, você passa a olhar pra sua vida e agradecer. Quando se está na estrada enchendo a cara e tudo mais, nada dessa gratidão importa. Você nem tem tempo de pensar sobre isso, então é fácil se perder ao se ver como um deus, e digo isso por experiência pessoal.

Viajar com o Down foi completamente diferente do que rolava com o Pantera, especialmente fora dos EUA, e as razões para tanto eram que eu estava

---

[3] N. de T.: Documentário sobre o Metallica, lançado em 2004.

muito mais aberto a novas experiências do que quando mais novo e que alguns dos outros caras, especialmente Pepper Keenan, queriam sair do hotel e ver o que valia à pena em cada lugar. Nunca, em um milhão de anos, desejaria ir a Tel Aviv durante o tempo no Pantera porque tinha noções preconceituosas (e nada precisas) de como poderia ser. Não julgue um livro pela capa, dizem. Acabou que Tel Aviv não é nada diferente de uma bela praia norte-americana. Tipo uma caminhada em Santa Monica.

Cancelamos na primeira oportunidade que tivemos de tocar lá, mas Pepper ficou tão obstinado com aquilo que aceitamos outra oferta depois. O local em que ficamos não era nada espetacular, mas ficava a uma quadra da praia e todos os dias saía pra surfar com Pepper. As ondas eram ótimas, mesmo eu quase tendo morrido no último dia. Havia um restaurante estilo americano e um bar ali na orla, o que era perfeito.

CAPÍTULO 22
DAQUI EM DIANTE, NINGUÉM SABE O QUE ACONTECERÁ

Mesmo com uma mentalidade diferente da que tive por muitos anos, em 2009 e 2010 ainda tinha muita dor. Por fim, não aguentei e fui até meu médico dizendo "Olha, doutor, tem alguma coisa me matando. Sinto muita dor", ao que já tirou a conclusão errada logo de cara respondendo "Bem, Rex, você tem que parar de beber".

Disse a verdade a ele: "Cara, não bebo nada já tem mais de um ano". Então, ele continuou, "Ok, faremos uma tomografia computadorizada", mas ela não deu em nada, assim como as ressonâncias magnéticas. Finalmente, fui encaminhado a médicos no United Methodist, hospital em Dallas, por alguns amigos que haviam ouvido falar de um procedimento experimental com altas taxas de sucesso. Durante uma ressonância 3D, por fim diagnosticaram diversas pedras em meu pâncreas, ou pólipos, caso você queira ser mais preciso, em termos médicos.

A doença se chamava pancreatite aguda, e me disseram que também tinha uns problemas em minha vesícula biliar e que ela teria que ser removida cirurgicamente. Pode ter sido a bebida que causou todos esses problemas sim, mas, do mesmo jeito, esses problemas podem acontecer com qualquer um entre 35 e 45 anos de idade – eu já estava no topo da categoria. E pode ser fatal.

Então, disseram-me: "É assim que será. Tentaremos retirar o máximo de pedras possível do seu pâncreas". Passei por um procedimento não invasivo cinco vezes. E, em seguida, por um tratamento ultrassônico bastante raro direto no estômago, com ondas que tentavam deslocar algumas dessas pedras, o que também não deu certo. E depois?

Há algum tempo, já conversávamos sobre algo conhecido como procedimento de Puestow, em que basicamente cortam você ao meio; e, depois, cortam o seu pâncreas ao meio, retiram as pedras e aí você já fica numa boa, com exceção do buraco enorme no seu estômago. Passei três semanas no hospital com uma equipe de cinco pessoas cuidando de mim 24 horas por dia enquanto passava por esse tratamento relativamente incomum.

Quando deixei o hospital, estava só no começo da recuperação, mal tinha recomeçado a vida. Ainda tive que voltar lá para exames regulares, durante um dos quais descobriram que tinham me costurado ainda com um *stent* cirúrgico dentro de mim. Aquele cara todo esnobe chegou falando "Ei, fui eu quem costurou você", ao que respondi "Maravilha, mas tem um lance que você esqueceu dentro de mim". Então, eu estava indo e voltando do hospital direto, dor após dor. Tomava uma caralhada de analgésicos, que não ajudavam em nada. Os anos abusando do meu corpo finalmente estavam cobrando seu preço, e seria um longo processo até reverter esses efeitos. E, ainda pior, parecia que eu teria de aprender a viver com uma dose considerável de dor como punição.

Para aguentar aquilo tudo, os médicos me receitaram Oxicodona, um analgésico derivado do ópio, pesadaço. Mas que ajuda com a dor, ajuda.

O problema é que ele também tem alguns efeitos colaterais; no meu caso, o mais comum era a ansiedade, algo que eu tratava há alguns anos na base da automedicação, por causa da minha dependência cada vez pior do álcool. Eu não podia mais beber, então segui tomando Rivotril para lidar com a ansiedade de não beber e os efeitos colaterais dos remédios pra dor. Parece coisa demais, né? E é mesmo, então preciso tomar cuidado. Qualquer penalidade envolvida com uma recaída na bebida dobrou depois da cirurgia do pâncreas. Engraçado como a vida funciona.

> **TERRY GLAZE**
> Mesmo quando éramos jovens – e talvez eu nem deva dizer isso –, sempre achei que Rex seria o primeiro a partir porque seu corpo não aguentaria. Fosse seu fígado, coração ou sei lá o quê; mas nunca imaginei que seria Darrell. Todos nós temos aquela pessoa para quem olhamos e dizemos "Esse é o cara". E esse era o Rex. O engraçado é que ele se lembra de qualquer merda. *Tudo*. Estava no telefone com ele um dia desses e lhe disse "Rex, não tocamos uma vez e Carmine Appice subiu ao palco conosco?", ao que respondeu "Sim, no Cardy, em Houston, 1984". "Qual foi a música que tocamos?", e Rex respondeu imediatamente "Bark at the Moon", do Ozzy. E, então, eu disse "Porra, como que você se *lembra* disso?". Mas isso é típico de Rex.

Voltei para a estrada com o Down por um tempo e começamos a pensar em novas músicas. Minha vida seguiu sem grandes surpresas, com o ocasional probleminha na estrada, e acabei recuperando minhas forças com o tempo. Ainda lidava com dores crônicas diariamente. Parecia que os médicos comuns só queriam me mandar a uma caça louca em busca de soluções. Aparentemente, os especialistas em dores estão mancomunados com o resto da rede de saúde, então é bem complicado conseguir respostas definitivas sobre qual a melhor forma de lidar com dores todos os dias.

No que diz respeito ao casamento, Belinda e eu tínhamos altos e baixos contínuos, quando nos separamos e voltamos, até nos separarmos amigavelmente em 2011 após ambos concordarmos que seria melhor para todos os envolvidos se morássemos distantes um do outro.

Do ponto de vista musical, a minha vida também estava em transição. Após uma participação em um disco do Arms of the Sun, em 2011, e curtindo aquele processo todo de tocar em alguns lugares que frequentávamos na época dos clubes, Philip Anselmo e eu tomamos rumos diferentes, talvez pela última vez.

Deixei o Down em 2011 por dois motivos. Primeiro: queria um novo início com outra banda para ver aonde minha jornada musical me levaria. Segundo: estava cansado da hipocrisia em termos de estilo de vida dentro da banda. Philip e eu trabalhamos juntos por quase 25 anos e, por mais que nos completemos musicalmente e sempre sejamos irmãos, em termos espirituais era hora de nossos caminhos se afastarem. Era hora de cada um fazer sua própria coisa e sair da sombra do Pantera, mas sempre levaremos o espírito de Darrell conosco.

RITA HANEY

Meu discurso ficou um pouco mais leve após a morte de Darrell, provavelmente porque sinto algo de perdão e um desejo de todos se darem bem. Não importa o que aconteceu, ninguém fez isso com ele. Digo, eles – Rex e Philip – não o fizeram. Quem o fez o fez, e não importa o motivo que o assassino – caso ainda estivesse vivo – pudesse dar para justificar o acontecido, nada mudaria. Mas, quando se passa por uma situação dessas, você quer culpar alguém. Claro que havia um ressentimento com Rex e Philip porque vi Darrell tentando salvar sua banda. Eu queria consertar tudo pra ele. Quanto a Philip, ao menos estamos nos falando, mesmo que superficialmente. Não falamos sobre nada profundo porque disse a ele que ainda tenho alguns ressentimentos em relação a como ele lidou com questões da banda e como isso afetou Darrell. Deixei isso bem claro para ele. É difícil confiar nele novamente. Mas veremos o que acontece. É um começo e, com o tempo, provavelmente sentaremos para conversar frente a frente.

Mesmo com todas essas questões, direi isso: sair em todos aqueles verões vendendo o *merchandising* pra Darrell me deu uma perspectiva diferente. Quando você está com as pessoas cuja música do Pantera afetou a vida e ouve suas histórias sobre como uma canção as ajudou a superar algum problema, mesmo sem nunca terem visto a banda, isso faz você enxergar o quanto é egoísta e como os seus problemas são mesquinhos e falsos. Eu não sou o que importa. *Eles sim*. Sou tão grata por tudo que aprendi com Darrell e quero ser esse tipo de pessoa, sabe. Melhor.

Amo Philip como um irmão, como sempre o amei. Ainda nos falamos e decidimos não comentar publicamente os projetos musicais um do outro – a melhor forma de mantermos nossa relação. Apesar de algumas discordâncias, sempre existirá aquele respeito mútuo entre nós, que durará para sempre. Passamos por tudo juntos desde que éramos adolescentes ingênuos com vontade de vencer, um laço que não pode ser quebrado por discussões imbecis ou um desejo de amadurecer em diferentes direções.

RITA HANEY
Gostaria que Vince fosse mais como seu irmão em termos de receber novas pessoas em seu mundo ao invés de se sentir preso ou de que se trata de um problema ou inconveniência. Claro que pode ser algo assustador – costumava ver Darrell todos os dias e me impressionava a forma como ele lidava com tudo –, mas gostaria mesmo que tivesse mais disso em Vinnie. Sei que ele nunca lidou de frente com a morte de seu irmão; ao invés disso, escolheu guardar tudo pra si e espera nunca ter que falar sobre o assunto. Se ele estivesse disposto a compartilhar algumas de suas histórias com as pessoas, talvez encontrasse a paz, e, se as deixasse se aproximarem, talvez enxergasse aquilo que realmente importa, como mencionei.

Quanto a Vinnie Paul, quem sabe? Normalmente, não nos falamos, e é difícil saber o que poderia mudar essa situação porque ele é extremamente teimoso quando decide sobre algo. Como disse, sinto alguma empatia por ele como pessoa, e tudo que sei é que acredito genuinamente que, se seu irmão Darrell estivesse vivo hoje, ainda estaríamos tocando juntos no Pantera. Essa sempre foi minha intenção e é importante que meu irmão Vinnie saiba disso...

UMA PALAVRINHA DO AUTOR

NÃO PASSA UM DIA EM QUE NÃO PENSO A RESPEITO DO PANTERA. Sonho com o Pantera, tenho pesadelos com o Pantera – é algo que está sempre presente e, imagino, sempre estará. É inevitável. Afinal, foi – e ainda é – uma grande parte da minha vida, apesar de ter deixado de existir há quase dez anos. Pode parecer clichê, mas realmente éramos como irmãos: eu, Philip, Vinnie e Dime. Unidos desde o começo por uma noção comum de como era difícil ser aceito nessa indústria; como um, nós vivemos e respiramos cada segundo da jornada selvagem que mudou nossas vidas de tantas formas e que chegou a um fim revoltante e prematuro durante uma noite em Columbus, no ano de 2004.

Ao longo do caminho, à medida que a temível fama e pilhas enormes de dinheiro começaram a voar em nossa direção de todos os lados (rumo à marca de quase 20 milhões de discos vendidos durante nossa carreira em uma gravadora grande), nossas personalidades mudaram – nem sempre para melhor –, e com isso passamos a desejar coisas diferentes daquela preciosa chance que tivemos. O problema era que, enquanto os discos e turnês seguiam sem parar, nunca tivemos a chance de respirar e, menos ainda, de entender quem éramos e aonde queríamos chegar. Então, ao invés de nos unir, a tensão nos fez querer buscar válvulas de escape diferentes, sombrias, que nos afastaram.

Razões legítimas não faltaram para escrever este livro, assim como argumentos para não fazê-lo. Mas, com o benefício do tempo e a perspectiva crítica que ele traz, senti que a verdadeira história dessa banda – ao menos de onde eu estava – precisava ser contada. Intencionalmente, nunca falei muito sobre isso no passado e, de diversas formas, fico feliz por isso, porque sei agora que qualquer coisa que tivesse saído da minha boca teria sido motivada por algo diferente do simples e honesto desejo de contar minha história como a vivi.

Ao invés disso, deixei que os outros caras falassem, porque esse é o tipo de pessoa que sou. Sou o Bob Calado[1] dessa cena toda, e, enquanto as pessoas me admiram, realmente não me vejo assim – famoso – e com certeza não preciso e não quero toda essa atenção. Mas foi exaustivo ser o intermediário – o cara no meio de duas facções brigando entre si – e, mesmo que eu quisesse, não tinha forças para me envolver no que rapidamente virou uma tempestade de bosta de acusações e contra-acusações.

Eu pensei muito, porém, e após anos de silêncio enquanto lidava com minhas próprias sequelas do Pantera, gradualmente passei a perceber que, apesar de todas as coisas negativas, você tem que ser grato pelo que aparecer na sua vida – uma vez que tem consciência disso, pode até mesmo pensar em recontar o passado com um quê de clareza.

---

[1] *No original, Silent Bob, personagem interpretado por Kevin Smith em diversos filmes, conhecido por falar somente quando necessário.*

UMA NOTA DO COAUTOR

A LIGAÇÃO QUE INICIOU A CONVERSA SOBRE escrever este livro chegou por volta das três horas da manhã no horário britânico. De fato, boa parte das ligações de Rex veio no meio da noite, no meu fuso horário. Ele havia sido muito legal em me emprestar alguns materiais para outro livro meu, num curto processo em que senti que havíamos criado um elo, mesmo sendo, em todos os sentidos, de diferentes mundos.

Falamos muito sobre o processo de contar a história do Pantera do seu ponto de vista, assim como os famosos conflitos que marcaram os últimos anos da banda. Logo vi que a gravidade da situação não poderia ser subestimada e que um relato honesto dos acontecimentos resultaria em uma leitura atraente.

Nossas conversas continuaram no decorrer do ano seguinte, durante alguns dos meses mais desafiadores da vida de Rex, mas ele sempre esteve presente, geralmente bem-humorado, e *nunca* atrasado em nenhuma das ligações ou sessões no Skype. Esse é o tipo de cara que Rex é. Ele deu um jeito para que eu viajasse até Bucareste, na Romênia, em maio de 2010, onde o Down foi tocar como banda de abertura para o AC/DC, por conta de um cancelamento de última hora do Heaven & Hell. Aquela foi a noite em que soubemos que Ronnie James Dio havia morrido. Rex estava devastado. Nada mais importava para ele naquela noite, porque, como disse, ele é esse tipo de cara.

Então, fui ao Norte da Espanha por uma semana com o Down enquanto os caras serviam de *headliners* de um festival em Ribeiro, um lugar do qual nenhum de nós jamais havia ouvido falar, mas os milhares de fãs que foram até lá certamente sabiam como chegar. Rex e eu ficamos em uma cabana remota no bosque – não muito diferente daquela de *Uma Noite Alucinante* –, e o plano é que ali conduziríamos o grosso das entrevistas para este livro, o que fizemos tomando xícaras intermináveis de café preto e grosso como piche que seguíamos requentando e enchendo. Como distração, dirigíamos pela cidadezinha espanhola, incógnitos, em uma van alugada que tinha somente um CD: *British Steel*, do Judas Priest.

Nossa conexão também ficou mais forte, na medida em que eu entendia como a dinâmica do Pantera funcionava, já que agora estava próximo de dois de seus antigos integrantes. Aprendi muito durante aquela semana, sobretudo pela importância e profundidade do projeto em que estava envolvido: as tensões, o ressentimento, a hipocrisia profunda e a "não tão fácil" vida de estrela do rock... Eu também descobri que o único item do quarto que seria meu lar por duas longas semanas era um machado enorme. Fico feliz de não ter precisado usá-lo no Rex!

AGRADECIMENTOS

COMO VOCÊ LEU NESTE LIVRO, NÃO SOU UM SANTO, NEM NUNCA tive intenção de ser um. Apenas tentei iluminar e dar uma visão de minha vida até agora e das muitas pessoas maravilhosas que a cercaram. Com todas as dificuldades, sacrifícios e tragédias, sou muito grato por ter a chance de colocar um sorriso na cara dos fãs. É isso que importa no final – e, certamente, isso pôs um sorriso na minha cara.

Ao ser abordado com a oferta de escrever este livro, estava meio cético. Mas, após algumas conversas com meu amigo Mark Eglinton, pensei que era a hora certa. Eu sabia que era muito novo para escrever um epitáfio, *rá-rá*, mas este livro não é nada perto disso. É só uma versão de um período da minha vida que nunca havia explicado por completo à imprensa.

Agradeço em especial ao meu coescritor Mark Eglinton, meu agente Matthew Elblonk, meu editor Ben Schafer e a todo o pessoal da Da Capo Press. Também gostaria de agradecer a Christine Marra por gerir a produção editorial deste projeto com apoio de sua excelente equipe: Jane Raese, Marco Pavia e Jeff Georgeson. Seus esforços conjuntos resultaram em um projeto do qual sou extremamente orgulhoso.

Sou louco de paixão por meus filhos. Eles são minha salvação, minha compreensão desta vida e duas das melhores crianças que já conheci. Acho que todo mundo fala isso sobre os filhos, mas eles são, de verdade, duas pessoas que passaram incólumes por tudo que aconteceu entre relacionamentos, mudanças e toda a loucura. Omiti seus nomes neste livro por razões óbvias, mas eles são tudo pra mim.

Fui abençoado de muitas formas. Também acredito que uma força maior sempre esteve presente em minha vida, mesmo em épocas em que não reconhecia isso por completo. Acredito mesmo que Deus, de alguma forma, sempre cuidou de mim. Não há outra forma de dizê-lo.

Há duas pessoas neste livro que me afetaram profundamente: minha ex-esposa Belinda, que não só é uma baita mãe pros meus filhos, como também aguentou muita merda por todos esses 18 anos; e Elena, meu primeiro amor. É meio inacreditável que tenhamos ficado juntos novamente após todos esses anos, passando tanto tempo convivendo, é como se nunca houvéssemos nos separado. Por mais que tenhamos amadurecido intensamente desde a juventude. Sem essas duas mulheres extraordinárias em minha vida, não acho que poderia ter lidado com tudo o que aconteceu. Aprendi muita coisa no decorrer dos anos: a lutar, sobre a força que vem de dentro, paciência e amor fraternal que, às vezes, esfria – especialmente com quatro egos derretendo em desastre.

Fui abençoado mais uma vez, na forma de Vinnie Appice, meu velho amigo e o baterista mais foda vivo. Mark Zavon, meu braço direito, como costumava chamar meu irmão Dime. E o sempre fabuloso Dewey Bragg. Temos uma afinidade como aquela que me lembro do começo do Pantera. O nome da banda é Kill Devil Hill e ela me trouxe de volta o fogo, a gana e a inocência de que tanto precisava em uma época crucial para me recuperar da cirurgia e da saída do Down. O futuro dessa banda é quase inegável. Trabalhamos duro por quase dois anos e estamos dando grandes passos para o que vem pela frente. Eu não ficava tão empolgado em tocar há muito tempo.

Quanto ao legado do Pantera, continuaremos relançando os discos antigos, às vezes com alguma faixa-bônus que aparecerá no *timing* mais esquisito e bacana. Quanto a Philip e Vince, Vinnie ainda sente ódio e não sei se isso mudará. É triste de todas as formas imagináveis, ainda mais levando em conta o quão éramos próximos. Pessoalmente, eu gostaria de dar mais uma chance, não só de tocarmos ao vivo, mas de acabar com todas essas animosidades fúteis que nos afastaram tanto. Quero mandar um abraço enorme a Philip, Vinnie, Darrell (descanse em paz) e a todos que entrevistamos neste livro.

Uma das únicas coisas que um homem pode vender são seus valores. Algo que ele nunca, nunca pode ter de volta.

REX BROWN

MEUS PROFUNDOS AGRADECIMENTOS ao meu agente, Matthew Elblonk, sempre absurdamente calmo sob pressão; a Joel McIver; às minhas duas famílias, especialmente meus filhos incríveis, Andrew e Jack; e, finalmente, à minha noiva, Linda Lee, pois, sem ela, não sei onde estaria.

MARK EGLINTON

DISCOGRAFIA COMPLETA: REX BROWN
[Participações em discos]

PANTERA
Metal Magic (1983)
Projects in the Jungle (1984)
I Am the Night (1985)
Power Metal (1988)
Cowboys from Hell (1990)
Vulgar Display of Power (1992)
Far Beyond Driven (1994)
The Great Southern Trendkill (1996)
Official Live: 101 Proof (1997)
Reinventing the Steel (2000)

COLABORAÇÕES
Jerry Cantrell – Boggy Depot (1998): Rex tocou baixo nas faixas "Dickeye", "My Song", "Keep the Light On", "Satisfy" e "Hurt a Long Time".
Cavalera Conspiracy – Inflikted (2008): Rex tocou baixo na faixa "Ultra-Violent".

DOWN
Down II: A Bustle in Your Hedgerow (2002)
Down III: Over the Under (2007)
Diary of a Mad Band: Europe in the Year of VI (2010)

CROWBAR
Lifesblood for the Downtrodden (2004)

DAVID ALLAN COE AND COWBOYS FROM HELL
Rebel meets Rebel (2006)

KILL DEVIL HILL
Kill Devil Hill (2012)
Revolution Rise (2013)

**VERDADE OFICIAL
NOS BASTIDORES DO
PANTERA**